BOYD Nemesis

Ein alter, erbarmungsloser Feind taucht wieder auf! Einst hatte Michael Franklin Delano tödliche Rache denen geschworen, die ihn und sein Syndikat ‚Die Sektion' zu Fall gebracht hatten. In einer spektakulären Befreiungsaktion gelingt ihm die Flucht aus dem US-Bundesgefängnis Greenbourg. Von nun an verfolgt er in seinem unbändigen Hass gegenüber Aaron Boyd und Iris Bogdanowicz, die ihn beide vor Gericht schwer belastet hatten, einen teuflischen Racheplan.

Unterdessen haben sich Aaron und Iris, der ehemalige Auftragskiller und die Kunstdiebin von einst, ein neues Leben in Paris aufgebaut. Doch Aarons schwieriger Weg aus seiner gefühlskalten Vergangenheit in ein normales Leben gestaltet sich steiniger, als er geglaubt hatte. Als Assistentin in einem internationalen Kuratorenteam findet Iris derweilen ihre Motivation in der Planung einer einzigartigen Kunstausstellung.

Doch nun muss sich Aaron Boyd abermals der verborgenen Bedrohung stellen. Auf der Jagd nach seinem Erzfeind begibt sich der geläuterte Killer jedoch erneut zu weit in die Welt globaler, krimineller Machenschaften, voller Misstrauen, Mord und Verrat. Dabei muss er schon bald erkennen, dass Delano einen weitaus heimtückischeren Plan verfolgt ...

Während seiner beruflichen Laufbahn als Kreativer in den Medien, wo er u.a. namhafte TV-Sender in TV- und Set-Design betreute, kreierte Jovis (der Künstlername setzt sich aus seinen tatsächlichen Namensteilen zusammen) später Werbespots für Agenturen. Diese „kleinen" Geschichten, die komprimierte Darstellung von audiovisuellen Botschaften erforderten einen guten Sinn für Dramaturgie und Szenographie. Hierin liegt auch seine filmische Erzählweise als Autor begründet. BOYD Nemesis ist der zweite Teil der Trilogie um den ehemaligen Auftragskiller Aaron Boyd.

Jovis

BOYD Nemesis

Thriller

Bibliografische Information der Deutschen Nationalbibliothek:
Die Deutsche Nationalbibliothek verzeichnet diese Publika-
tion in der Deutschen Nationalbibliografie; detaillierte bibliografische Daten sind im Internet über http://dnb.dnb.de abruf-
bar.

Korrektorat: Kerstin Lorenz, Sebastian Müller-Nordhoff
Covergestaltung: Achim Schulte
www.achimschulte.de
Herstellung und Verlag: BoD – Books on Demand,
Norderstedt

ISBN: 978-3-7526-7390-6

Nemesis (griech. Νέμεσις), Rachegöttin,
Die Göttin des gerechten Zorns

Prolog

Der Mann saß auf seinem Bett und beobachtete stumm die helle Fläche, die das Sonnenlicht in seinen Raum warf. Langsam aber stetig schleppte es sich von seiner Bettkante aus über den blauen Linoleumboden hinweg allmählich zur Wand. Das Licht kam durch das kleine Fenster, das zu hoch war, um hinausschauen zu können. Still und in Gedanken versunken, folgte sein Blick der kriechenden Lichtfläche. Bald würde sich die helle Fläche unmerklich die Stirnwand hochschleichen, bis das Ende den Anfang an der Deckenkante eingeholt hatte. Dann würde der Abend in die Dunkelheit münden. Seit seiner Unterbringung saß der Häftling jeden Abend auf dem Bett in seiner Zelle und schaute vor sich hin. Er konnte warten. Die Ziegel der Wände waren in einem eintönigen Graugrün gestrichen und an der weißgetünchten Decke war eine einfache Neonlampe montiert. Außer dem Bett gab es einen Tisch mit einem Stuhl, fest verankert in der Seitenwand, ein Waschbecken und mit einer schmalen Seitenwand halb verdeckt, eine Toilette aus Edelstahl. Er hatte nicht versucht, seine karge Umgebung mit herausgetrennten Fotos aus Illustrierten, Pin-Up-Girls oder Familienbildern etwas wohnlicher zu gestalten, wie es die meisten der Gefangenen taten. Michael Franklin Delano hatte keinen Sinn für derartige Verschönerungen. Er hatte nur noch einen Gedanken. In vier Wochen war der Termin seiner Anhörung in seinem Berufungsverfahren. Seine Anwälte hatten gegen sein Urteil zu mehrmals lebenslanger Haft Berufung eingelegt, deren Aussicht auf Zulassung allerdings

gegen null tendierte. Danach würde er endgültig wegge-
sperrt werden. In einem Hochsicherheitsgefängnis würde
er den Rest seines Lebens dahinvegetieren. Von da an
würde ihn die Welt vergessen. Wie er sie vergessen
würde. Und so saß er hier im Bundesgefängnis von Greenbourg, südlich von Washington D.C. und beobachtete das
Sonnenlicht. Selbst in der Nacht, wenn er lange wach auf
seinem einfachen Bett lag, grübelte er. Nur die Essenszei-
ten und Hofgänge brachten am Tag Abwechslung in seine
Ödnis.

Mit einem Trick hatte die CIA versucht an Informationen zu kommen. Sie hatten einen V-Mann ins Gefängnis
geschleust. Doch Delano war ein extrem vorsichtiger und
schlauer Mensch und er wusste, was sie wollten. Nach
vier Wochen wurde der geschwätzige Mithäftling erfolglos wieder abgezogen. Für die CIA war der Fall mit der
mehrfach lebenslangen Haftstrafe Delanos noch nicht abgeschlossen.

Alles hatte sich auf einen reinen Indizienprozess gegen
ihn und seine Organisation ‚*Die Sektion*' hin entwickelt,
trotz eines belastenden Videos und detaillierter Aufzeichnungen. Die beiden anderen Führungskräfte der Sektion
hatten ihr Wissen rechtzeitig mit ins Grab genommen.
Und so plädierten seine Anwälte auf Freispruch. Doch
dann hatte die Anklage Aaron Boyd als ihren Top-Kron-
zeugen aus dem Hut gezaubert! Hatte sicherlich seinen eigenen *Best-Deal* mit der Staatsanwaltschaft ausgehandelt.
Und dieses miese Verräterschwein lief nun vermutlich unbehelligt in Freiheit herum, hämmerte es unentwegt in
Delanos Kopf. Mit den Millionen, die er durch ihn ver-

dient hatte! Michael Delano überkam auch in diesem Moment wieder eine unbändige Wut. Heftig schlug er mit der Faust gegen die nackte Zellenwand. Doch auch der rasende Schmerz konnte nicht von seinem Hass ablenken. Und er selbst, der nie einen Auftrag eigenhändig erledigt hatte, niemanden selbst getötet hatte, er selbst war zu mehrfach lebenslanger Haft verurteilt worden! Sollte für immer, ohne Aussicht auf vorzeitige Haftentlassung, in einem öden, kalten Gefängnis, alt und grau werden.

Doch genau das hatte Michael Delano nicht vor.

In zwei Tagen würde er Besuch bekommen. Ein alter Freund. Und dann würde er seinen Plan in die Tat umsetzen. Ein verwegener Plan. Doch er wusste, dass er funktionieren würde. Davon war er überzeugt. Zu groß würde ihre Gier sein. Auch das wusste er. Und dann würde er sich nur noch einer Sache widmen. Der Rache an Aaron Boyd.

Er wartete.

1. Paris

„Er wird es nicht schaffen. Sie können beruhigt sein." Die Männer standen zu zweit in dem Raum und versuchten gelassen zu wirken. Der dritte Mann saß in einem grün gestreiften Sessel. „Ach ja?", sagte er nervös, „Kann ich das? Ich bin da nicht so überzeugt." Er war älter als die beiden anderen. Auch trug er im Gegensatz zu ihnen legere Kleidung. Ihm war seine Unsicherheit deutlich anzumerken. „Wäre es nicht besser, die Polizei steckt mich bis morgen in eine Zelle? Ja, ich denke, das wäre jetzt besser."

„Sie sind hier absolut sicher, Mr. Butler. Wir haben an allen Zugangstüren und auf den beiden Etagen unsere Männer postiert. Daran müsste er erst einmal vorbei."

Die beiden Männer trugen schwarze Einsatzkleidung mit Schusswesten verstärkt. Ihre Pistolen steckten in den Halftern am Hüftgürtel. Doch griffen sie häufig danach, ließen ihre Hände auf den Griffen ruhen. Auch sie waren nervös. Sie wussten, dass er kommen würde. Es würde ein absoluter Profi sein. Und er hatte nur noch ein letztes Zeitfenster. Diese Nacht. Der Mann, den die Männer zusammen in einem Team von acht Schwerbewaffneten hier bewachten, war zumindest demzufolge, was sie wussten, ein Insider und ein Top-Kronzeuge, von dessen Aussagen alles abhing. Morgen, am Tag der Verhandlung. Mehr wussten sie nicht. Ihre Aufgabe bestand ausschließlich in der sicheren Verwahrung von Mr. Butler und der Gewährleistung seines Erscheinens im Gerichtssaal. Und es gab Mächte, die genau dies verhindern wollten. Um jeden Preis.

„Sie sind ja nicht in meiner Situation. Sie haben leichtes Reden." Der Zeuge wollte sich nicht beruhigen. „Los, rufen Sie Ihren Vorgesetzten an. Ich will hier raus! Ich will in eine Zelle! Jetzt sofort!"

„Dazu bin ich nicht befugt, Mr. Butler. Eine Zelle würde Ihnen noch weniger Schutz bieten. Und jetzt entspannen Sie sich." Dabei hob der Bodyguard beschwichtigend seinen Arm. „Wir machen das hier nicht zum ersten Mal. Es sind noch sechs Stunden. Also legen Sie sich aufs Bett und versuchen Sie etwas zu schlafen." Das Zimmer war geräumig. Obwohl es sich um ein altes Hotel handelte, war es sehr modern eingerichtet. Der Kamin in der Ecke war aus und die Vorhänge waren zugezogen. Kein Einblick von einem der benachbarten Gebäude möglich. Innen erzeugte gedämpftes Licht eine wohlige Atmosphäre in dem exklusiven Doppelzimmer.

„Delta eins an Delta vier. Wie sieht's bei euch aus?" Ein leichtes Knarzen ertönte, als der Bewacher die Taste des Funkgerätes an seinem Kragen losließ. Sofort ertönte eine Antwort. „Delta vier hört. Alles ruhig. Over."

„Da hören Sie es, Mr. Butler. Alles entspannt. Ich denke, er wird es nicht heute Nacht versuchen. Er blufft. Er will Sie einschüchtern und uns alle nervös machen." Mikel Mattisson war wie die übrigen seiner Truppe hochgewachsen. Er trug die blonden Haare kurz und sein kurzgehaltener Bart passte zum runden Gesicht. Er war noch nicht lange dabei, kannte aber alle Vorgehensweisen im Personenschutz. Gerade, wenn es um hochgradig gefährdete Personen ging. Jetzt lehnte er an dem alten Kaminsims und betrachtete die Bilder, die dort abgestellt waren.

„Und was ist, wenn er doch heute Nacht noch kommt?"

Frank Butler machte aus seiner Angst keinen Hehl. Rastlos ging er im Zimmer auf und ab. „Ich bin hier nicht sicher, verdammt nochmal!", murmelte er gebetsmühlenartig vor sich hin.

„Jetzt hören Sie endlich auf! Setzen Sie sich wieder und schütten Sie sich einen Drink ein. Das beruhigt."

„Ich brauche keinen Drink. Ich bin seit sieben Jahren trocken."

Mikel schaute seinen Kollegen mit einem angedeuteten Grinsen an. „Na, dann eben nicht."

„Es ist so ruhig da draußen. Können Sie nicht mal nachsehen? Sind Ihre Leute okay?"

Nun war es der eher wortkarge Ebbe Anderson, der zweite Personenschützer im Raum, dem so langsam der Kragen zu platzen schien. „Verdammt nochmal! Niemand hat mir gesteckt, dass wir hier auf eine hochgradige Nervensäge aufpassen sollen. Jetzt setzen Sie sich sofort in den Sessel zurück und halten verdammt nochmal das Maul!" Dabei deutete er mit ausgestrecktem Fingerzeig und einem finsteren Gesichtsausdruck Butler unmissverständlich an, dass er sich setzen sollte. Tatsächlich schien die resolute Geste Wirkung auf den nervösen Mann zu haben. Zögerlich setzte er sich zurück in seinen Sessel.

„Entschuldigen Sie. Aber ich muss mich anderweitig etwas beruhigen. Kann ich den Fernseher einschalten?"

„Keine ablenkende Geräuschkulisse. Nehmen Sie sich dort ein Buch." Anderson deutete auf das kleine Bücherregal neben dem Doppelbett. Dann ging er zur Tür und klopfte dreimal kurz. Zwei kurze gedämpfte Klopfzeichen, dann Pause und weitere zwei drangen als Antwort von außen nach innen. Vorsichtig öffnete Ebbe Anderson die Tür einen Spalt. Er sah in das gelangweilte Gesicht eines der beiden Posten vor der Zimmertür. Der hielt ihm grinsend eine kleine Packung entgegen. „Kaugummi?"

„Leck mich." Anderson schloss wieder die Tür. Er ging in den Raum zurück und fuhr sich dabei durch seine kurzen, dunkelblonden Haare. Genau wie sein Teamkollege war er Anfang dreißig und man sah ihm die Anspannung in dieser Nacht deutlich an. Mikel kam wortlos vom Kaminsims auf ihn zu und beide setzten sich in das kleine Sesselpaar, das um einen kleinen Beistelltisch gruppiert war. Er blickte eher beiläufig auf seine Armbanduhr. „Mist, erst kurz vor drei."

In diesem Augenblick hörten die Männer die Explosion im Erdgeschoss. Sofort sprangen die Bodyguards auf und zogen gleichzeitig ihre Pistolen. Mikel Mattisson stürmte zur Tür, postierte sich dahinter und hielt seine Waffe mit gestreckter Armhaltung zum Boden gerichtet. „Hintertür! Hintertür! Blendgranate!", ertönte es hektisch im Funk. Ebbe Anderson hatte sich auf Butler gestürzt und ihn hinter das Bett gezogen. „Unten bleiben!" Er kniete neben dem liegenden Butler, der sich nicht rührte. Dann richtete auch er seine Pistole auf die Tür. Schüsse ertönten im unteren Stockwerk.

„Was ist los! Meldung!" Mikel schrie förmlich in sein Mikro. Dann hörten sie Stimmengewirr. Heftiges Husten. „Delta zwei. Heftige Rauchentwicklung. Keinen Sichtkontakt!" Erneut heftiges Husten im Funk. „Verdammt, Reizgas! Ziehen uns zurück." Delta zwei waren die Posten an der Hintertür, die sich nun ohne Atemschutz zurückziehen mussten. Sie konnten weder etwas erkennen, noch bekamen sie richtig Luft. Der Flur, an dessen Ende sich die aufgesprengte Hintertür befand, war dicht eingenebelt. Der Rauch war mit einem starken Reizstoff versetzt, der sie zwang, sich zurückzuziehen, nicht aber ohne ihre Waffen dabei weiter auf die Nebelwand zu richten.

Auf Verdacht hatten sie in Richtung Tür geschossen, um sich nun hustend zum Treppenhaus zu bewegen. Im kleinen Foyer erwartete Delta eins mit angelegten Schnellfeuergewehren einen möglichen Angriff durch die Vordertür. Sie wussten, dass die Sprengung der Hintertür wahrscheinlich ein Ablenkungsmanöver war. Das hatten sie gelernt.

Im Zimmer deutete Mikel mit einem Kopfnicken Ebbe an, sich in eine bessere Schussposition zu bringen. Dieser schlich vorsichtig hinter den gestreiften Sessel, von wo aus er jetzt direkt auf die Tür zielen konnte. Die Männer lauschten angestrengt nach draußen. „Delta drei, was ist?" Die Frage war an die beiden Posten direkt vor ihrer Zimmertür gerichtet.

„Kampfhandlung im Untergeschoss. Erwarten Angriff über die Treppe. Sind beim Fahrstuhl. Over."

„Verdammt! Was macht ihr beim Fahrstuhl?!"

„Sichern die Treppe. Haben dort eine bessere Schussposition. Over."

Mikel atmete tief durch. Ebbe Anderson hielt weiter seine Waffe auf die Tür gerichtet.

Völlig geräuschlos seilte sich die dunkle Gestalt im engen Schacht ab. Sie hing kopfüber. Auch sie war vollkommen schwarz gekleidet. Nur die Sehschlitze der Sturmhaube gaben das Augenpaar frei, bei dem wiederum nur das Weiß der Augäpfel um die sonst geschwärzte Augenpartie herausstachen. Der Mann achtete konzentriert darauf, dass er geräuschlos in seinen Bewegungen blieb. In regelmäßigen Abständen und sehr langsam gab er mehr und mehr Seil frei. Ein einfacher Achter, eine massive, zu einer acht geschweißten, großen Öse, durch die das Seil gezogen war, erzeugte dabei ein kaum hörbares Surren. Nun hatte er die Kaminöffnung erreicht und lugte vorsichtig kopfüber in den Raum. Er sah die beiden Bodyguards, die still und angespannt keine vier Meter von ihm entfernt an ihrer jeweiligen Position verharrten. Hinter dem Bett konnte er ein Beinpaar erkennen. Das musste Butler sein. Lautlos zog er seine Waffe mit der freien Hand. Noch immer hatten die Männer seine Anwesenheit nicht bemerkt. Er zielte zuerst auf den Bodyguard hinter dem Sessel, da er die geringste Körperfläche preisgab. Das halbverdeckte Ziel war schwieriger auszuschalten. Er musste sich mehr konzentrieren. Würde er zuerst das leichtere Ziel, das zudem frei vor ihm an der Tür stand, ausschalten, würde die Zeit kaum für das schwerere Zielobjekt reichen. Der Schuss traf den Bodyguard direkt ins Gesicht. Noch bevor Mikel Mattisson an der Tür begriff, was geschah, trafen ihn zwei Geschosse am Hals und Kopf. Äußerst flink dreht sich der Angreifer in die senkrechte Position, trat rasch aus der Kaminöffnung, klinkte sich dabei aus der Seilverbindung und hielt seine Waffe nun direkt auf Butlers Kopf. Der hielt die Hände hoch.

„Game over", sagte der schwarze Angreifer.

Dann streckte er dem am Boden kauernden die Hand entgegen und zog ihn hoch.

„Scheiße! Scheiße!", fluchte Mikel laut und fasste sich an

den Hals. Die roten Farbpatronen hatten seinen Kopf fast gänzlich vollgespritzt. Auch Anderson erhob sich langsam und schüttelte den Kopf, der ebenfalls mit roter Farbe besudelt war. Der Angreifer zog sich die Sturmhaube vom Kopf, ging auf Mikel zu, drehte das Teleskop des Mikros an dessen Kragen in seine Richtung und hielt die Sprechtaste dabei gedrückt. „An alle, Mission over! Schutzperson und Delta vier ausgeschaltet. Wiederhole: Schutzperson und Delta vier ausgeschaltet. Ende der Übung". In dem Lächeln, das er dabei dem frustrierten Mikel zeigte, lag mehr Triumph als Vorwurf.

Aaron Boyd, der hier während der Übung die Rolle des Attentäters übernommen hatte, war erst seit acht Monaten dabei. Die Männer befanden sich in einem sorgfältig nachgebauten Hoteltrakt auf einem abgeschirmten, militärischen Gelände inmitten der ausgedehnten Wälder Mittelschwedens. *Hoegstradgård* war das Ausbildungszentrum für die Anti-Terror-Einheiten des schwedischen Militärs. Das international operierende und private, schwedische Sicherheits- und Militärunternehmen *PAS AB* hatte diese Einrichtung angemietet. Hier wurden die angehenden Spezialkräfte unter realen Bedingungen trainiert. Das ganze Szenario war eine Übungseinheit innerhalb der Ausbildung als Personenschützer. Alle sicherheitsrelevanten Einsatzmöglichkeiten zu Land wurden an diesem Ort akribisch trainiert. Neben dem Personenschutz, waren auch der mobile Objektschutz, in diesen Fällen der verdeckte Begleitschutz von Handelsschiffen in piratenverseuchten, internationalen Gewässern, die Ausbildungsziele.

Die Tür ging auf und Jasper Hellström, ein Mann in

Tarnkleidung und Barrett auf dem Kopf, trat herein. Die übrigen sechs Bodyguards folgten. Sie sahen Aaron überrascht, aber erwartungsvoll an.

„Was ist passiert?", fragten zwei der Männer gleichzeitig.

Aaron zeigte ruhig auf den Kamin. „Auch ein einfacher Kamin, Leute, ist ein Zugang", erklärte er und sah Mikel und Ebbe mit einem strafenden Blick an.

„Respekt, Aaron", sagte Hellström nun anerkennend in die Runde. „Direkte Manöverkritik?"

Aaron nickte kurz, lehnte sich an den Schreibtisch und blickte in die Männerrunde, die ihn gefrustet aber gleichzeitig voller Anerkennung ansah. Dieser Schweinehund hatte sie doch alle tatsächlich auf 's Kreuz gelegt.

„Okay, ich fasse kurz zusammen. Delta eins korrekt. Delta zwei korrekt. Delta drei out. Delta vier out." Aaron erhob sich von der Schreibtischkante. „Im Einzelnen. Delta drei, Sie haben ihre Position vor der Tür verlassen. Weder eine Anweisung des Gruppenführers noch die Situation zwang Sie dazu. Mit welcher Begründung taten Sie dies?"

„Sir, wir wollten eine bessere Schussposition. Deshalb sind wir zum Fahrstuhl. Von dort hatten wir Sicht auf die Treppe, die nach oben führt. Die Schüsse im unteren Flur ließen keine Zweifel an der Position des Angreifers", gab einer der beiden Delta drei als Rechtfertigung an.

„Sie haben Ihren Posten verlassen", ließ Aaron die Erklärung nicht gelten.

„Bei allem Respekt, Sir. Ohne Deckung vor der Tür, auf dem Flur, wären wir dem Angriff von der Treppe aus schutzlos ausgeliefert gewesen," gab sich der angehende

Bodyguard weiter uneinsichtig. In Haltung und Kommunikation zeigten alle acht Deltas ihre militärische Ausbildung.

„So? Kam der Angriff denn vom Treppenhaus? Nein, ein derartiges Verlassen Ihrer Position ist im höchsten Maße inakzeptabel. Selbst, wenn Delta eins und zwei in schweres Feuer verwickelt wären, wäre Ihre Position dort vor der Tür. So ließen Sie durch Ihre Fehleinschätzung Delta vier im Stich. Sie hätten jederzeit mit einem Ablenkungsmanöver rechnen müssen, um Delta vier im Falle eines Angriffs von außen zu unterstützen. Ein Angreifer hätte sich durch das Fenster Zutritt verschaffen können oder, wie gerade passiert, kommt der Weihnachtsmann doch tatsächlich durch den Kamin." Aaron machte eine Pause und ließ die Männer seine Kritik verinnerlichen.

Es waren die beiden Delta vier Leute, Mikel Mattisson und Ebbe Anderson, die sich ertappt fühlten, aber dennoch nun einsichtig und zustimmend nickten. Beide waren vor der Übung vollkommen überzeugt, dass niemand an die Schutzperson herankäme.

„Delta vier. Oberstes Gebot ist die Sicherung der Schutzperson. Und damit der Raum, in dem diese sich befindet. Sie haben richtigerweise die Vorhänge zugezogen. Sie nehmen dem Angreifer die Einsicht auf die Situation im Zimmer. Achten Sie in Zukunft auf jeden, und ich meine damit jeden möglichen Zugang nach innen. Fragen bis hierher?"

„Sir", unterbrach Mikel „es ist schwierig, sich sechs Stunden lang auf das, was draußen möglich wäre, zu konzentrieren und gleichzeitig den Kamin ständig im Auge zu behalten. Zudem, wenn – verzeihen Sie, Sir – eine hochgradig anstrengende Person einen ablenkt." Damit blickte er entschuldigend auf die Schutzperson Butler.

„Erstens, warum haben Sie den Kamin nicht einfach angezündet. Holzscheite und Anzünder liegen daneben."

„Es war bereits sehr warm im Raum."

„Negativ. Schalten Sie einfach die Heizung aus. In jedem Zimmer gibt es Regulatoren wie dort neben der Tür", dabei deutete Aaron auf ein kleines Schaltkästchen an der Wand. „Ich weiß, Ihnen mag es übertrieben und an den Haaren herbeigezogen vorkommen, aber ich will Sie gerade für das Unwahrscheinliche sensibilisieren. Nichts in Ihrem Umfeld wird nebensächlich sein." Dann ging er auf die fiktive Schutzperson Butler zu, gespielt in diesem Fall von einem gut trainierten Schauspieler, legte die Hand auf seine Schulter und sprach weiter in die Runde. „Er hat das hervorragend gemacht. Natürlich ist eine akut bedrohte Person hochgradig nervös. Rechnen Sie immer damit, dass sie in dieser Situation die Nerven verliert. Sie ist nicht für derartige Momente ausgebildet. Aber Sie", und damit zeigte er auf die ganze Gruppe „Sie werden sich immer unter Kontrolle haben. Haben Sie das verstanden?"

„Ja, Sir!", riefen die Männer im Chor.

„Das war's, Leute. Dann wünsche ich ein schönes Wochenende. Wegtreten", ergänzte Jesper Hellström und entließ die Männer in das langersehnte, erste freie Wochenende nach acht Wochen harten Trainings. Er wandte sich an Aaron. „Hervorragende Arbeit, Aaron. Du kannst wie ein Attentäter denken und echt unmögliche Pläne schmieden. Man sieht, dass du schon lange im Geschäft bist."

Aaron lächelte leicht, erwiderte aber nichts. Seit Beginn seiner Ausbildertätigkeit bei PAS AB hatte er einen sehr guten Ruf als besonders kompetenter und einfallsreicher Übungsleiter erlangt. Allerdings hatte er sich für diesen Job nicht selbst beworben. Niemand geringeres als die amerikanische CIA hatte ihre Kontakte spielen lassen und den Anfang fünfzigjährigen Aaron vermittelt. Doch weder besaß der durchtrainierte Spezialist eine Ausbildung hierfür, noch zeugten Referenzen von seiner Qualifizierung als Ausbilder. Er besaß nur seine Erfahrung. Aus seinem Leben davor. Das Wissen und das Denken eines Attentäters. Doch das wussten Hellström und die Vorgesetzten in dieser Trainingseinheit nicht. Für sie war dieser gutaussehende, besonnene Mann ein Profi in der Analyse und Abwehr von Bedrohungsszenarien, den die Firmenleitung engagiert hatte. Die Einheit Delta, die er nun seit drei Monaten drillte, umfasste sechzehn Anwärter, die allesamt ehemalige Berufssoldaten waren und nun zu Spezialisten geschult wurden. Es waren *Jaspers Jungs*, wie Hellström selbst sie zu nennen pflegte. Für Aaron, der in jungen Jahren bei der britischen Spezialeinheit SAS gedient hatte, war es angenehm, mit den Jungs von Delta zu arbeiten. Er genoss die militärische Umgebung, den Stallgeruch von einst und die klare und effektive Sprache der Militärs. Den Drill und den Gemeinschaftssinn. Jaspers Jungs standen bereits kurz vor dem Abschluss ihrer Ausbildung. Danach würden sie bei den Großen der privaten Sicherheits- und Militärunternehmen weltweit anheuern. Bis dahin gaben diese Übungen unter realen Bedingungen ihnen noch einen letzten Feinschliff.

Die beiden Männer verließen das Gebäude und gingen

über das weitläufige, abgeschirmte Gelände auf ein rotge-
klinkertes Verwaltungsgebäude zu. Es war Freitagnach-
mittag und das freie Wochenende hatte auch für die beiden Ausbilder begonnen.

„Wie bist du auf den Kamin gekommen?", fragte Hellström. „Genialer Einfall."

„Man muss immer an das Unmögliche denken", gab
Aaron zur Antwort. „Der Angreifer ist in der besseren Position. Er agiert. Die anderen reagieren."

„Tja," seufzte Jasper Hellström, als er mit seinem Finger-
abdruck den biometrisch gesicherten Türöffner des Gebäudes betätigte. „Machen wir uns nichts vor. Die härtesten der Bad Boys kennen auch die Abwehrstrategien. Sie
wurden selbst darin ausgebildet. Standen auch mal auf
dieser Seite."

„Ja. So wird es wohl sein", sagte Aaron ruhig und folgte
Hellström ins Gebäude.

* * *

Vier Stunden später saß Aaron in der Maschine nach Paris. Über Stockholm dauerte der Flug keine drei Stunden.
Zeit, in der er sich in Gedanken verlor. Sie galten Iris. Sie
war sein Mittelpunkt geworden. Wenn sie bei ihm war,
fühlte er diese Sicherheit in seinem neuen Leben. War sie
noch da? Die damaligen Ereignisse in Porto Puntas hatten
sie beide wieder zusammengeführt. Und obwohl sie sein
Vorleben nun kannte, war sie bei ihm geblieben. Gemeinsam verschlug es sie damals nach Paris. Sie hatten die an-
fänglich unbeschwerte Zeit genossen, hatten wieder spie-
lerisch zueinander gefunden. Hatten diese wunderbare

Stadt der Liebe gemeinsam erkundet, so wie das neue, gemeinsame Leben. Es passte. Iris hatte als Kunstkennerin einen Job in einem Kuratorenteam angenommen, das eine vielbeachtete, weltweite Ausstellung in Paris vorbereitete. Er war schließlich bei Jaspers Jungs in den schwedischen Wäldern gelandet, wodurch sie eine Wochenendbeziehung führten. Auch gelegentlicher, zärtlicher Sex hatte sich wieder eingestellt, wenn auch nicht mehr ganz so unbeschwert, wie einst zu Beginn ihrer Beziehung, damals in Manhattan. Dort, wo alles begann.

„Möchten Sie einen Drink, Monsieur?" Die sanfte Stimme der netten Flugbegleiterin unterbrach ihn in seiner Welt.

„Einen Malt ohne Eis, bitte."

Die Stewardess hantierte an ihrem Servicewagen und stellte nur wenige Augenblicke später ein Glas mit dem goldenen Inhalt auf das Desk vor ihm.

„Merci", bedankte sich Aaron und lehnte sich wieder zurück. *Air France* schenkte einen guten Malt aus. Der Genuss eines Whiskeys war geblieben. Dem Kokain hatte er abgeschworen.

Unwillkürlich dachte er an die Ereignisse in Porto Puntas, wie sie beide die Gefahren überstanden hatten und er echte Zuneigung und Liebe verspürte. Das erste Mal in seinem Leben. Das lag nun schon zwei Jahre zurück. Damals war er selbst noch ein Bad Boy gewesen.

Er schaute durch das kleine Seitenfenster über die Weite der dichten Wolken, die fast schon im Dunkeln lagen. Er blickte auf das einsame Blinken der roten Positionslampe am Ende der Tragfläche, hörte nicht mehr als das leise, monotone Dröhnen der Triebwerke.

In letzter Zeit war ihre Beziehung durch ihre unterschiedlichen Ansichten zunehmend überschattet worden. Sie hatte ihm vorgeworfen, nicht konsequent sein neues Leben anzugehen. Ohne professionelle Hilfe, eine Therapie, würde er es niemals in den Griff bekommen, sich niemals befreien können vom alten Kindheitstrauma und den Schrecken seines ehemaligen Daseins. Aber er befand sich doch längst auf dem neuen, besseren Weg. Nur sah sie es nicht.

Plötzlich sackte das Flugzeug je ab. Der Gong ertönt und das Zeichen zum Anschnallen leuchtete auf. Der Kapitän meldete sich über die Lautsprecher und erklärte, dass sie nun ein Schlechtwettergebiet durchflögen und es zu Turbulenzen kommen würde.

Turbulenzen? Passt ...

Es war bereits dunkel, als die Maschine auf dem Pariser Flughafen *Charles de Gaulle* landete. Als er aus dem Check Out in Richtung Ausgang ging, überkam ihn sofort ein beklemmendes Gefühl. Es war das erste Mal, dass sie ihn nicht abholen würde. Sie hatten nur kurz zu Beginn der Woche telefoniert. Nicht so wie sonst, täglich. Ihre Absicht stand weiterhin fest. Am letzten Wochenende hatten sie sich gestritten. Es war ein heftiger Streit. Und dann war sie gegangen. Bat um eine Auszeit. Sie war vorübergehend in das kleine Appartement einer Kollegin gezogen, das freistand. Sie benötigte Zeit, um selbst klarer zu sehen.

Aaron nahm sich am Flughafen einen Mietwagen über das Wochenende. Der Weg zu ihrer gemeinsamen Wohnung im westlichen sechszehnten Arrondissement führte über den Vorort Saint-Denise in das nächtliche Paris. Gerade am Abend und in der Nacht verwandelt sich die

Stadt der Liebe zusätzlich in die Stadt der Lichter. Doch es war anders als in ihrem New York. Keine langen, hohen Straßenschluchten, in denen viele Lichter in der Nacht ganz Midtown, Manhattan erleuchteten. Die Straßen hier waren enger und mündeten irgendwie immer in einen der vielen größeren Boulevards, die wiederum direkt zu einem der nächtlich angestrahlten Wahrzeichen führten. Viele Bäume dämpften das Licht der Straßenbeleuchtung. Die meisten Plätze mit ihren unzähligen Bars und Restaurants waren draußen voll besetzt und zahlreiche, kleine Lichter leuchteten auf den Bistrotischen. In dieser Atmosphäre spiegelte sich die Magie und Romantik von Paris.

Sie hatten ein Appartement in der zweiten Etage eines der alten, renovierten Häuser bezogen. Es war eines dieser typischen aneinandergereihten, weißen und hohen Wohnhäuser im neoklassischen Stil, die das Erscheinungsbild der französischen Metropole prägten. Zur Straße hin waren die Balkone und Vorsprünge der Fassade reichhaltig mit Ornamenten und Verzierungen dekoriert, die mit ihrem kontrastreichen, nächtlichen Schattenspiel noch ausgeprägter wirkten. Als Aaron die Wohnungstür aufschloss, war kein Laut aus dem Inneren zu vernehmen. Sie war nicht da. Und es schmerzte. Er stellte seine Reisetasche ab. Die Wohnung hatte ihren ursprünglichen Charme mit den typischen Stuck-Dekorationen, massiven Holzböden und offenen Kaminen erhalten. Die modernen Möbel bildeten einen reizvollen Kontrast dazu. Er ließ das Licht aus. Die nächtliche Beleuchtung von draußen warf genug sanftes und gedämpftes Lichtspiel an Decken und Wände. Er nahm sich einen Drink und schritt vor die riesigen, halbrunden Fenster. Er blickte hinaus.

Hatte er Iris tatsächlich verloren? Jetzt, eine Woche später, sah alles anders aus. Nur allzu gerne hätte er sie jetzt gerade bei sich. Er dachte an ihren Streit. Bereits im Hausflur hatte es ihm leidgetan, wortlos die Wohnung verlassen zu haben. Die Tür hatte er zugeknallt. Er war wütend gewesen. Er war heftigen Streit nicht gewohnt und tat sich schwer nachzuvollziehen, warum sie so auf diesen beschissenen Seelenklemptner drängte. Es entwickelte sich doch alles!

Es war doch alles gut! Es brauchte doch nur noch etwas mehr Zeit. Verdammt! Warum muss sie immer so drängen ...

Das Mobiltelefon klingelte. Iris? Langsam zog er das Smartphone aus seiner Manteltasche. Es war nicht Iris. Er hatte nur wenige Nummern gespeichert. Diese war eine davon. Der Name von Gavin Wilson, dem stellvertretenden Leiter der Abteilung *Innere Angelegenheiten* der CIA, stand im Display. Aaron nahm an.

„Gavin."

„Aaron, ich hoffe, Iris und Ihnen geht es gut. Wie kommen Sie zurecht in Ihrem neuen Leben?"

Aaron wusste, der CIA Kontaktmann rief nicht ohne Grund an.

„Gavin, wenn Sie anrufen, gibt es ein Problem", sagte Aaron ohne Umschweife.

„In der Tat. Delano ist aus einem Bundesgefängnis geflohen."

Es traf Aaron wie ein Blitz!

„Was?!" Er bemühte sich ruhig zu bleiben.

Verdammt!

„Ich finde, dass sollten Sie und Iris wissen. Wenn ich mich recht erinnere, ist der Mann eiskalt in seinem Wesen und er hat Ihnen beiden damals bei der Urteilsverkündung Rache geschworen."

Gavin Wilson hatte Iris und ihn seinerzeit überzeugen können, gegen den Boss der *Sektion* auszusagen. Und mit ihm hatten sie den Deal ausgehandelt. Sie hatten seit dem Prozess keinen Kontakt mehr.

„Wann?"

„Gestern. Eine bundesweite Großfahndung läuft noch. Alle Flughäfen und Grenzübergänge werden verschärft kontrolliert. Er ist international als *Top-Scorer* zur Fahndung ausgeschrieben. Es ist aber auch gut möglich, dass er entwischt."

„Wie gefährlich stuft ihn die CIA noch ein?"

„Er ist jetzt einer der meistgesuchten Männer, weltweit. Das erhöht den Druck auf ihn. Er könnte sich mit seinem Insiderwissen den Russen oder Chinesen anbieten. Er war immerhin ein stellvertretender CIA-Direktor *Analysen*. Oder er verkriecht sich mit einer neuen Identität und dem Rest seines Vermögens irgendwo auf der Welt, wo er meint, dass wir ihn nicht erwischen. Der Mann wird andere Sorgen haben, als neues Unheil anzurichten oder gar finstere Rachepläne zu verfolgen", stufte Wilson die Gefahr ein. „Aber das ist im Augenblick Spekulation."

„Kann er was über unseren Aufenthaltsort erfahren?"

„Ich denke, zunächst einmal nicht. Er müsste schon einige Hebel in Bewegung setzen, um Sie zu finden. Es ist fraglich, ob er die Kontakte dazu noch hat. Hinzu kommt, dass Iris eine neue, geschützte Identität hat und Sie nirgendwo in Datenbänken oder im Netz auftauchen. Halten

Sie sich daran", antwortete der CIA-Mann. „Wie gesagt, Delano wird andere Probleme haben. Aber, wenn Sie wünschen, könnte ich Sie auch nachträglich noch in ein Zeugenschutzprogramm nehmen lassen, bis wir ihn wieder erwischt haben. Allerdings bedeutet das auch, alles wieder auf Stopp. Überlegen Sie es sich in Ruhe."

„Danke, Gavin. Wir melden uns." Damit legte Aaron auf.

Er zog seinen Mantel aus und warf ihn über die blaue Couch. Dann nahm er einen weiteren Whiskey und setzte sich mit Blick aus dem Fenster in den großen Sessel. Kein Lärm drang von draußen herein. Alles war ruhig. Er dachte an Michael Franklin Delano, den Boss der zerschlagenen Sektion. Den dunklen, ehemaligen Strippenzieher im Hintergrund. Es waren diese Ereignisse in Porto Puntas, die dazu geführt hatten, dass er und Iris es geschafft hatten, die Sektion zu Fall zu bringen. Das lag nun schon fast zwei Jahre zurück. Danach hatten sie als Kronzeugen gegen Delano ausgesagt und waren davon überzeugt, durch seine lebenslange Haftstrafe nie wieder von ihm zu hören. Doch diese Überzeugung wich nun der Unsicherheit. Der Mann war gerissen und verschlagen. Und er war rachsüchtig. Außerdem könnte er noch über erhebliche finanzielle Mittel verfügen. Das machte ihn extrem gefährlich. Aber was würde er in Freiheit tun? Zumal er sich nicht frei würde bewegen können. Die CIA, Interpol und sonst noch wer fahndeten international nach ihm. Bestenfalls könnte er sich irgendwo auf der Welt mit einer neuen Identität verkriechen. Und irgendwann würde der Fahndungsdruck nachlassen. Dahingehend teilte Aaron Gavin Wilsons Einschätzung. Doch was, wenn er trotzdem einen

Racheplan verfolgte? Wenn ja, würde er Spuren hinterlassen. Würde er das riskieren? Wie auch immer, Aaron musste mit Iris darüber reden. Er wählte ihre Nummer. Sie ging nicht ans Telefon. Aber sie würde sehen, dass er angerufen hatte.

Er blickte wieder durch die Fenster in die dunkelblaue Nacht. Wieder kreisten seine Gedanken um Delano. Ein Ausbruch aus einem US-amerikanischen Bundesgefängnis war kein Kinderspiel. Dazu brauchte es Logistik, Beziehungen, Fluchthelfer und Geld. Jemand, der so etwas hinkriegt, musste intelligent, berechnend und rücksichtslos sein. Je mehr Aaron darüber nachdachte, umso mehr gelangte er zu der Erkenntnis, dass Delano sich nicht irgendwo verkriechen würde.

Aber wie zum Teufel hatte dieser Mistkerl das geschafft?

2. Vier Wochen vorher

Salomon Cramer saß an diesem Abend in seinem großräumigen Büro und ging noch einen Scheidungsfall durch, den es galt, morgen früh zu besprechen. Die renommierte Anwaltskanzlei von Dermont & Partner befand sich im elften und zwölften Stock des Stranton Enterprise Building, einer der angesehensten Adressen an der Park Avenue, in Midtown Manhattan. Sal Cramer war einer dieser Partner. Zurückgelehnt in seinem großen, dunklen Lederstuhl lag er mehr als er saß und hatte seine Beine bequem übereinandergeschlagen. Nur die blauweiß gestreifte Krawatte zierte sein schneeweißes Oberhemd, das auch nach einem zehnstündigen Arbeitstag immer noch knitterfrei geblieben war. Obwohl bereits Mitte sechzig an Jahren, benötigte der schlanke, silberhaarige Mann noch keine Lesebrille, was ungewöhnlich für sein Alter war.

„Dieser Vollidiot", murmelte er in seinen kurzgehaltenen, weißen Bart, als er die eindeutigen Beweisfotos für die Untreue seines Mandanten betrachtete. In diesem Augenblick klingelte das Telefon. Mrs. Walsh, seine langjährige Sekretärin, hatte nach Arbeitsschluss das Telefon direkt zu ihrem Chef durchgestellt.

„Hallo?"

„Sal?"

„Ja. Mit wem spreche ich?"

„Michael."

Sal erschrak. Er kannte diese Stimme. Der Anrufer war zu mehrfach lebenslang verurteilt worden und konnte nur von einem Bundesgefängnis heraus anrufen. „Michael?", fragte er ungläubig nach. „Wie geht es dir?"

„Na, wie soll es mir schon gehen. Die Sonne scheint, kühler Pool und heiße Girls. Alles bestens hier. Nur das Animationsprogramm lässt etwas zu wünschen übrig."

Seit dem Ende des Prozesses gegen Michael Delano hatte er keinen Kontakt mehr zu ihm. Sal war in all den Jahren, in denen die Sektion im Geheimen tätig war, ihr Berater. Darüber hinaus war die zentral in Manhattan gelegene Kanzlei auch Dreh- und Angelpunkt der geheimen Organisation. Hier trafen sich die Mitglieder stets, wenn es galt Entscheidungen zu treffen. Sal beriet sie in allen grenzüberschreitenden, juristischen Fragen und möglichen politischen Auswirkungen ihres Handelns. Auch setzte er die geschäftlichen Verhältnisse der Mitglieder in Vertragsform um. Und obwohl diese Verträge niemals vor einem Gericht geltend gemacht werden würden, betrachteten es die Männer als einen stabilen Anker innerhalb ihrer Beziehungen.

Die beiden CIA-Mitarbeiter der Abteilung *Analysen* im CIA Headquarter in Langley, Fred Dennenboom und Michael Delano, zudem ein stellvertretender Leiter, missbrauchten über Jahrzehnte hinweg, die geheimen Daten des größten Geheimdienstes auf ihre Weise. Sie analysierten aus Memos, Dossiers und Einschätzungen den Bedarf einiger potenter Personen aus Politik und Wirtschaft an einer effektiven und sicheren Lösung ihrer drückenden, mitmenschlichen Probleme. Der Beseitigung missliebiger Partner, Konkurrenten oder investigativer Journalisten. Und das international. Dazu bedienten sie sich einer kleinen Anzahl der weltweit besten Auftragskiller. Operativ gelenkt wurden diese von einem Instructor, dem ausschließlichen Kontakt zu den Profis. Hector Lumes. Die Honorare für ihre schmutzigen Deals lagen dabei meistens im mehrfach sechsstelligen Bereich.

Sal Cramer war natürlich über das Geschäftsmodell seiner Mandantin bestens informiert und so führte er dieses spezielle Mandat auch persönlich und exklusiv. Nichts lief offiziell durch die Bücher der renommierten Anwaltskanzlei. Als die Sektion aufflog und Delano als letzter überlebender Boss vor Gericht stand, gab es gleichzeitig ein Untersuchungsverfahren gegen den bekannten Anwalt. Doch alle Verdachtsmomente, er könne seinen anwaltlichen Status missbraucht und im Wissen um das tatsächliche Geschäftsmodel seiner Mandantin eine kriminelle Vereinigung unterstützt haben, konnte er entkräften. Sal hatte sich stets auf die anwaltliche Pflicht zur Verschwiegenheit berufen und dass sich diese Pflicht auch auf alles beziehe, was ihm in Ausübung seines Mandates bekannt geworden war. Die Staatsanwaltschaft sah es anders und hatte ihre Ermittlungen mit dem Umstand begründet, dass eine Verpflichtung zur Verschwiegenheit nicht vorliege, wenn es um das Wissen einer oder mehrerer geplanter Straftaten gehe und Gesetz und Recht hier klar eine Ausnahme forderten. Doch es war der angeklagte Delano selbst, der im Prozess zu allen Fragen, was die Rolle des Anwaltes betraf, Sal entlastete. Dies führte zu der Einstellung des Ermittlungsverfahrens gegen den renommierten Anwalt. Auch die Medien rehabilitierten ihn in ihren Berichten öffentlichkeitswirksam. Sal rechnete Delano dies hoch an. Aber es war das berechnende Kalkül des ehemaligen Sektion-Bosses. Er sparte sich eine Danksagung seines ehemaligen Anwalts genau für diesen Moment auf.

„Was gibt's, Michael?"

„Wir haben uns lange nicht mehr gesehen. Schade, ich dachte, du würdest mich einmal in meinem neuen Domizil besuchen."

In Sal regte sich Abwehr und gleichzeitig auch Verlegenheit. So reagierte er instinktiv zurückhaltend. „Ist das der Grund deines Anrufs?" Sal wusste, Michael Delano war kein Mensch des Small-Talks.

„Ich finde, es ist an der Zeit, dass mein damaliger Anwalt wieder mein neuer wird", entgegnete Delano knapp. „Ich habe Neuigkeiten für die Staatsanwaltschaft. Ich will endgültig reinen Tisch machen. Und dazu brauche ich einen Anwalt, dem ich hundertprozentig vertrauen kann."
Sal war verwirrt. Er hatte doch genügend Anwälte, die ihn seinerzeit im Prozess unterstützt hatten. „Michael, du wurdest von Spitzenanwälten vertreten. Und das aus gutem Grund. Ich bin zudem kein Strafverteidiger." Irgendetwas stimmte hier nicht. Delano rief von einem ungeschützten Gefängnisapparat aus an. Sal begriff.

„Übrigens, Sal. Ich würde mich bei dem Termin ganz nach dir richten", redete der Häftling weiter, ohne eine Antwort abzuwarten.

„Einen Moment, Michael." Sal versuchte Delano zu unterbrechen.

„Und sagen wir spontan übermorgen? Da sieht es in meinem Terminkalender noch sehr gut aus", redete Delano weiter.

„Michael, ich ..."

„Na sowas! Elf Uhr passt sehr gut", überfuhr ihn der Anrufer weiter. „Also, bis übermorgen! Ich freue mich auch, dich endlich einmal wiederzusehen." Dann legte Delano auf. Verblüfft horchte Sal noch etwas länger in den Hörer. Aus den langen Jahren, in denen er die Sektion betreut hatte, kannte er Michael Delano gut. Er wusste, wie berechnend, gerissen und gefährlich dieser Mann noch immer sein konnte. Was hatte er vor? Er konnte nicht ausschließen, dass Delano nicht doch noch nachträglich irgendetwas gegen ihn zurückhielt. Delanos Entlastung seiner Person im Prozess kam für Sal überraschend, verschafften sich doch normalerweise überführte Angeklagte mit der Preisgabe etwaiger Mittäter oder Mitwisser eine mögliche Reduzierung des Strafmaßes. Nicht so Delano. Aber jetzt stand auch fest, dass er etwas von ihm wollte. Was es auch immer sein mochte, Sal würde sich auf gar keinen Fall mehr zu irgendetwas bewegen lassen, was auch nur den Anschein des Illegalen hatte. Nein, er würde äußerst wachsam sein. Sal beschloss, dass er zumindest diesen einen Besuch bei seinem ehemaligen Mandanten wagen könne.

* * *

Als Salomon Cramer den großen Besucherraum betrat, stieg sofort ein unangenehmes Beklemmungsgefühl in ihm hoch. Der Raum war mit geschätzten fünfzehn mal fünfzehn Metern und einer Deckenhöhe von gut sechs Metern außergewöhnlich groß. Zentraler Mittelpunkt war ein riesiger Käfig, der mit einem Abstand von einem Meter zu den kahlen Raumwänden einer Raubtiermanege glich. Im Inneren des Käfigs standen ein alter Holztisch und zwei gegenüber gestellte Stühle. Die hohen, weißen Gitterstäbe ringsherum ließen die Möbel klein und schmächtig erscheinen. Der Vollzugsbeamte öffnete die Tür zum Inneren und ging vor. Das unangenehme Gefühl in Sal stieg weiter an, als der Beamte hinter ihm wieder zuschloss und sich stumm seitlich in das Halbdunkel stellte. Nein, an diesem Ort wollte niemand sein, er stand für Sühne schlimmer Taten und der Verantwortung für sein eigenes Leben, durchfuhr es ihn. Am gegenüberliegenden Rand des Gitterraums konnte er im Schatten einen weiteren Posten sehen, der ebenfalls stumm dort verharrte. Obwohl der Sechzigjährige ein renommierter Anwalt war, hatte er in seiner bisherigen Laufbahn noch kein derartiges Gefängnis von innen gesehen. Er war Fachanwalt für Zivilrecht, schlammige Scheidungen, üble Familienstreitigkeiten, Nachlässe. Seine schwerreiche Klientel saß in der Regel nicht im Gefängnis. Sein Herz klopfte etwas schneller, als er auf den Mann im roten Overall zuging, der bereits am Tisch saß. Eingetaucht in einem starken Lichtkegel blieb das Gesicht abgeschattet. Nur die ergrauten, kurzen Haare wurden von oben angeleuchtet. Die äußere Gesichtsform war schlanker und auch die gesamte Figur schien hagerer zu sein, als diejenige, die er in Erinnerung hatte. Und so erkannte er Michael erst, als er vor ihm stand und sich setzte. Delano saß ruhig und abwartend da. Seine Hände ruhten auf einem grauen Umschlag, der vor ihm auf der Tischplatte lag. Beide Männer sahen sich einen langen Moment stumm an.

„Hallo Michael", eröffnete Sal das Gespräch. „Du hast dir einen Bart stehen lassen", versuchte er mit einer Verlegenheitsfloskel seine Unsicherheit zu überspielen. Doch man sah ihm an, dass ihm dieser Besuch unangenehm war. Er hatte keinen Schimmer davon, weshalb ihn der berühmte Häftling nach all der Zeit sprechen wollte.

„Hallo Sal." Delano lächelte. Doch es glich mehr einem Grinsen. „Du siehst gut aus."

„Mit Verlaub, du siehst mitgenommen aus."

„Ja, diese Form von Wellness bekommt mir nicht."

„Es tut mir leid, wie sich die Dinge entwickelt haben,"

sagte Sal. Delano antwortete nicht, sondern beobachtete sein Gegenüber intensiv.

„Was macht deine Berufungsanhörung?", erkundigte sich der Anwalt.

Beide Männer sahen sich in die Augen.

„Ehrlich gesagt, interessiert es mich nicht. Die Chancen sind gegen Null."

Sal war erstaunt, von einem zu mehrfach lebenslänglich Verurteilten eine derart realistische Einschätzung zu hören. Müsste er sich nicht an jeden Strohhalm klammern? Eine kurze Pause entstand.

„Was willst du, Michael? Warum wolltest du mich sprechen?"

Delano lehnte sich entspannt nach hinten, ohne seinen Blick von seinem Gegenüber zu lassen. Er atmete gelassen aus. Dann beugte er sich wieder vor.

„Du kannst dir nicht vorstellen, wie enttäuscht ich von Hector seinerzeit war, als sich herausstellte, dass er diese Aufzeichnungen gemacht hatte. Das hat der Sektion das Genick gebrochen, Sal."

Der Anwalt machte eine abwiegelnde, bedauernde Kopfbewegung, so, als wollte er sagen, dass es irgendwann unweigerlich einmal passiert wäre.

„Und auch von dir hatte ich uneingeschränkte Loyalität deiner Klientin gegenüber erwartet", sagte er leise in einem beschwörenden Tonfall. „Du wusstest davon."

„Auch Hector war mein Klient, Michael. All das, was damals geschah, konnte niemand vorhersehen", wies der erfahrene Anwalt den Vorwurf zurück. „Ich denke nicht, dass du mich sprechen wolltest, um über alte Zeiten zu reden." Erstaunlicherweise lenkte Delano mit einer öffnenden Geste sofort ein. „Schon gut, Sal. Reden wir nicht mehr über das Vergangene. Lass uns in die Zukunft schauen."

In die Zukunft schauen? Was sollte das jetzt bedeuten? Dieser Mann hatte keine Zukunft mehr, dachte Sal. Er blieb weiter neugierig und angespannt.

„Was soll das, Michael? Was willst du?"

„Ich möchte dir nach allem was passiert ist, die Gelegenheit geben, einiges wieder gut zu machen."

„Ich habe mir nichts vorzuwerfen, Michael."

„Ich möchte, dass du für mich ein paar Dinge erledigst, Sal. Kleine Sachen. Für drei Monate wirst du wieder mein Anwalt sein."

„Nenn mir verdammt nochmal einen Grund, warum ich das tun sollte?"

„Ich nenn dir sogar zwei Gründe, mein Lieber. Ich war dir gegenüber immer loyal. Jetzt bist du es mir gegenüber. Vergiss nicht, dass ich dir deinen goldenen Arsch gerettet habe." Delanos Tonfall wechselte vom Plauderton in einen bestimmenden. „Der zweite Grund ist viel pragmatischer. Der Staatsanwalt hat immer noch ein offenes Ohr für mich, sollte mir doch noch im Nachhinein das eine oder andere wieder einfallen. Namen, Beteiligungen, Mitwisser. Ich könnte ihnen jeder Zeit helfen, bisher verborgene Sachverhalte ans Tageslicht zu bringen. Gegen die eine oder andere Hafterleichterung. Kannst du mir folgen, Sal?". Delano sagte dies süffisant, aber auf eine ernstgemeinte Art. „Und um ehrlich zu sein, könnte ich mir schon ein Mehr an Annehmlichkeiten vorstellen. Zumal ich bis an das Ende meiner Tage in der Obhut des Staates verbringen soll. Und da fällt mir doch glatt unsere intensive, jahrelange Geschäftsbeziehung wieder ein. Wie sie sich wirklich verhielt. Was du, als Anwalt, tatsächlich wusstest. Dinge, die sich nicht mit dem Recht und schon gar nicht mit eurem Berufsethos vereinbaren lassen." Jetzt schaute er Sal bedrohlich an. Der verstand.

„Damit kommst du nicht durch, Michael. Die Untersuchungen gegen mich wurden eingestellt."

„Nun ja, sie können auch jederzeit wieder aufgenommen werden. Ich könnte darüber hinaus sehr fantasievoll in der Ausschmückung deiner Mitwisserschaft sein. Und stell dir allein nur die erneuten Schlagzeilen vor. ,*Wie tief war Star-Anwalt Salomon Cramer tatsächlich in das organisierte Verbrechen verstrickt?*'" Delano sagte die Worte beschwörend und herausfordernd. „Ich kann mir zudem vorstellen, dass die Anwaltskammer selbst auf Antworten drängt und nicht so sehr auf Beteuerungen eines ihrer Mitglieder setzt. Selbst, wenn ein zweites Verfahren erneut eingestellt werden würde." Jetzt lächelte Delano diabolisch und lehnte sich genügsam zurück. Er wusste um die Wirkung seiner Drohung. „Ich habe nichts mehr zu verlieren, Sal." Erneut verzog sich sein Gesicht zu einem breiten Grinsen.

Sal sah Delano ernst an. Ja, das war der Michael, den er kannte. Verschlagen und brutal in der Verfolgung seiner Ziele. Er traute diesem Mann immer noch alles zu. Und er würde nicht bluffen. Er musste an Edith, seine langjährige Ehefrau und Liebe, denken, ihre gemeinsame Existenz, sein persönliches Renommee und ihre gesellschaftliche Stellung insbesondere. Er war ein angesehener Anwalt, der in den besten Kreisen verkehrte. Allein die Wiederaufnahme der Ermittlungen gegen ihn wegen Mitwisserschaft und Begünstigung einer kriminellen Vereinigung, würde in der Presse erneut ein zwiespältiges Licht auf seine Person werfen. Unabhängig von einem Verfahren oder gar Urteilsspruch drohte ihm parallel ein Ausschlussverfahren wegen standeswidrigem Verhaltens seitens der Anwaltskammer. Selbst, wenn die Ermittlungen endgültig eingestellt würden – die Auswirkungen auf seinen guten Ruf wären katastrophal. Er hatte geglaubt, mit der Einstellung der Ermittlungen gegen ihn und der Verurteilung des obersten Bosses auch für sich persönlich das unrühmliche Kapitel in seiner Karriere abgeschlossen zu haben. Ein fataler Irrtum.

„Was willst du, Michael?"

„Nicht viel. Und wenn du das diskret erledigt hast, werden die Dinge ihren Lauf nehmen. Vielleicht wirst du danach auch nie wieder etwas von mir hören. Und dein Name wird endgültig nie wieder im Zusammenhang mit der Sektion auftauchen." Delano machte eine kurze Pause und beobachtete Sals Reaktion. Dann sprach er ruhig weiter. „Ich brauche meine Papiere."

Sals Miene schlug von angestrengt auf verwundert um. Er dachte sofort an den kleinen Umschlag mit Michaels gefälschten Pässen. Als Vorkehrung für den Fall, dass es einmal zu heiß für ihn in den Staaten würde, hatte Delano diese bei ihm zusammen mit viel Bargeld deponiert. Nur hatten die unerwarteten Veröffentlichungen der Journalistin Louise Fisher im Netz dafür gesorgt, dass innerhalb von nur wenigen Stunden das FBI vor seiner Haustür stand. Und trotz der Tatsache, dass Delano nie wieder auf freien Fuß kommen würde, hatte sich Sal nicht getraut, sie zu beseitigen. Sie ruhten seitdem weiter in seinem Spezialsafe. In den Tagen nach dem Auffliegen der Sektion, hatte das FBI seine Kanzlei aufwendig durchsucht. Aber auch sie hatten diesen Safe nicht entdeckt, so raffiniert versteckt war er. Nur einmal, ein einziges Mal, hatte es jemand geschafft, ihn zu entdecken und zu knacken. Iris Bogdanowicz, die Kunstdiebin. Die ‚Katze von New York‘. Und damit hatte der ganze Schlamassel damals angefangen. Die Neugier schob sich nun vor sein Bedenken. Wozu brauchte ein zu lebenslanger Haft verurteilter Mann gefälschte Papiere? Und was hatte er damit vor? Sal war sich sicher, dass es nichts mit seiner Berufungsanhörung zu tun hatte. Erwartungsvoll schaute er Delano an.

„Wofür brauchst du deine Papiere?"

„Ich werde hier auschecken", antwortete sein Gegenüber in aller Seelenruhe.

„Was?!", prustete Sal fast zu laut los. Hatte er richtig gehört? Dann fasste er sich wieder, blickte kurz auf die zwei Wachleute, die jedoch scheinbar nichts von dem Inhalt des Gespräches mitbekamen, und verfiel in einen erstaunten Flüsterton. „Sag das nochmal ... Du willst, dass ich dir zu einer Flucht aus einem Bundesgefängnis verhelfe?!" Sal konnte nicht glauben, was er gehört hatte und er war sich jetzt nicht sicher, ob Michael, bedingt durch die Haftzeit, an Realitätsverlust litt. Meinte er es tatsächlich ernst? Und was verdammt nochmal, hatte er vor?

„Nicht du alleine." Delano fuhr unbeirrt fort. „Und wenn du tust, was ich dir sage, wird das ein Spaziergang. Alles ist bis ins Detail vorbereitet. Also, krieg dich wieder ein."

„Wie willst du das anstellen?", fragte Sal immer noch ungläubig zurück. Doch insgeheim befürchtete er schon jetzt, dass der gerissene Mann bereits einen Plan hatte und er durch seine Mithilfe erneut in ein Verbrechen hineingezogen würde. „Und bitte, halt mich da raus, Michael", versuchte er bereits im Ansatz eine Beteiligung mit einem Ausdruck der Empörung zu vermeiden. Delano blieb weiterhin ruhig.

„Keine Sorge. Deine Rolle wird diskret im Hintergrund sein. Genau wie früher. Und nur für einen überschaubaren Zeitraum. Du erledigst kleine Dinge für mich und bist mich für immer los. Mehr nicht."

Spätestens an diesem Punkt müsste ein Anwalt aussteigen, wobei er gezwungen wäre, die Behörden über eine geplante Straftat eines Mandanten zu informieren. Und er müsste sein Gegenüber, Mandat oder nicht, auffordern, besser nicht weiter zu reden. Doch hier war es anders. Unverschämt dreist erpresste Delano Sal hin zu einer Mittäterschaft. Michael Franklin Delano hatte nichts mehr zu verlieren. Das wurde Sal rasant klar. Er war gezwungen, weiter zuzuhören.

„Hast du was zu schreiben? Ich möchte, dass du dir ein paar Namen notierst."

Sal zögerte lange. Doch dann kramte er langsam ein kleines, ledernes Etui, in dem sich ein kleiner Block befand, und einen silbernen Kugelschreiber aus der Brusttasche seines Jacketts.

„Wir haben es dir nie gegenüber erwähnt, Sal, aber es gab noch drei weitere Mitglieder der Sektion. Handlanger, Zuarbeiter, die für uns spezielle Informationen beschafft haben."

40

Sal nickte leicht mit dem Kopf als Zeichen, dass er verstanden hatte. „Weitere CIA-Mitarbeiter, vermute ich."

„Ja. Sie gaben uns wichtige Informationen aus anderen Abteilungen, die für Fred und mich selbst nicht ohne weiteres zugängig waren." Leise nannte Delano drei Namen. „Und sie sind weiter gut gedeckt. Als Gegenleistung haben wir damals einen Offshore-Fond für sie eingerichtet. Zahltag wäre nach ihrer Pensionierung. Es geht um einige Millionen. Sie sind noch da."

„Du hast gehortete Gelder noch irgendwo versteckt?" Sal war verblüfft, nahm er doch an, dass Michael die Millionen der Sektion im Gegenzug für ein milderes Urteil preisgegeben hätte.

„Kontaktiere sie und sage ihnen, der Fond wäre immer noch aktiv. Voraussetzung ist jedoch, dass ich hier rauskomme. Sollten sie nicht spuren, lasse ich sie nachträglich auffliegen. Mach Ihnen das klar. Andernfalls gibt's die Millionen schon vor dem eigentlichen Zahltag."

Es dämmerte Sal langsam, doch noch glich Michaels Plan nicht zueinander passenden Puzzelteilen. Delano beugte sich weiter vor. „Hör mir einfach gut zu. Ich habe einige Millionen, die mein persönlicher Banker der Schweizer C&L Privatbank auf den Bahamas verstreut angelegt hat. Sein Name ist Frank Perucci. Er ist Tag und Nacht zu erreichen." Neben den Namen ließ Delano Sal eine Telefonnummer notieren. „Es gibt eine Absprache, die ich in der Vergangenheit mit ihm getroffen habe. Sie gilt immer noch. Auch für den Fall meiner, sagen wir mal, extrem eingeschränkten Handlungsmöglichkeit. Für meine kleine Befreiungsaktion werden wir viel Geld benötigen. Du richtest ein Konto ein, auf das Perucci zwanzig

Millionen überweist. Das Codewort ist ‚*Sehne dich nicht nach etwas, tue es*‘. Damit weiß er, dass du von mir autorisiert bist. Du bist verfügungsberechtigt. Davon deponierst du nach meinen Angaben unterschiedliche Summen an bestimmten Orten. In Schließfächern, Hotelsafes." Sal konzentrierte sich um mitzukommen. Er fühlte sich überrumpelt und benutzt. Das *wir* in Delanos Aussagen erzeugte weiteres Unbehagen.

„Das wird ein ganzes Register an Straftaten werden, um dich hier rauszuholen. Ich vermute Bestechung, aktive Fluchthilfe und was sonst noch nötig sein wird. Bist du dir bewusst, dass so ein Plan, egal wie genial er erscheint, eine Fülle von Risiken beinhaltet? Und du zwingst mich, dabei mitzumachen?!" Sal unternahm noch einen verzweifelten Versuch, sich aus den Fängen Delanos zu befreien.

„Ja, natürlich! Anders funktioniert der Plan nicht. Sei unbesorgt, wenn sich alle daran halten, ist es ein absolut sicheres Ding." Wieder war es Delanos durchdringender Blick der Sal traf.

„Jetzt zum Plan", führte der Inhaftierte ungeniert weiter aus. „Es gibt nur ein bestimmtes Zeitfenster für meinen Check-out. Der Tag meiner Anhörung. Am zwölften nächsten Monats. Mein Transport nach Washington D.C.. Hier drin befinden sich alle Anweisungen an dich und ein Brief an die drei CIA-Schlauberger". Dabei tippte Michael auf den Umschlag, der die ganze Zeit unbeachtet vor ihm lag. „Den übergibst du an Harold Finch persönlich. Sie werden ihren angedachten Part dazu leisten." Er schob den Umschlag zu Sal hinüber. Dieser schaute verwundert auf den weit vor ihm platzierten Wachmann. Der regte sich nicht. „Keine Sorge, Sal. Eine Erklärung von mir für den Staatsanwalt, die ich meinem Anwalt mitgebe. Das ist genehmigt. Ich habe um Schreibzeugs gebeten." Sal zog den Umschlag mit einer ernsten Miene zu sich. Er wusste, dass das Anwaltsgeheimnis auch in Bundesgefängnissen umfassend gewährleistet wurde. Dennoch beeindruckte ihn die abgebrühte Coolness Delanos.

„Und jetzt hör gut zu. Sollte mein Plan wie auch immer scheitern, werden mich US Marshals am nächsten Morgen nach *Florence* überstellen."

„Florence? Dieses Hochsicherheitsgefängnis?"

„Ja, am Arsch der Welt. In Colorado. Irgendwo am Rand der Rockies. Schön weit weg vom Schuss. Dort wollen die mich ein für alle Mal wegschließen. Zusammen mit den übelsten Schwerverbrechern des Landes. Ich soll ihre Rache spüren." Sal ahnte, was in Michael vorging. Er wollte unbedingt die letzte Möglichkeit zur Flucht ergreifen, bevor er den US-Marshals übergeben würde.

„Und sollte das eintreten, Sal, dann pack ich endgültig aus. Dann nehme ich zumindest die Hafterleichterungen." Delano sagte dies mit einem verbitterten und gleichzeitig drohenden Gesichtsausdruck. Und spätestens jetzt war sich auch Sal seiner eigenen, unausweichlichen Lage bewusst. Er hatte keine andere Wahl als mitzumachen und musste gleichzeitig hoffen, dass Michaels Plan funktionierte. Was immer dieser Schweinehund sich im Detail ausgedacht hatte.

„Aber wie gesagt, wenn sich alle an diesen Plan halten, werden wir alle anschließend unbehelligt, glücklich und einige etwas wohlhabender sein."

„War's das?", fragte Sal. Michael hatte einen sehr konkreten Plan seiner Flucht ausgeheckt. Davon war Sal jetzt überzeugt. Und auch er selbst war ein Teil davon. Es war keine Loyalität eines Freundes, die Michael im Prozess bewogen hatte, ihn aus allem herauszuhalten. Delano hatte seine Spielzüge schon von langer Hand vorbereitet. Hatte bereits während seines Prozesses Rochaden eingeplant. Einmal mehr wurde ihm die Weitsicht, aber auch die Verschlagenheit bewusst, die in diesem willensstarken Mann steckte.

„Also, nochmal. Jeder Kontakt zu mir läuft in diesem Zeitraum über dich. Auch wirst du den Geldfluss steuern. Was auch benötigt wird, es läuft nur über dich. Hast du mich verstanden?" Dann lehnte er sich zurück und lächelte Sal an. „Du bist mein verlängerter Arm, mein Interessensvertreter. Wie damals, in den guten Zeiten, mein Freund. Und ein letztes Mal, wenn du so willst."

Sal blickte stumm vor sich hin. Als hätte Delano Sals Gedankengrübeleien erraten, schaute er ihn nun mit einem beschwörend, teuflischen Blick an. „So oder so, Sal. Ich werde hier rauskommen! Und da ist es auch für dich besser, nicht auf meiner Liste zu stehen."

Sal stutzte. „Was für eine Liste?"

„Sie werden alle dafür bezahlen," offenbarte Delano leise. „Alle, die Boyd geholfen oder dazu beigetragen haben." Sal erschrak innerlich. Michaels beschwörenden Worte glichen einer unheilvollen Prophezeiung. War Michael Delanos vordergründige Triebfeder zu seinem wahnwitzigen Vorhaben stupide Rache? Unglaublich, dachte Sal.

Delano erhob sich. Der Vollzugsangestellte hinter ihm kam ebenfalls in Bewegung. „Die Besuchszeit ist vorüber,

Sal. Ich möchte, dass du mich mindestens einmal pro Woche besuchst und mich auf dem Laufenden hältst. Trag dich in die Liste meiner Anwälte ein." Delano grinste Sal vielsagend an. „Danke, für deinen Besuch", sagte er lächelnd und wandte sich zum Wachmann.

Sal blickte auf den Umschlag. Er steckte ihn in seine Jackettasche und verließ den unwirtlichen Raum.

3. Die Forderung

Die drei Männer saßen auf der runden, steinernen Sitzgelegenheit, die hier auf dem parkgleichen CIA Campus Gelände in Langley ein gepflastertes Rund umgab und den Spazierweg unterbrach. In der Mitte des Rondells waren drei original Berliner Mauerelemente aufgestellt, deren aufgesprühte Graffitis unter anderem den historischen Reagan-Spruch „Tear down the Wall" aufwies. Harold Finch, Oliver Jenkins und Sean Edwards hatten sich in ihrer Mittagspause hier eingefunden um eine dringende, persönliche Angelegenheit, abseits der Verwaltungsgebäude zu erörtern. Sie mussten sicher sein, dass sie hier inmitten der angrenzenden Bäume ungestört und möglichst unbeachtet blieben. Denn die Sache, die sie zu besprechen hatten, war heikel und für die drei langgedienten Analysten gefährlich. Die Sonne schien heiß und die Schatten der Blätter tänzelten über ihre Körper. In ihren kurzärmligen, weißen Hemden mit unauffällig gemusterten Krawatten hockten sie auf den warmen Steinen und blickten stumm auf das Monument. Unter den hunderten von Analysten der Abteilung ‚Beschaffung' verband die drei Mittfünfziger eine gemeinsame Vergangenheit. Alle drei hatten im Verborgenen für die Sektion gearbeitet. Hatten der Organisation über Jahre hinweg vertrauliche oder als geheim klassifizierte Informationen aus ihren jeweiligen Arbeitsbereichen zugesteckt und damit viel Geld verdient. Jedoch war das Geld nicht greifbar. Um Auffälligkeiten im Lebensstil ihrer Komplizen zu vermeiden, floss seinerzeit ihr Honorar in eine Art Pension-Fond, den die Sektion für sie anlegte und der zum Zeitpunkt ihrer Pensionierung zur Ausschüttung kommen sollte. Dann würde sich keine *Abteilung für Interne Angelegenheiten* mehr für einen gewandelten Lebensstil interessieren. Doch seit der Zerschlagung der Sektion, würden sie nun keinen Cent aus diesem Fond sehen. Aus der Traum. Das war das Risiko. Da aber der damalige Prozess gegen Michael Delano mit einem monatelangen, öffentlichen Riesenrummel einherging und der Fahndungsdruck nach möglichen Mittätern innerhalb der Agency andauerte, waren sie einfach nur heilfroh, dass ihre Mittäterschaft bislang nicht aufgeflogen war. Aus irgendeinem Grund hatte der Hauptangeklagte im Prozess Stillschweigen bewahrt und die Frage nach weiteren Mitgliedern der Sektion innerhalb der CIA stets verneint. Das hatten sie ihm hoch angerechnet und im Laufe der letzten eineinhalb Jahre zu einer gewissen Sicherheit geführt. Doch seit dem gestrigen Abend war diese brüchig geworden. Unangemeldet hatte ein Anwalt Harold Finch aufgesucht und ihm mit wenigen Worten einen dubiosen Brief übergeben. Ein Anwalt, der im Auftrag von Michael Franklin Delano handelte. Der Brief war für alle drei bestimmt und stammte vom ehemaligen Sektionsboss. Und plötzlich spürten sie, wie trügerisch ihre vermeintliche Sicherheit war. Das Damoklesschwert drohte doch noch auf sie hinabzudonnern.

„Und was machen wir jetzt?" Der dunkelhaarige Edwards unterbrach die Stille und schob seine Brille wieder zurecht.

„Das könnte uns im Nachhinein doch noch den Arsch aufreißen", brachte es sein Nebenmann auf den Punkt. Oliver Jenkins machte erst gar keinen Hehl aus seiner aufkommenden Angst. Auch er war Mitte fünfzig und sein kurzgeschnittener, heller Haarkranz umsäumte eine langgezogene Stirnfläche. „Scheiße, Leute", fuhr er energisch fort. „Ihr wisst, was passiert ist, als diese beschissene Mauer fiel". Dabei deutete er auf das Monument. „Nichts war mehr so wie in den guten, alten Zeiten. Und wenn hier jetzt *unsere* Mauer fallen sollte, dann war's das. Ein für alle Mal."

„Wir könnten uns im Nachhinein stellen", überlegte Edwards. „Vielleicht kommen wir nur mit ein paar Jahren davon."

„Was für ein Quatsch! Bist du total bescheuert! Das gäbe mit Sicherheit mindesten zehn Jahre. Mit den schweren Knastis. Alle Pensionsansprüche futsch. Und deine Rita müsste sich mit deinen Kindern irgendwo eine neue Existenz aufbauen. Als Putzfrau. Das gleiche wäre bei meiner Familie. Ne, Leute!", schloss Jenkins derartige Überlegungen für sich aus. Beide schauten jetzt auf Harold Finch, der weiter stumm geblieben war und auf die Mauerelemente blickte. ‚*And the Wind cries*' las er leise murmelnd von dem Mauergraffiti ab. Er war der Älteste der drei, sein Gesicht war noch erstaunlich glatt und er besaß ergrautes, aber noch volles Haar.

„Kommt schon", sagte er ruhig. „Habt ihr allen Ernstes geglaubt, dass es so weitergehen würde? Ich habe mich die ganze Zeit gefragt, warum Michael uns nicht verpfiffen hat."

„Ich mich auch", ergänzte Jenkins.

„Ich wusste, irgendwann kommt noch was. Der Mann ist kein Idiot, der für alles und jeden den Kopf hinhält."

„Ich hatte immer ein beschissenes Gefühl. Wir hätten uns erst gar nicht auf diesen Mist einlassen sollen", bemerkte Edwards.

„Haben wir aber", stellte Finch klar. „Und jetzt sollten wir nicht rumjammern, sondern das tun, was wir am besten können. Analysieren. Okay, fassen wir mal zusammen." Dabei öffnete er seinen Hemdkragen und weitete die Krawatte. „Keine Welt ahnt bisher von unserer ehemaligen Mithilfe. Das ist gut und sollte so bleiben. Delano bietet uns an, dass wir doch noch unsere Millionen bekommen und erhöht sogar die Summe für jeden auf sechs Millionen. Wenn wir mitmachen. Frage, machen wir's? Und können wir ihm trauen?"

„Ist dieser Cramer überhaupt echt?", warf jetzt Jenkins ein. „Was ist, wenn die Interne bloß nur einen Verdacht gegen uns hat? Woher auch immer? Vielleicht hat Delano uns im Nachhinein doch noch verpfiffen, sie aber keine handfesten Beweise haben und sie prüfen uns jetzt mit einem fingierten Anwalt, der angeblich von Delano kommt."

„Vergiss es, Oli", sagte Finch unbeeindruckt. „Der Typ ist ein bekannter New Yorker Anwalt. Und echt. Das war das erste, was ich gestern gecheckt habe. Ich habe noch eine alte Geburtstagskarte von Michael. Die Handschrift ist auch echt. Und, ich glaube auch nicht, dass sie so vorgehen würden. Das ist alles zu detailliert. Das kann sich nur ein Mann ausdenken, der mit dem Rücken zur Wand steht und eiskalt seinen einzigen Trumpf ausspielt."

„Das Arschloch", urteilte Jenkins knapp.

„Gehen wir davon aus, dass es tatsächlich Delano ist", führte Harold Finch weiter aus. „Also, was will er? Punkt eins. Er will, dass wir seinen Anweisungen folgen und über die Gefängnisbehörde im Justizministerium herausfinden, wann dieser Transport von Greenbourg aus startet und welche Wachleute ihn begleiten. Punkt zwei. Diese Wachleute bestechen, bei einem fingierten Überfall die Füße still zu halten. Da wird es dann vermutlich ein wenig Budenzauber geben, aber niemand kommt zu Schaden und der Mistkerl ist frei. Das ist alles. Und Delano bezahlt die Party. Wir haben weiter damit nichts zu tun, als nur zu recherchieren und den Wohltäter zu spielen. Wenn wir das irgendwie unauffällig hinbekommen, sind wir raus aus der Nummer. Wir kriegen unser Geld und Delano wird sich irgendwo auf der Welt verkriechen", resümierte er.

„Mensch, Leute denkt nach!", unterbrach Edwards unbeirrt. „Ich meine, Informationen zustecken ist eine Sache. Aber das hier ist Bestechung von Justizangestellten und damit aktive Mittäterschaft bei einem Ausbruch aus einem Bundesgefängnis. Das bringt uns mehr als diese zehn Jahre ein, wenn's schiefläuft. Der spinnt doch total! Auch wenn wir über die Möglichkeiten verfügen, uns ins Datennetz des Ministeriums einzuklinken, hinterlassen wir trotzdem Spuren!"

„Nicht, wenn wir das richtig anstellen", unterbrach Jenkins.

Aber Edwards ließ sich nicht irritieren. „Und dann Leute bestechen. Was ist, wenn die nicht mitmachen? Selbst wenn man denen klarmacht, dass alles nur vorgegaukelt ist? Was ist, wenn es dann nicht so reibungslos läuft? Wir wissen, *wie* das ablaufen soll. Aber nicht, *wer* es ausführt. Saubere Profis?"

„Denke schon. So wie ich Delano einschätze, setzt der alles auf diese eine Karte. Und gerade deshalb will er alles perfekt haben", wandte Jenkins ein.

„Und wenn nicht?"

„Mein Gott, wir wissen nicht, wer das macht und diejenigen werden nichts über uns wissen." Jenkins war gereizt.

„Okay, Leute. Ihr habt beide recht", unterbrach Finch die Diskussion. „Wir können jetzt abstimmen. Tun wir es oder nehmen wir die zehn Jahre?"

Die drei Männer schwiegen einen Moment.

„Denken wir das Ganze positiv", redete Finch weiter. „Warum soll dieser verrückte Plan nicht gelingen? Die Route und die Besatzung des Transports zu recherchieren, sollte nicht schwerfallen. Niemand hat dazu bessere Möglichkeiten als wir, die CIA. Dann die Wachleute. Denke, es werden zwei sein bei einer Einzelüberführung. Bei dem Gehaltsgefüge leiden doch alle Vollzugsbeamten unter permanenten Geldsorgen. Die meisten haben Familien, sind zuverlässig. Aber die Hypotheken, ständig wachsende Kosten, Zahnspangen und der ganze übrige Mist, der an Familien so dranhängt, drücken Monat für Monat,

Jahr für Jahr. Ein ewig währender permanenter Druck. Das dürfte auf fast alle der Jungs zutreffen. Wir fischen diese Guys aus der Truppe heraus, die am empfänglichsten sind. Delano bietet jedem zweihunderttausend an. Das ist weit mehr, als die Jungs in zwei Jahren verdienen. Und es ist darüber hinaus ein fingierter Überfall. Also sollte das Risiko begrenzt sein. Die Wachleute sollen nur mitspielen für ihr Geld. Der ein oder andere wird vielleicht eine Blessur davontragen, damit es authentischer aussieht. Aber wenn niemand ernsthaft zu Schaden kommt? Damit ist das Wachpersonal aus dem Schneider."

„Meinst du das im Ernst? Die Jungs werden die Ersten sein, die man gehörig durchleuchtet. Das wäre nicht das erste Mal, dass es über geschmiertes Personal läuft", gab Edwards zu bedenken.

„Man wird sie zwar eindringlich überprüfen, davon gehe ich auch aus. Doch wenn keiner der Jungs auf die Idee kommt, plötzlich in Saus und Braus zu leben, wird es nur ein Fall für die Akten werden. Das muss man denen klarmachen. Einmal abgesehen davon, dass wir sie anonym ansprechen werden."

„Was ist mit diesem Anwalt?", hakte Edwards ein. „Er ist die Spur zu uns."

„Ich denke eher nicht. Delano ist zu gerissen und wird alles so durchdacht haben, dass es funktioniert."

Jenkins und Edwards hörten Finch aufmerksam zu. Beide nickten stumm an gewissen Stellen seiner Ausführung. „Also, wenn ihr mich fragt, ist das Risiko weiter begrenzt." Finch stand auf. „Und außerdem, Freunde, haben wir keine andere Wahl." Die beiden anderen erhoben sich ebenfalls. „Und wie läuft das jetzt ab?", hakte Edwards nach.

„Sean, du kriegst diese Daten des Transports heraus und dann checken wir die Konten der Wachleute. Ich selbst werde die Top-Kandidaten ansprechen. Der Anwalt will morgen die Anzahlung vorbeibringen. Dann werden wir sehen, wie's läuft."

Die drei Männer gingen zum Hauptgebäude zurück. Sie schritten über den sonnigen Weg, heraus aus den tänzelnden Schatten. Drei unauffällige Mitarbeiter. Drei, die ihre Mittagspause zu einem kleinen Spaziergang nutzten.

4. Die Baltimore Boys

Sal schritt durch die abendlichen Straßen in Fells Point, Baltimore. Er war noch nie in dieser alten, geschichtsträchtigen Stadt gewesen. Er war überrascht, wie klein ihm diese Stadt und gerade dieses Hafenviertel vorkam. Sicherlich lag es an den alten Gebäuden, die nicht über ein zweites Stockwerk hinaus gebaut waren. Kleine beschauliche Häuser mit roter Klinkerfassade waren vorherrschend. Nun folgte er den Anweisungen seines Smartphones. Die Gegend wurde langsam weniger beschaulich. Nicht so gemütlich wie direkt am inneren Hafen, von wo aus er losgegangen war. Dann entdeckte er die Außenbeleuchtung von *Neil's Moustache* direkt vor ihm. Hier war er verabredet. Er wollte nicht hier sein. Doch er hatte keine andere Wahl als Delanos Anweisungen in dem Brief zu folgen. Er konnte nur inständig hoffen, dass tatsächlich alles klappen würde. Und dann würde Michael Delano für immer auch aus seinem Leben verschwinden. Aber jetzt musste er sich erst einmal mit diesen Leuten treffen. Er atmete einmal tief durch und öffnete die hölzerne Eingangstür.

Die Bar hatte eine Old-School-Atmosphäre mit dem typischen Vintage-Baltimore-Sportdekor an den Wänden. Der Raum war quadratisch und um den viereckigen klobigen Tresen in der Mitte formierten sich zu den Seiten jeweils klassische, rote Diner Bank-Sets. Die Bar war gut besucht. Es war ein gemischtes Publikum und über dem Gemurmel der Gäste hörte man amerikanische Rocksongs. Sal schaute sich um. Obwohl er diesen Typen bereits gegoogelt hatte, konnte er das Gesicht in dieser Menschenmenge nicht ausfindig machen. Doch dann blieb seine Aufmerksamkeit an einem Bank-Set hängen. Auf der ihm zugewandten Sofaseite saßen zwei bärtige Männer, die ihn regungslos ansahen. Dann winkte ihn der größere von beiden mit einer unauffälligen Handbewegung zu sich. Mein Gott, dachte Sal bei genauerem Hinsehen. Er bahnte sich einen Weg zu ihnen und setzte sich gegenüber. Die Akustik war so, dass man neben dem allgemeinen Gemurmel sich laut genug verständigen konnte, ohne das die Nachbar-Sets etwas davon mitbekamen.

„Mr. Wright?" Dabei schaute Sal den Mann an, mit dessen Gesicht er noch eher eine Verbindung zu dem Foto im Internet herstellen konnte. Die beiden Männer ähnelten sich in ihrem Äußeren, wobei einer jünger, kleiner und schmächtiger war und weichere Gesichtszüge aufwies. Beide trugen dunkelblondes, halblanges Haar. Auffällig waren ihre blonden Schnauzbärte, die am glatten Kinn vorbei in einen Backenbart mündeten. Ihr Alter schätzte

Sal zwischen Anfang und Mitte dreißig. Die kurzen Ärmel ihrer T-Shirts, die sie unter schlabbrigen, hellen Westen trugen, spannten sich über ihre muskulären Oberarme, die ihrerseits mit großflächigen Tribals reichlich tätowiert waren. Zwei halbleere große Gläser Bier standen vor ihnen.

Der Angesprochene nickte knapp. „Das hier ist ‚Pages'. Du bist der Anwalt?"

„Mein Name ist Salomon Cramer und ich vertrete einen reichen Klienten."

„Wieso ist dein ‚reicher' Klient nicht selber hier?", fragte sein Gegenüber.

„Er sitzt derzeit im Gefängnis *Greenbourg*."

Beide Männer grinsten leicht. Steven Mulligan Wright und sein jüngerer Bruder Stuart, kurz ‚Pages' genannt, hatten beide schon eine langjährige, kriminelle Vergangenheit vorzuweisen. Von früheren Drogendelikten bis bewaffneten Raubüberfällen las sich ihre Vita wie das Register aller möglichen Straftaten. Beide entstammten einer ansässigen Gangsterfamilie mit Tradition. Vater Timothy übersprang gleich alle Jugendgerichte und erschoss mit neunzehn einen Ladenbesitzer während Großvater Joseph es sogar zu einer Bankräuberlegende geschafft hatte. Dass die beiden Brüder überhaupt frei waren, hatten sie einem geschickten Anwalt und der Tatsache zu verdanken, dass ihnen ihre Tatbeteiligung bei ihrem letzten Überfall nicht zweifelsfrei nachgewiesen werden konnte. Und sie hatten ein weiteres Geschäftsfeld für sich entdeckt. Den *Jail-Traffic*. Ob es um Schmuggel von Drogen, Mobiltelefonen oder sonstigen Geräten in die Gefängnisse oder gar Befreiung eines Häftlings aus der Krankenabteilung ging, alles ließen sie sich gut bezahlen. Sie kannten die Haftanstalten an der Ostküste bis runter nach Florida. Jetzt stoppten sie eine dunkelhaarige Bedienung, die vorbeiging.

„Hey, Süße, bring mal drei Vodka", orderte Wright.

„Mein Mandant lässt Sie von ‚*Woody*' grüßen", sagte Sal.

„Cousin Woody. Wie geht es dem alten Sittenstrolch? Sitzt auch brav in Greenbourg."

„Das kann ich Ihnen nicht beantworten." Sal blieb äußerlich vollkommen ungerührt. Noch nie hatte der Fachanwalt für Familienangelegenheiten und Scheidungen so direkt mit ‚Schweren Jungs' geredet. Doch er versuchte professionell, ruhig und sachlich zu bleiben. „Was ich allerdings beantworten kann, ist die Summe, die Sie für einen bestimmten Auftrag einstreichen können."

„Was für ein Auftrag?" Wright war derjenige, der redete, während Pages sich zurückhielt und nur stumm den Anwalt beobachtete.

„Man hat Sie uns als Fachleute empfohlen."

„Für was?"

„Mein Mandant möchte seinen Aufenthalt beenden."

Wright und Pages sahen sich an. „Kannst du mal dein Jackett aufmachen?", forderte Wright Sal auf.

„Wie bitte?"

„Na, ist doch so heiß hier."

Sal verstand nicht.

„Mein Gott, mach' s auf!" Wright beugte sich vor, schlug Sals Jackett auf und grapschte über Sals Oberkörper. Kein verkabeltes Mikro. „Ist sauber," sagte er kurz zu Pages. Sal rückte sein Hemd wieder zurecht. In diesem Moment brachte die Bedienung die drei Vodka. Sal ließ sein Glas unberührt, während die beiden anderen die kleinen Gläser in einem Zug kippten. Sie wandten sich wieder Sal zu.

„Welchen Status hat dein Mann in Greenbourg?" Damit spielte Wright auf die individuelle Situation in dieser als ‚Medium Security' klassifizierten Gefängnisanstalt an.

„Einzelzelle, eine Stunde Hofgang, Stufe A."

„A", wiederholte Wright. „Besondere Beobachtung. Ist ein gehobener Gast, richtig?"

„Sagen wir, er ist ein mehrfach Lebenslänglicher."

Wright nickte anerkennend.

„Und er sitzt in Greenbourg? Normalerweise sitzen diese Jungs in Gefängnissen mit höheren Sicherheitsstandards."

„Er ist dort nur vorübergehend. Er wartet auf seine Anhörung vor dem Berufungsgericht in Washington. Und es dürfte Ihnen die Arbeit sicherlich etwas einfacher machen."

„Wann?"

„In zwei Wochen. Seine Chancen stehen allerdings bei null. Mit hoher Wahrscheinlichkeit wird er anschließend direkt nach Florence verlegt." Seine Gegenüber wurden hellhörig.

„Florence? Colorado?", hakte Wright leise nach. „Ja", bestätigte Sal.

Wieder sahen sich beide Männer an. Es lag plötzlich etwas Ehrfürchtiges in der Luft. Nun konnten sie den Häftling einschätzen. Und auch den Job. Das ADX Hochsicherheitsgefängnis Florence galt als die sicherste Einrichtung der USA. Hier wurden die schlimmsten Gewaltverbrecher, Mörder und Terroristen unter maximaler Sicherheitsstufe weggeschlossen. Ein Ort, der kein Entweichen zuließ. Und einen gefürchteten Namen bei allen Kriminellen hatte. Wer hier einsaß, hatte sein Leben endgültig verwirkt.

„Also braucht er ein Ticket *bevor* ihn die US-Marshals abholen", stellte Wright fest. „Das ist eine heiße Kiste. Auch die Zeit ist knapp"

Sal holte nun den Umschlag aus seinem Jackett, den Delano ihm mitgegeben hatte und schob ihn den Männern zu. „Können Sie das erledigen?", fragte er.

Wright öffnete den Umschlag und las den Inhalt. Pages las ebenfalls über seine Schulter hinweg mit. Nach einigen Minuten sahen sie sich an und dann den Anwalt. Beiden war klar, dass es sich um eine große Nummer handeln würde. Eine sehr große Nummer.

„Kriegen Sie das hin?", fragte Sal erneut.

„Wie heißt ihr Mann?", Wrights Stimme hatte nun einen ernsten Unterton.

„Das werde ich Ihnen sagen, sobald Sie den Auftrag angenommen haben."

Die beiden überlegten angestrengt, wobei es mehr einer stummen Konservation glich. Fast schien es so, als lese Wright in den Augen seines jüngeren Bruders. „Das ist eine äußerst heikle Mission, Mr. Cramer. Sehr aufwendig und knifflig, wenn das klappen soll." Eine Pause entstand. Steven Wright massierte mit einer Hand seine Kinnpartie, gerade so, als müsse er nochmals angestrengt nachdenken. „Und nicht billig."

„Wie viel?", fragte Sal.

Wieder überlegte Wright angestrengt. Er schaute Pages an. „Was meinst du?"

Doch der hatte nur einen fragenden Gesichtsausdruck

übrig. Es war klar, wer von den beiden das Sagen hatte. „Wie wollt ihr das bewerkstelligen, dass diese Jungs da mitspielen?", fragte Wright ungläubig und deutete auf den Brief.

„Das lassen Sie unsere Sorge sein. Sie werden."

Wright blieb äußerlich cool. Bisher hatten sie Jobs zwischen sechzig und maximal zweihundert Tausend Dollar durchgezogen. Und ihre Klienten spielten in untergeordneten Ligen. Doch diese Nummer hier würde um einiges teurer sein. Er war sich nicht sicher, wie hoch er pokern konnte. Dieser Job schien der Jackpot zu sein, auf den die beiden schon lange warteten. „Na ja, denke, die Kosten für das alles, die Vorbereitung, ein perfektes Timing, wir werden zuverlässige Leute brauchen ... Ich schätze so achthundert Riesen wird Sie das kosten", sagte Wright schließlich. Er achtete auf Sals Gesichtsausdruck. Der verzog keine Miene. Verdammt, dachte Wright, die Burschen sind vermutlich steinreich. Hatte er sich verzockt?

„Sie bekommen das Doppelte. Wenn die Sache perfekt über die Bühne geht."

Wright und Pages ließen sich ihre Überraschung über die aufgestockte Summe äußerlich nicht anmerken. Wright pfiff anerkennend leise durch die Zähne. „Denke, dafür kriegen Sie 'nen Fluchtwagen mit Whirlpool und teuren Miezen."

„Dreihunderttausend als Anzahlung. Das dürfte für Ihre Vorbereitung reichen. Den Rest, wenn mein Mandant in Sicherheit ist. Sind wir im Geschäft?"

„Klar, Mann!"

„Ist das ein *Ja*?"

„Ja."

„Dann sagen Sie das. Das Ganze findet am zwölften nächsten Monat statt. Und nur an diesem Tag. Sie sollten bis dahin das da hüten wie Ihren Augapfel." Sal deutete auf den Brief. Wright steckte ihn ein. Dann schob Sal eine Key-Card herüber. „Den sollten Sie ebenfalls zu sich nehmen. Das ist ein Zimmer im Baltimore-Westside Hotel, das angemietet wurde. Die Anzahlung ist im Zimmersafe deponiert."

Sal nahm erst jetzt seinen Vodka und kippte ihn in einem Zug.

„Mein Mandant will über jede Phase informiert werden. Sie hören von mir. Ach ja, und das hier ist ihr Mann." Sal schob einen zusätzlichen kleinen Zettel herüber. Dann verließ er die beiden.

Wright und Pages lasen den Namen auf dem Zettel. „Scheiße", sagte Wright leise. „Das wird viel Rummel geben."

5. Die Flucht

Michael Delano wurde an diesem Tag früh geweckt. Heute würde er nach Washington D.C. gebracht werden. Am Mittag war seine Anhörung in seinem Berufungsverfahren anberaumt worden. Geschickt hatten sich seine Anwälte auf zwei eklatante Verfahrensfehler in seinem Prozess berufen, die allerdings strittig waren. Da das Appellationsgericht vornehmlich nach Aktenlage, Protokollen und schriftlichen Eingaben urteilte, hatten die Anwälte Gründe angeführt, die eine Vernehmung des Verurteilten nötig machten. So sah sich das Gericht genötigt, Delano persönlich anzuhören, was in der Regel selten vorkam. In dieser Anhörung würde festgestellt werden, ob die Eingabe seitens seiner Anwälten ausreiche, um ein erneutes Verfahren zu rechtfertigen. In Delanos Fall war jedoch die Chance auf Wiederaufnahme sehr gering. Dennoch hatte der Vorsitzende der Kammer zugestimmt. Bei diesem ‚Hochkaräter', wie man berühmtberüchtigte Kriminelle in Justizfachkreisen zu nennen pflegte, wollte man nichts falsch machen. Bei einer Ablehnung des Antrags sollten keine Mutmaßungen aufkommen, der Staat ‚persönlich' nehme über das Strafmaß hinaus eitle Vergeltung an dem Sektionsboss. Auch den Medien wollte man hierbei keinen Raum für derartige Spekulationen geben. Das alles wusste Delano.

Wayne Carter, ein leicht untersetzter Justizbeamter, um die vierzig Jahre alt, schloss die schmale Tür seines Metallspinds im Umkleideraum des Greensbourg Prison ab. Er stand in seiner Dienstkleidung vor dem Wandspiegel und zupfte sein hellblaues Hemd zurecht. Anschließend fuhr er sich gewohnheitsgemäß mit der flachen Hand über seine sehr kurz geschnittenen, blonden Haare. Er sah in den Spiegel. Seine Augenbrauen und Lippen formten einen entschlossenen Gesichtsausdruck, wobei sein blonder Oberlippenbart sich verzog. Er war ein erfahrener Transportfahrer, der mit seinem Kollegen J.J. ein eingespieltes Team bildete. Mit J.J. war Jacob Jackson gemeint, ein stämmiger Schwarzer und sein langjähriger Kollege. Der war allerdings noch nicht da, was etwas ungewöhnlich war. Er schaute erneut auf das Display seines Smartphones. Keine

Nachricht. „Gerade heute", murmelte Carter leise. Er hatte unter Angabe einer Familienfeier mit der ursprünglich eingeteilten Besatzung tauschen können. Und so waren sie heute für einen Einzeltransport nach Washington D.C. eingeteilt. Trotz seiner Entschlossenheit war Carter nervös. Es würde kein normal verlaufender Transport sein. Seine Hände schwitzten. Heute war der Tag. Der Tag, an dem er und J.J. ihren Job verraten würden, um endlich auch einmal vom Kuchen der Sorglosigkeit naschen zu können. Er war sich lange unsicher gewesen, nachdem sie beide von diesem unbekannten Mann angesprochen wurden. Zunächst hatten sie sein Angebot empört von sich gewiesen. Doch dieser mysteriöse Mann schien zu wissen, dass sie ihn nach zwei Tagen Bedenkzeit zurückrufen würden. Nach dem zweiten Treffen hatten er und J.J. nur noch das Geld vor Augen. Der Mann hatte ihnen erklärt, wie einfach ihr Job am zwölften – heute – abzulaufen hatte. Und spätestens nach der Anzahlung, den zwanzigtausend Dollar in dem Schließfach, waren sie sich einig. Zweihunderttausend Dollar für jeden spukten seitdem in ihren Köpfen. Nur für ein besonnenes Verhalten! Das fast dreifache ihres Jahreseinkommens. Man würde sie niemals verdächtigen. Sicherlich, das FBI würde sie hart in die Mangel nehmen, würde Anhaltspunkte einer Mittäterschaft suchen. Aber wenn die Show heute perfekt über die Bühne ging, gäbe es Zeugen, die ihr korrektes Verhalten bestätigen könnten. Nein. So, wie dieser Unbekannte auftrat, waren es absolute Profis, die dahintersteckten. Niemand würde zu Schaden kommen. Das war das Gute. Und danach wäre alles leichter. Das Haus wäre gesichert. Beth und Bens Ausbildung geritzt. Und Juliette würde ihn nicht mehr am Monatsende stillschweigend und mit diesem Blick anschauen, in dem sie ihren stillen Vorwurf packte, er hätte mehr aus seiner beruflichen Laufbahn machen müssen. Nein, das wäre vorbei. Wayne zuckte zusammen, als lautstark die Tür aufgerissen wurde und zwei weitere Beamte den Raum betraten. Sie stoppten in ihrem Redefluss als sie Carter erblickten.

„Oh, Carter, eine schlimme Sache. Wir haben es gerade gehört." Die Männer machten ein mitleidiges Gesicht und einer von ihnen legte seine Hand auf Carters Schulter.

„Was gehört?", fragte der Angesprochene zögerlich zurück.

„Du weißt es noch nicht? J.J. wurde gestern Nacht von einem besoffenen Arschloch angefahren. Liegt im Health North."

„Was?!" Carter erschrak.

„Ja, leider. Sieht übel aus. Er wurde ins künstliche Koma geschickt worden."

Carter machte diese Nachricht fassungslos. Aus seinem rundlichen Gesicht sprach Entsetzen, als er versuchte, sich wieder zu sammeln. Das war nicht gut. Gar nicht gut, dachte er. Er hörte kaum zu, als seine Kollegen ihm weiter Trost spendeten. „Das wird schon wieder. J.J. ist hart im Nehmen. Du wirst schon sehen." Die Kollegen klopften dabei behutsam weiter auf seine Schultern. Dann gingen sie weiter zu ihren Spinden. Carter überlegte. Langsam begab er sich auf den Flur hinaus und zum Counter. Hier meldeten sich die Beamten zum Dienstbeginn an. Und hier bekamen sie Instruktionen für die Schicht. Die Frau hinter dem Counter legte mit einem traurigen Gesichtsausdruck Carters Unterlagen auf den hölzernen Tresen.

„Das ist furchtbar, Wayne. Das tut mir so leid. Ich hoffe, dass J.J. wieder vollkommen gesund wird."

„Danke, Nell", sagte Carter leise.

„Ich habe Jamie als Ersatz eingetragen."

Noch bevor Carter etwas erwidern konnte, stand ein weiterer, junger Beamter in Uniform neben ihm. „Das ist eine schreckliche Sache, Wayne." Jamie Morano war Mitte bis Ende Zwanzig und portorikanischer Herkunft. Sein hellbrauner Teint machte das gutgeschnittene, junge Gesicht noch attraktiver und die kurzgehaltenen, schwarzen Locken glänzten im Licht. Darüber hinaus war der einmeterneunzig große Ersatzfahrer von einer eher schlaksigen Gestalt. Die beiden gaben sich die Hände. Carters Bestürzung rührte weniger von der schlimmen Nachricht um J.J. her, als vielmehr der unerwarteten Änderung direkt zu Beginn der Tour. Es würde kein normaler Tag sein. Alles, was an diesem Tag, auf dieser Route passieren würde, war mit J.J. im Detail abgesprochen. Doch mit dem jungen Ersatzmann tauchte ein unerwartetes Problem auf. Carter musste sich zusammenreißen, um nicht in Panik zu verfallen.

„Nun komm schon", reagierte der junge Jamie weiter auf Carters ernsten Gesichtsausdruck. „Er wird schon wieder. Ich weiß, ihr seid Best Buddies. Die Ärzte kriegen das schon wieder hin."

Und um ihn etwas abzulenken, las Jamie in den Unterlagen. „Ah, nur eine Überstellung. Das wird eine ruhige Spazierfahrt, Wayne. Wirst sehen." Doch dann stutzte er, als er genauer las. „Whow! Wir fahren heute echte Prominenz", sagte er, als er Delanos Namen las. Sie verabschiedeten sich von ihrer Kollegin und gingen zur Schleuse.

Hier würden sie den Gefangenen übernehmen und ihn in den bereitstehenden Gefangenentransporter bringen.

„Sag mal, bei diesem Delano – wir fahren nur zu zweit?", erkundigte sich Jamie.

„Ja", blieb Carter wortkarg.

„Aber ist das nicht eher was für die Marshals?" Damit waren die Dienste des *US Marshal Service* gemeint, der sich neben Fahndung, Zeugen- und Personenschutz, größtenteils mit dem sicheren Transport von Häftlingen quer durch die Vereinigten Staaten befasste. Da jedoch der Weg zu Land ins benachbarte Washington in einem örtlich begrenzten Radius stattfand und zudem Michael Delano aufgrund seiner Berufung nicht als hochgradig fluchtgefährdet galt, übernahm der *State Prison Transport Service* diese Aufgabe.

„Der Junge gilt zwar als Staatsfeind, Jamie. Aber den Nummer-Eins-Status hat der noch lange nicht erreicht", klärte Carter seiner Meinung nach auf. Nachdem sie die Schlüssel für den Gefangenen-Transporter erhalten hatten, unternahmen sie vorschriftsgemäß den Routinecheck des Fahrzeugs. Der weiße Kleinbus war ein Spezialfahrzeug und galt als ausbruchsicher. Unauffällig schwer nach Außen gepanzert, gewährleisteten im Inneren des Fahrzeugs acht geschlossene Einzelkabinen eine sichere Überstellung der Gefangenen. Diese kleinen, einzeln verschließbaren Kabinen boten dabei den Häftlingen lediglich nur etwas mehr als einen halben Quadratmeter Platz. Schließlich holten sie Delano aus der Übergabeschleuse. Langsam humpelnd schritt der, in leuchtendem Orange gekleidet, hinüber zum Fahrzeug. Die Arm- und Fußketten boten nicht viel Bewegungsfreiheit und waren zusätzlich mit einer weiteren Kette verbunden. Erst im Gericht würde er seine Zivilkleidung bekommen. Delano wurde in die vorderste Kabine verfrachtet und an seinem Sitz fixiert. Jamie verschloss die schmale Tür und begab sich auf den Beifahrersitz.

„Vielen Dank, dass Sie sich für unseren Service entschieden haben. Bitte das Rauchen einstellen und bleiben Sie während der ganzen Fahrt angeschnallt", scherzte Jamie. „Von mir aus kann' s losgehen."

Carter startete den Bus, fuhr langsam durch die beiden Sicherheitstore des Gefängnisses auf die asphaltierte Zufahrt und bog nach wenigen Metern auf eine zweispurige Straße. Das Gefängnis lag auf einem mehrere Hektar großen, unbebauten Gelände. Ein breiter Zufluss des nahen James Rivers umfloss das Gebiet und machte es zu einer Halbinsel. Im Süden gab es mit der Interstate Fünfundneunzig eine günstige Verkehrsanbindung, die direkt nach Washington DC führte. Bis zur Auffahrt waren es noch sechs Meilen auf dieser geringbefahrenen State Road. Carter dachte angestrengt nach. Er hatte Instruktionen, wie er und J.J. sich zu verhalten hätten. Doch davon wusste Jamie nichts. Er überlegte, Jamie bereits jetzt, noch weit vor dem Aufeinandertreffen, einzuweihen. Doch dazu bräuchte er einen triftigen Grund anzuhalten und mit Jamie draußen, unbeobachtet von den Dashboard-Kameras im Inneren, zu reden. Eine Pinkelpause wäre nach zwei Meilen schon sehr sonderbar. Und was, wenn Jamie sich nicht auf eine Komplizenschaft einließ? Womöglich sich als unbestechlicher *Man of Honour* erwies? Und was, wenn Jamie unwissend der vorgetäuschten Befreiungsaktion das ganze Unterfangen in eine unkalkulierbare Eskalation münden ließ? Er konnte nur hoffen, dass der Junge die Nerven behielt. Sie erreichten den bewaldeten Abschnitt. Hier gab es zu beiden Seiten vereinzelt erste Privathäuser. Sie würden nach weiteren zwei Meilen stoppen müssen. Unerwartet. Carter war auf das äußerste angespannt. Das bemerkte auch Jamie. „Dir geht's echt immer noch beschissen wegen J.J., stimmt's."

„Kann man wohl sagen."

Die Straße verlief jetzt eine langgezogene Kurve. Gleich musste die Stelle kommen. Noch vor der Kreuzung. Carter schwitzte. Insgeheim hoffte er, die Aktion wäre von der anderen Seite stillschweigend abgeblasen. Und dann sahen sie es. Ein Blinklicht-Wirrwarr von zwei Polizeiwagen und einem Rettungswagen blockierten beide Fahrspuren. Dazwischen konnte man einen grünen, verunfallten Kleinwagen sehen. Rauch stieg aus dem Motorraum auf. Ein Sanitäter bemühte sich um eine am Boden liegende Person. Hinter dem Unfall hatten bereits vier oder fünf unbeteiligte Fahrzeuge gehalten. Auch hinter ihnen stoppte der geringe Verkehr. Ein schnauzbärtiger Polizist mit dunkler Sonnenbrille kam auf sie zu und wies mit erhobenem Arm zum Anhalten auf. Carter hielt den Transporter langsam an. Routinegemäß nahm Jamie das Funkgerät und meldete diesen unerwarteten Stopp der Zentrale. Der Polizist deutete an, das Seitenfenster herunter zu lassen. Jamie unterbrach erschrocken seine Durchsage, als er sah, dass Carter sich tatsächlich anschickte, das Fenster zu öffnen. „Carter, Stopp! Kein Öffnen nach außen!" Damit verwies er auf das Prozedere bei einem unbeabsichtigten Halt.

„Junge! Wir müssen denen klarmachen, dass sie uns durchlassen sollen. Wir haben einen Gerichtstermin", reagierte Carter mit gespielter Gelassenheit. „Es sind Polizisten!"

„Wir sollten abwarten, bis die Zentrale ..." Doch weiter kam Jamie nicht. Carter hatte bereits eine Handbreit das Fenster geöffnet. Dann geschah alles blitzschnell. Der vermeindliche Polizist sprang auf den seitlichen Tritt und warf eine zischende Rauchbombe durch die schmale Öffnung ins Wageninnere. Jamie griff die Pumpgun. „Scheiße!", rief er laut. Augenblicklich füllte sich das Fahrerhaus mit ätzendem, dicken Rauch. Die Männer husteten und kletterten in den hinteren Teil zwischen die Kabinen. „Schnell, Jamie, wir müssen hier raus!", ächzte Carter und wollte die Seitentür öffnen. „Nein, Carter! Die Zellen!", schrie Jamie. Damit riss er eine Zellentür auf, bugsierte den schwereren Carter ruckartig in eine Gefangenenzelle und schmiss die Tür zu, bevor zu viel Rauch eindringen konnte. Ebenso schnell drängte er sich in die gegenüberliegende Zelle und verschloss die Tür. Sekunden später hatte sich das Rauchgas komplett im Wageninneren verteilt. Tatsächlich boten die dichten Zellentüren den Insassen kurzfristig Schutz vor dem Reizgas. „Scheiße, Jamie!", keuchte Carter durch die dünnen Wände. „Was soll das?! Wir müssen hier raus!"

„Das wollen die doch nur! Die Zellen werden uns Zeit verschaffen. Die Zentrale hat es mitbekommen!", keuchte Jamie zurück. „Die richtigen Cops werden schon unterwegs sein. Hier sind wir erstmal sicher."

Von außen wurde jetzt mehrmals an die Außenwand des Fahrzeugs gepoltert. Verdammter Mist, dachte Carter. „Verflucht!", zischte er leise, während er sich in der kleinen Zelle umsah. Die Milchglasscheibe gab keinen Blick nach draußen frei. Was würde das Überfallkommando nun tun? So war das nicht abgesprochen. Er musste jetzt handeln! Ein Eindringen in den Wagen war von außen nicht ohne weiteres möglich. Alles war daraufhin geplant, dass es schnell gehen sollte. Er und J.J. wären hinausgesprungen, von den Gangstern in Schach gehalten, Delano befreit und sie wären im Transporter eingeschlossen, zurückgelassen worden. Zeugen hätte es genug gegeben. Doch jetzt lief alles aus dem Ruder.

Wright und Pages standen mit gezogenen Waffen neben dem weißen Van und begriffen ebenfalls die Situation nicht. „So eine Scheiße! Was läuft denn hier?!", fluchte Wright und schlug gegen die Seitenwand. Etwas lief gerade extrem falsch.

„Verdammt, Jamie!", rief Carter laut japsend. „Meine Zelle ist nicht dicht!" Etwas Besseres fiel ihm spontan nicht ein. Dann riss er seine Zellentür auf, wand sich zur Seitentür und zerrte an ihr. „Nein! Carter!", schrie Jamie, der jetzt ebenfalls heraussprang und versuchte Carter daran zu hindern. Beide Männer husteten laut und keuchten wild im dichten Nebel. Die Wagentür rollte zur Seite auf und in einer dichten Rauchwolke getaucht, stolperten die beiden vornüber auf den grünen Seitenstreifen. Sie taumelten und erhoben sich. In der nach außen strömenden Wolke war die Sicht nicht klar. Jamie riss die Pumpgun hoch. „Nicht!", schrie Carter und griff in das Gewehr. Dann knallte es plötzlich laut. Jamie wurde im Kopf und

Bauch getroffen und fiel tot zu Boden. Wright und Pages standen seitlich und schossen mit angelegten Pistolen eine fortwährende Feuersalve. „Nein, wartet, ...", schrie Carter, obwohl er schon mehrfach getroffen wurde. Doch weitere Kugeln trafen ihn. Blutüberströmt brach auch er zusammen.

Mehrere private Autos standen hintereinander auf den Fahrspuren jeweils vor und hinter dem fingierten Unfallgeschehen und die Insassen sahen fassungslos, was sich ereignete. Die anderen zwei Polizisten, der Sanitäter und das vermeintliche Opfer hielten die Wagen jetzt in Schach. Durch ihre dunklen Sonnenbrillen hindurch zielten sie entschlossen mit gezogenen Waffen auf die vorderen Autos. Hintere Wagen versuchten zu wenden.

Wright drehte den toten Jamie um und suchte hastig in seinen Taschen nach den Schlüsseln. Dann sprang er in den Transporter und erschien wenige Sekunden später mit dem keuchenden Gefangenen. Beide hoben den gefesselten Delano hoch und trugen ihn hastig in den vorderen Polizeiwagen. Die übrigen Befreier sprangen in den zweiten Streifenwagen. Beide Wagen rasten mit quietschenden Reifen davon. Den Rettungswagen ließen sie quer auf der Fahrbahn stehen.

Trotz des unerwarteten, tödlichen Zwischenfalls hatte alles nur wenige Minuten gedauert. Doch der abgesetzte Funkspruch reichte aus, dass schon kurze Zeit später echte Polizeifahrzeuge am Ort des Geschehens eintrafen.

* * *

Die flüchtenden Fahrzeuge rasten mit Blaulicht und Sirenen im hohem Tempo über die State Road. Wright drehte sich zu Delano um, der schweigend auf dem Rücksitz saß. „Man! Scheiße!", brüllte er ihn an. „Das nennt ihr einen sicheren Plan?! Diese Arschlöcher hätten uns glatt kaltgemacht!", schrie er mit Hinblick auf Jamies gezogene Pumpgun. Doch der Befreite blieb ruhig. Er sah Wright direkt in die Augen und ließ ihn rumtoben. Mit einer teilnahmslosen Miene wechselte dann sein Blick nach draußen. Das wiederum befeuerte Wright. „Wir dachten, die Jungs wären eingeweiht! Man! Und jetzt diese verfickte Scheiße!" Wütend schlug er auf das Armaturenbrett. Er drehte sich erneut um. „Eins sag' ich dir! Das kostet euch ein paar Riesen mehr!" Doch der Häftling hielt ihm nur stumm seine gefesselten Handgelenke hin. Das respektlose *du* gefiel Delano überhaupt nicht. Es dauerte einige Sekunden bis sich der wütende Wright fing und mit Jamies Schlüsseln die Schellen aufschloss. Dann warf er den Bund auf die Rückbank. „Den Rest mach' selbst."

Sie erreichten die Kreuzung und die Fahrzeuge teilten sich nach rechts und links auf. Der Streifenwagen mit Wright, Pages und Delano bog nach rechts in eine kleinere Seitenstraße. Pages erhöhte dabei weiter das Tempo. Die Insassen mussten sich festhalten, als der Wagen hart die Kurve nahm. Pages schaltete das Blaulicht aus. Sie fuhren jetzt durch einen angrenzenden Wald.

„Ich dachte, ich hätte es mit Profis zu tun", sagte Delano plötzlich im ruhigen Tonfall.

„Und wir, mit einem funktionierenden Plan", antwortete Wright, der sich beruhigt hatte und dabei auf die schmale Fahrbahn sah. Die Lage entspannte sich. Alles lief nun wieder dem eigentlichen Plan folgend. Die Straße würde nach zwei weiteren Meilen an einem großen Baggersee vorbei, ein riesiges Baustoffgelände passieren und schließlich zum Treffpunkt zwei führen. Und alles innerhalb eines sehr kleinen Zeitfensters von wenigen Minuten. Die Komplizen in dem anderen Streifenwagen fuhren nach dem gleichen Muster. Delano sah nach vorn und musterte seine Befreier. Beide besaßen jeweils lange Schnauzbärte, die bei Wright in einen Backenbart endeten. Ihre langen Haare hatten sie während des Überfalls unter den Polizeimützen hochgesteckt. Doch nun hing es in Strähnen herunter. Delano entdeckte ein grünschwarzes *Blood and Honour* Tattoo mit der gezackten Triskele auf dem Nacken von Wright. Sein Blick richtete sich wieder nach draußen. Er hatte noch nie einen Ermordeten gesehen. Auch wenn er als langjähriger Sektionsboss sehr viele Attentate ausführen ließ, so war er doch erstaunt über so viel Blut. Jetzt schoss der Wagen in einen kleineren Waldweg und hielt nach wenigen Metern neben einem alten, blauen Chevrolet. Die Männer sprangen raus.

„Los, los!", befeuerte Wright seinen jüngeren Bruder, als sie hastig ihre Uniformen aus- und Zivilkleidung anzogen, die im Kofferraum des Polizeiwagens deponiert war. Delano warfen sie Jeans, Hemd und Windjacke zu. Er zog sich ebenfalls rasch um und warf die Häftlingskleidung zu den Uniformen in den Kofferraum. Wright und Pages, jetzt in lässigen Jeans mit bunten T-Shirts und Baseballcaps gekleidet, wurden hektisch. „Beeil' dich. Gleich sind die Helis in der Luft", fuhr Wright Delano an. Pages hatte inzwischen zwei riesige Kunststoffkanister mit Benzin aus dem bereitstehenden blauen Chevi geschleppt und wuchtete sie in den Innenraum des Polizeiwagens. Dann entzündete er eine Signalfackel und warf sie hinterher. „Los weg hier!", rief Wright und beide liefen zum anderen Wagen. Doch Delano blieb ruhig neben dem Streifenwagen stehen, in dessen Inneren das entzündete Magnesium kurz davor war, sich durch die Kanisterwände zu fressen.

„Bist du vollkommen bescheuert!", schrie Wright und beide liefen zurück um Delano wegzuzerren. Doch der stieß beide von sich.

„Eins will ich hier klarstellen", fauchte er. „Ich weiß nicht, was schiefgelaufen ist. Ihr kriegt euren Aufschlag. Kein Problem. Doch ab jetzt bin ich hier der Boss. Der, der euch bezahlt! Ist das soweit klar?"

Wright und Pages sahen sich verdutzt an. Sie wussten nicht, ob sie lachen oder den Typen einfach stehen lassen sollten. Was immer dieser befreite Häftling vor hatte – wenn er hier mit dem Wagen in die Luft flog – wäre auch ihre Kohle weg.

„Und noch etwas. Ab jetzt bin ich ‚Sie' für euch."

„Ja, ja, ist ja in Ordnung", beschwichtigte Wright hastig. „Aber jetzt komm hier weg!" Doch Delano blieb weiter standhaft. „Es scheint immer noch nicht klar zu sein!?", brüllte er ihn an. Aus dem Wageninneren zischte und qualmte es extrem bedrohlich.

„Ja, ja! Scheiße nochmal! Jetzt kommen Sie verdammt noch mal hier weg!", rief Wright ungeduldig.

„Geht doch", stellte Delano fest und alle drei sprangen in den Chevi. Pages gab Gas. Gerade, als sie den Streifenwagen passierten, explodierte dieser plötzlich in einem riesigen Feuerball. Die Männer spürten, wie ihr Wagen von der Druckwelle seitlich weggedrängt wurde. Pages steuerte den Chevrolet wieder auf die Waldstraße.

Nach zwei Meilen verließen sie den Wald und es wurde ländlich. Sie rasten weiter im hohem Tempo an eingezäunten Weiden und Hecken vorbei. Die Männer sprachen kein Wort. Warum auch. Es war alles gesagt. Die Uhr tickte. Rechts tauchte nun ein Baggersee auf. Eine grüne, glatte Fläche. Hohe Sandhalden bildeten im weiteren Verlauf ein Gebirge. Schließlich bog der Chevi in einen Kiesweg ein und fuhr auf das Gelände eines kleinen Yachthafens. Aufgereiht an einem langen Steg lagen an die zwanzig kleine und mittlere Motoryachten. Das Becken des Hafens mündete in den Zufluss zum größeren James Fluss, der auch später das Gefängnisgelände umfließen sollte. Von dieser Marina aus fuhren Freizeitangler häufig zum Fischen auf den großen Strom hinaus. Der blaue Chevi bog vorher ab, fuhr durch hochgewachsenes Gestrüpp hindurch und hielt auf einer alten, verwitterten Slipanlage. Seitdem nebenan der Yachthafen ausgebaut wurde, war die betonierte Bootsrampe ausrangiert und verwilderte mit der Zeit. Ringsherum gaben hohe Sträucher und Bäume einen guten Sichtschutz. Die Männer sprangen heraus. In der Ferne waren Rotorengeräusche zu hören. Sie schauten sich um. Niemand war weit und breit zu sehen. Perfekt, wie gewünscht, dachte Wright. Schnell ließen sie alle Fenster herunter und öffneten den Kofferraumdeckel. „Okay Pages, ich hole das Boot", sagte Wright und lief nur wenige Meter an der Uferböschung entlang zum Steg des benachbarten Yachthafens. Mit beiden Armen versuchte Pages nun den Wagen ins Wasser zu schieben. Er sah den zuschauenden Delano ernst an und machte eine nickende, auffordernde Kopfbewegung. Delano seufzte kurz und packte schließlich mit an. Gemeinsam schoben sie den Wagen ins Wasser. Fast geräuschlos ging der Chevi rasch unter, während Pages Delano wegzog. „Ist ja gut", raunzte dieser leise und beide liefen um die Böschung herum.

Wright hatte in der Zwischenzeit eine weiße sechs-Meter-Motoryacht mit einem blauen Verdeck über dem Steuerstand klargemacht und startete den Motor. Am Heck ragten zwei lange Angelruten hervor. Der Name *Dolores* stand in einem geschwungenen, blauen Schriftzug auf den Bugseiten. Dem ausgefeilten Plan kam zugute, dass an einem frühen Morgen sich noch niemand auf der Marina befand. Das hatten die beiden lange vorher ausgekundschaftet. Ruhig schob sich das Boot an den übrigen kleinen Yachten vorbei, die an dem langen Steg lagen. Parallel liefen Pages und Delano über ein fremdes Boot und beide sprangen auf die langsam vorbeigleitende Dolores. Dann gab Wright Gas. Der dreihundertfünfzig PS starke innenliegende Motor dröhnte laut auf. Das Gleitboot schob sich vorn aus dem Wasser und hinterließ eine breite schaumige Spur. Wright steuerte es im hohen Tempo auf den Fluss hinaus.

„Hier halten Sie mal", sagte er zu Delano und übergab ihm das Steuerrad. „Immer geradeaus." Er holte ein Fernglas und beobachtete weitentfernt zwei Helikopter, die in einem weiten Radius über dem Waldstück kreisten, aus dem weiterhin eine dünne, schwarze Rauchsäule aufstieg. „Ja, beschäftigt euch weiter mit dem brennenden Wagen", murmelte Wright. Dann schwangen sich beide Befreier

unter Deck und nach einigen Minuten kamen zwei glatt-
rasierte Freizeitfischer an Deck. Wright übernahm wieder
das Steuer. „Los, verschwinden Sie unter Deck", befahl er
Delano, der diesmal ohne Murren der Aufforderung nach-
ging. Inzwischen waren sie eine weite Strecke flussab-
wärts gekommen. Delano schaute aus den kleinen Bullau-
gen nach draußen. Er schmunzelte. Hinter der Uferböschung kamen nun die Wachtürme des Greensbourg Prison zum Vorschein. Dem Verlauf des Zuflusses folgend,
verlief ihr Fluchtweg am nördlichen Gelände des Gefängnisses vorbei, bevor er sich weiter östlich mit weiteren Zu-
flüssen zum James River vereinigte. Auch das war geplant. Niemand würde zwei harmlose Fischer verdächtigen, die in aller Seelenruhe hier, direkt unterhalb der Haft-
anstalt, gemütlich fischten. Einer der Hubschrauber flog
nun die Wasserwege ab und näherte sich.

„Es geht los, Männer." Wright stoppte den Motor und
ging unter Deck. Pages hatte bereits einen Kasten Bier an
Deck geholt und einige Flaschen an langen Bändern seitlich ins Wasser gehangen. Andere hatte er geöffnet und
den Inhalt in den Fluss geschüttet. Die leeren Flaschen
drapierte er in Windeseile in einem Kasten unter den zwei
Sitzen, die sich hinter dem Steuerstand am Heck befanden. Wright rief Delano zu, sich unter Deck ganz klein zu
machen. Dann griff er einen großen, gelben Eimer und
schwang sich zu Pages auf die Sitze an Deck. Sie öffneten
ihr Bier und hielten lässig die langen Angelrouten raus.
Nach einer weiteren Minute kreiste der Polizeihubschrau-
ber schließlich direkt über ihnen. Das Wasser türmte sich
in kleine Wellen auf und die beiden Angler mussten ihre

Kappen festhalten. Sie konnten die Hubschrauberbesatzung nun deutlich erkennen und winkten ihnen lässig zu. Nach einer langen Minute zog der Helikopter wieder hoch und flog über die nahe Uferböschung hinweg. Delano traute sich nun wieder hinauszuschauen. Mit Ausnahme dieses blöden Zwischenfalls lief doch alles gut, stellte er erleichtert fest. Er selbst hatte den beiden nur strikte Instruktionen für den Überfall mitgegeben. Den Fluchtweg sollten sie selber planen, er setzte auf ihre Cleverness sowie Ortskenntnis. Auch dieser Angelausflug war Teil ihres eigenen Plans.

Seine Flucht hatte eine Großfahndung ausgelöst. Die in der Nähe verlaufenden Highways wurden gesperrt und die einzelnen Fahrzeuge spurweise kontrolliert. Dies führte zu langen Stauwarnungen in den Medien, die sich ebenfalls mit Aufrufen an die Öffentlichkeit an der Fahndung beteiligten. Die hinzugerufenen US-Marshals, örtliche Polizei sowie das FBI gingen in erster Linie davon aus, dass die Fluchthelfer mit Delano in zivilen Fahrzeugen die Flucht weiter fortsetzen würden. In einem Umkreis von fünfzig Meilen wurden daher weitere Straßensperren in Richtung Richmond und umliegenden Gegenden errichtet. Hunderte Polizisten der umliegenden Distrikte kontrollierten alle möglichen Fluchtrouten, waren sie auch noch so klein. Auch die internationalen und kleineren Flughäfen der Region bis hin zu Sportflugplätzen wurden beobachtet.

Das Boot lag weiter ruhig auf dem Fluss. Wright ging unter Deck, öffnete eine Bodenplatte und zeigte Delano einen getarnten Verschlag an der Seitenwand des Motorraums. Der Hohlraum hatte die Länge eines Mannes.

Wenn man ihn mit einer langen Planke von außen ver-schloss, sah er wie die innere Außenwand aus. Der Be-freite zog die Augenbrauen hoch. „Passt schon", entgeg-nete Wright Delanos zweifelndem Gesichtsausdruck. „Wir haben es ausprobiert. Machen Sie schon. Schätze, sie werden gleich auftauchen." Delano zwängte sich nun der Länge nach hinein und Wright drückte das Brett davor. Durch eine verdeckte Öffnung konnte Delano atmen. An-sonsten drapierte Wright einen Werkzeugkasten, leere Öl-kanister sowie ein altes Netz davor. Dann drückte er die Bodenplatte zu und setzte sich wieder an Deck. Die Män-ner warteten.

Nach weiteren Minuten, schoss plötzlich ein großes, dunkelblaues Motorboot in einem weiten Bogen aus ei-nem der anderen Seitenarme heraus und stoppte längs-seits. Die aufstobenden Wellen ließen die Dolores heftig schwanken. Oberhalb der Wasserlinie mit der Auf-schrift *State Police* hielten sich zwei Uniformierte an der seitlichen verchromten Reling fest und warteten bis beide Boote wieder etwas ruhiger lagen. „Whow, whow! Nicht so heftig", rief ihnen Wright unaufgeregt zu. Sie legten die Angeln beiseite. „Was ist denn los? Erst euer Hubschrau-ber und jetzt ihr!"

„Wie lange liegen Sie hier schon?", fragte ein älterer Po-lizist mit Sonnenbrille und Kappe.

„Keine Ahnung. Ein paar Stunden."

„Wir kommen an Bord." Damit kletterten beide Polizis-ten auf die Dolores. „Captain Hendersen, mein Kollege, Leutnant Young", stellte sich der ältere der beiden knapp vor. „Sind Sie allein hier auf dem Boot?" Doch ohne die Antwort abzuwarten, stieg bereits Young unter Deck.

„Ja sicher", antwortete Wright und machte ein fragendes Gesicht. „Sagen Sie, Captain, was ist denn eigentlich los?" Henderson blickte sich um. Er sah die leeren Bierflaschen und die herausgehängten Flaschen, was eine übliche Kühlmethode war. Alles hier an Deck sah nach einem tatsächlichen Angelausflug aus.

„Es gab eine gewaltsame Häftlingsbefreiung aus einem Gefangenentransport", erklärte er kurz. Young erschien wieder an Deck.

„Sie sagten, Sie liegen hier schon ein paar Stunden?", griff der ältere Cop die vorherige Aussage von Wright auf. „Ist Ihnen dabei etwas aufgefallen? Ein flüchtendes Boot oder sonst irgendetwas Ungewöhnliches?" Beide Angesprochene schüttelten leicht den Kopf. „Nein. Nicht das ich wüsste. Dir vielleicht?" Dabei wandte sich Wright an den stillen Pages. Der schüttelte bedauernd den Kopf.

„Wie war Ihr Fang bisher?" Jetzt lächelte der Polizist sogar. Doch die Fluchthelfer waren auch auf diese argwöhnische Frage eingestellt. Wright zog den Deckel des gelben Eimers ab. Er war halbvoll mit Wasser gefüllt und die Cops konnten drei mittelgroße, lebende Flussbarsche erkennen. „Schön in Butter mit viel Knoblauch, Zitrone und Rosmarin", schmunzelte Wright. Auch den Eimer mit den lebenden Barschen hatten sie, wie vieles andere, noch in den frühen Morgenstunden auf das Boot gebracht.

„Okay, danke. Wenn Ihnen doch noch was auffallen sollte, melden Sie sich bei der nächsten Dienststelle." Damit kletterten die beiden Polizisten wieder in das Polizeiboot. „Klar, machen wir", sagte Wright als das Boot bereits ablegte.

Bis in den späten Abend hinein lag die Dolores an der gleichen Stelle. Delano wurde aus seinem engen Verschlag befreit und verharrte die ganze Zeit unter Deck, während sich Wright und Pages die meiste Zeit an Deck saßen. Die Jungs sind gut, dachte Delano. Sehr gut. All dieses hier, die Planungen bis ins kleinste Detail, hatte er ihnen nicht zugetraut. Und so war er beruhigt, erleichtert und ein Gefühl des Triumphes stellte sich langsam ein, obwohl er noch lange nicht in Sicherheit war. Er lehnte sich etwas aus der Kajüte, gerade so, dass man es vom Ufer aus nicht sehen konnte.

„Ihr habt das echt gut gemacht, Jungs. Kompliment. Ihr ward die richtige Wahl. Und wie läuft das jetzt hier weiter?", fragte er und trank ein erstes Bier auf den Erfolg bis hierhin.

„Ihr Plan oder wer auch immer den ausgeheckt hat, war scheiße", antwortete Wright.

Eine Pause entstand.

„Ich habe euch gesagt, ihr bekommt einen Aufschlag. Ich halte mein Wort. Zweihundert." Dabei dachte er durchaus an die freigewordenen Gelder, die er nun durch das Ableben der Transportbesatzung sparen würde. Delano wusste, dass er die beiden in Stimmung halten musste. Noch war er im höchstem Maße von ihnen abhängig.

Wright schaute Pages an, der stumm nickte.

„In Ordnung", stimmte Wright zu, „Boss."

„Was ist mit ihm? Kann er sprechen?" Dabei deutete Delano auf Pages.

„Nur Mandarin und Kisuaheli", bemerkte Wright ironisch.

Wieder entstanden einige Sekunden der Ruhe, wobei man nur das Plätschern des Wassers an die Außenwände des Bootes vernahm. Wright steckte sich eine Zigarette an. Der Abend dämmerte. Bald würde es hier auf den Flüssen stockdunkel sein. „Wenn es dunkel ist, schippern wir am Ufer entlang noch sechzig Meilen", begann er zu erläutern. „Bis wir aus der direkten Fahndungszone raus sind. Danach geht's zu Land weiter. Runter nach Miami. Da wartet ein Privatflugzeug auf Sie und zitt!", dabei machte eine aufsteigende Handbewegung, „sind Sie da, wo Sie hinwollten." Nach weiteren Minuten, die sie dasaßen, schnippte Wright seine Kippe über Bord. „Wir sollten aufbrechen."

* * *

Im Schutze der Dunkelheit schipperte die Dolores entlang der Mündung des James Rivers in östliche Richtung. Sie fuhren im langsamen Tempo, was die Motorengeräusche dämpfte. Es war stockfinster. Die Positionslichter waren ausgeschaltet. Nur das Buglicht warf einen hellen, milchigen Kreis auf die schmutzig grüne Wasseroberfläche vor ihnen. Gerade so, wie es Nachtfischer tun. Seitlich zeichneten sich die Ufersilhouette in schwarzen, bizarren Formen gegen das dunkelblau der Nacht ab. Sie versuchten weitestgehend unauffällig für mögliche Passanten in Ufernähe zu bleiben. Auch waren keine Positionslichter weiterer Boote in der Nähe zu sehen. Hier und da fuhren sie an beleuchteten Häusern vorbei, deren Grundstücke bis zum Ufer reichten. Kleine Boote lagen an hölzernen

Stegen. Drei lange Stunden waren seit der letzten Kontrolle durch das Polizeiboot vergangen. Delano befand sich die ganze Zeit dabei unter Deck, bereit, sich jederzeit schnell wieder in seinem hölzernen Verschlag zu verstecken. Doch alles war ruhig geblieben. Obwohl sie schon kurz vor dem Treffpunkt sein mussten, hatte ihn diese Zeit des stillen Abwartens nervös gemacht. Seine spektakuläre Flucht hatte eine große Fahndungswelle ausgelöst. Die Baltimore Boys gingen von intensiven Verkehrskontrollen, selbst auf den kleinen State Roads im Umkreis von dreißig Meilen rund um den Ort des Überfalls aus. Ihr Plan bestand daher darin, diese enge Zone zu umfahren. Über den Wasserweg, entlang der großen Mündung in den James River. Nachts, wenn die Luftüberwachung ruhte. Nach einer weiteren halben Stunde legte das Boot an einem einsamen, langen Steg an. Nirgendwo war weder ein Licht zu sehen, noch irgendwelche Geräusche außer dem Tuckern des gedrosselten Motors zu hören. Delano schaute aus dem kleinen Bullauge. Wo waren sie? Wright und Pages hatten diese Fluchtroute geplant und sich mit Sal abgestimmt. Während der letzten Stunden war Wright wortkarg geblieben, was die Details der Route anging. Pages blieb sowieso weiter stumm. Und so musste sich Delano ganz und gar auf die Jungs und Sal verlassen. Nun schien der weitere Verlauf seiner Flucht klarere Konturen anzunehmen.

„Okay, Boss", sagte Wright, als er kurz durch den Einstieg in die Kabine schaute. „Wir sind da."

Die drei Männer kletterten auf den dunklen Steg und Pages vertäute die Dolores. Wright leuchtete mit einer Taschenlampe voraus. Der Steg gehörte zu einem alten Lagerhaus, dessen Umrisse nun groß und schwarz neben ihnen auftauchten. Unter ihren Füßen knirschte Kies. Es schien ein weitläufiger Platz zu sein an dessen Ende wiederrum sich die dunkle Front der hohen Büsche abzeichnete. Plötzlich leuchtete aus der Dunkelheit ein weiteres Licht auf. Wright gab zweimal hintereinander ein Zeichen mit seiner Taschenlampe, was von dem fremden Licht wiederholt wurde. Und schließlich erkannte Delano im Näherkommen zwei Männer, die an einem Pick-Up lehnten. Zu seiner Erleichterung hörte er Sals Stimme.

„Ihr kommt spät."

Wright antwortete nichts und warf einen kleinen Rucksack auf die Ladefläche. Die übrigen Männer begrüßten sich. Neben Sal erkannte Delano einen kräftigen Mann, den er heute schon einmal kurz gesehen hatte. Allerdings in Polizeiuniform. Er wandte sich an Sal.

„Na, mein Freund", grinste er. „Hab ich doch gesagt. Alles wie geplant. Immer noch Befürchtungen?"

„Mein Gott, Michael! Zwei Morde. Das ist absolut nicht beruhigend", entgegnete der Anwalt leise. Doch Delano ging darüber hinweg.

„Kollateralschaden. Hast du alles?"

Sal sagte nichts und gab Michael einen kleinen Koffer mit frischen Sachen. Dann zog er einen Umschlag aus dem Jackett. „Hier sind deine Papiere, Bargeld und der Kundenschlüssel für das Bankfach."

Schnell öffnete Delano das Couvert und wühlte darin. Sichtlich erleichtert nahm er ein kleines, schwarzes Notizbuch heraus und steckte es ein.

„Danke, Sal."

Währenddessen hatte sich Wright unbemerkt eine Pistole in seinen rückwärtigen Hosenbund gesteckt und kam nun dazu. Vertrauen ist gut, dachte er. Aber er wollte auf alles gefasst sein.

„Nun, da wären wir, großer Meister. Checkpoint zwei", sagte er an Sal gewandt. „Wie sieht's mit Ihrem Teil der Abmachung aus?"

„Natürlich", sagte Sal knapp und übergab ihm eine weitere silberne Schlüsselkarte. „Zimmer zweinullzwei, Harbor Palace. Im Safe finden Sie weitere sechshundert, wie verabredet."

„Wollten Sie Ihrem Anwalt nicht noch was mitteilen?", mahnte Wright Delano. Der verstand.

„Sal, pack den freigewordenen Anteil unserer verhinderten Transportfahrer für die Jungs am Schluss mit drauf. Sie haben es sich verdient." Sal sah Delano einen langen Moment angewidert an. Wohin war er nur geraten? Er zog ihn immer tiefer in dieses rücksichtslose Verbrechen. Doch es gab schon lange kein Zurück mehr. Dann nickte auch er stumm.

„Es geht weiter." Wright, Pages und Delano kletterten in den Pick-up. Ab jetzt würde ihre Flucht über Land weitergehen. Während sie langsam losfuhren, ging Sal zu seinem abseits geparkten Wagen. Er wollte nur noch so schnell wie möglich weg. Weg von hier und weit weg von Michael Franklin Delano. Doch solange dieser nicht außer Landes in Sicherheit war, bestand immer noch Gefahr. Es musste einfach gut gehen. Hoffentlich, dachte er. Hoffentlich. Er sah sich nochmal um. Sah, wie der dritte der Baltimore Boys das Boot losmachte. Er würde es zurück zu der kleinen Marina bringen. Sal setzte sich in den Pick-Up und fuhr ebenfalls los. Hier endete sein Beitrag. Ab jetzt hoffte er niemals mehr von Michael F. Delano zu hören.

Die Fahrt durch die Nacht verlief ohne Verzögerungen. Alle drei waren jedoch froh, als sie endlich die Nebenstraßen verlassen konnten und auf die Interstate Fünfundneunzig auffahren konnten. Sie fuhren in südliche Richtung, passierten die Grenzen von South Carolina und Georgia. An einer Raststätte aßen und tranken sie etwas, ohne jedoch viel Zeit zu verlieren. Delano machte sich frisch und zog sich die Sachen an, die Sal in dem kleinen Koffer mitgebracht hatte. Auf dem Parkplatz warf er ihn anschließend in einen größeren Müllcontainer. Sie fuhren weiter. Nach weiteren drei Stunden überquerten sie die Grenze zu Florida und fuhren gerade durch Jacksonville, als Delano die Augen aufschlug. Er hatte eine lange Zeit geschlafen. Und nun sah er einen wunderschönen, breiten Himmel, den eine kräftige Morgenröte in ein Farbenspiel von gelben, rötlichen und blauen Tönen tauchte. Ein Anblick, den er seit seiner Inhaftierung nicht mehr geshen hatte und den er noch nie so intensiv wahrgenommen hatte. Er sah weiter nach vorn und auf grünen Hinweisschildern, die über die gesamte Fahrbahn montiert waren, blickte er auf die weißen Pfeile, die zu den unterschiedlichsten Zielen wiesen. Er registrierte, wie sie weiter Richtung Daytona Beach fuhren. Neben dem Gefühl der wiedererlangten Freiheit mischte sich unbeschreibliche Zuversicht. Ein tiefes Glücksgefühl überkam ihn. Hatte er es geschafft? Er lächelte. Vorbei an Orlando und Cape Canaveral erreichten sie nach weiteren eineinhalb Stunden die Vororte von Miami. Die Sonne stand schon hoch, als sie die Autobahn bei Palm Springs verließen und über eine einspurige State Road Richtung Westen weiterfuhren. Weg von der Küste. Die Landschaft veränderte sich merklich. Das flache, grüne Land, auf dem verstreut Gruppen von hohen Büschen und einzelne Kiefern standen, ging nun in ein sumpfiges Gelände über. Kleine Seen und Wasserläufe reichten hier und da bis an die Fahrbahn. Sie hatten die Everglades im Süden Floridas erreicht. Das schier endlose Sumpfgebiet, eine riesige, grüne Wasserlandschaft, die durchzogen war von unpassierbaren Mangrovenwäldern, inselartigen Erhebungen mit flachen Pinienwäldern und tropischen Hölzern. Nur wenige, schmale Straßen zogen lange Passagen durch dieses einzigartige Schutzgebiet. Nach weiteren zwanzig Minuten bogen sie in eine Zufahrtsstraße ein. Wie aus dem Nichts tauchte plötzlich ein Flugplatz neben ihnen auf. Das *West County Airfield* war ein kleiner, ziviler Flughafen von dem aus Privat- und Geschäftsmaschinen starten und landen konnten. Die unmittelbare Nähe zur Atlantikküste lud zu Trips auf die nahegelegenen, nördlichen Bahama-Inseln ein. Der Pick-up hielt auf dem überschaubaren, staubigen Parkplatz, auf dem eine Handvoll weiterer Autos standen.

„Da drin wartet ein Mann auf Sie, heißt Vincent", erklärte Wright und deutete auf das von außen gut sichtbare kleine Café unterhalb des Towers. „Nicht zu übersehen. Trägt immer ein Cap der*Dolphins*. Klein, etwas Bauch. Breites Gesicht. Dreitagebart. Der fliegt Sie rüber. Ist alles geklärt. Für uns ist hier Schluss." Delano sah über die Gebäudegruppe mit Tower, eingeschossigem Clubhaus und den zwei größeren Hallen.

„Nun gut", sagte Delano. Er zog diesmal einen Bank-

Schließfachschlüssel aus seiner Jacke und gab ihn seinem Gegenüber. „Dort befindet sich ein silberner Koffer mit dem Rest Ihres Honorars", ergänzte er. Wright nickte nur stumm.

„Also dann, Boss. Alles Gute." Dabei tippte er mit den Fingern kurz an sein Cap. Delano stieg aus. Dabei drehte er sich nochmal um.

„Jungs wie euch kann ich gebrauchen. Lust auf lukrative Jobs?" Während Pages Delano nur interessiert anschaute, grinste Wright. Er kramte einen Stift hervor, zog eine benutzte Sandwichtüte wieder glatt und schrieb etwas auf einem herausgerissenen Streifen. „Sie sind der Boss", sagte er und gab Delano die Nummer seines Mobiltelefons. „Für den Fall, dass der Anwalt die Nummer verbummelt hat."

„Ich denke, eine sichere Verbindung", kommentierte Delano wiederum doppelsinnig. Wright und Pages sahen ihn stumm an, was einer Bestätigung glich. Er schaute seine beiden Fluchthelfer einige Sekunden in die Augen. „Danke, Jungs. Ihr wart gut."

6. Iris

Iris Bogdanowicz schlenderte durch die Gassen von Montmartre. Es war eine komplett andere Welt. Paris war groß, laut und manchmal zu hektisch. Montmartre hingegen war da eher wie ein Dorf. Es gab viele schmale Straßen, kleine Geschäfte, Cafés und Restaurants. Zu dieser

Jahreszeit empfand sie das beliebteste und schönste Viertel von Paris angenehmer als in der Hauptsaison. Es war Mitte Mai und erste Touristenströme durchwanderten bereits die Gassen. Es würde nicht mehr lange dauern, bis die Pariser in die Sommerferien starteten und ganz Paris wieder den Heerscharen an Urlaubern überließen. Aber noch konnte man in diesem Stadtteil entspannt bummeln und die eigentliche Fassade des Viertels wahrnehmen. Bis auch hier die Touristen wieder den Pulsschlag angaben. Dann säßen Massen vor und in den kleinen, bunten Cafés und Restaurants an der Ecke. Es würde wieder ein buntes Treiben auf tausendfachen Urlauberfotos zu sehen sein. Denn hier, unterhalb der berühmten Basilika *Sacré Coeur*, schlug das künstlerisch, kulturelle Herz von Paris mit all seinen Sehenswürdigkeiten. Und das hatte es Iris angetan. Künstler wie Picasso und Van Gogh hatten hier gelebt, hatte der Maler Henri Toulouse-Lautrec mit seinen ungeschminkten Szenen des Pariser Nachtlebens das Bild der legendären Belle Époque festgehalten. Und auch heute noch hielten die unzähligen Karikaturisten und Maler, die gegen einen überzogenen Preis auf dem Künstlerplatz- *Place du Tertre* Porträts von Touristen erstellen, dieses besondere Flair hoch.

Iris arbeitete nun schon ein Jahr für das Kuratorenteam. Es war eine tolle, spannende Aufgabe, in der sie gleichzeitig ihr altes Schulfranzösisch auffrischen und erweitern konnte. Sie hatte es abgelehnt in der Zeit, wo sie hier in Paris arbeiten würde, in eines der größeren Hotels einquartiert zu werden. Stattdessen hatten sie und Aaron ein geräumiges Appartement in einem der alten, hohen Häuser im Pariser Stadtteil *Chaillot* bezogen. Sie hatte ihre

Konsequenz gezogen aus der anhaltenden Ungewissheit ihrer Beziehung, hatte sich eine Auszeit erbeten und hatte Glück, dass sie hier auf Montmartre vorübergehend in das kleine Appartement ihrer Kollegin Sophie ziehen konnte, die zu ihrem neuen Freund gezogen war. Das kleine, möblierte Appartement lag im fünften Stock mit einem weiten Ausblick über die Dächer der Metropole. Dort war sie für sich, wollte sich über ihre Gefühle im Klaren werden. Es war ihr Zufluchtsort geworden.

Es war sonnig und dennoch kühl an diesem Tag. Iris war in ihrer ledernen Motoradmontur gekleidet und trug eine dunkle Sonnenbrille. Sie hatte sich eine Crossmaschine gekauft. Neben ihrer Leidenschaft für das Motoradfahren, verhalf es ihr, sich schneller durch den Pariser Verkehr zu bewegen. Sie war nun siebenunddreißig und ihr makelloses, schönes Gesicht wies nur vereinzelt kleine Fältchen auf. Ihre glatten, brünetten Haare trug sie bis zum Kinn hin kurz, was ihre Attraktivität unterstrich. In New York waren sie allerdings seinerzeit noch kürzer und flippiger. An einer Ecke setzte sie sich an einen einsamen Tisch eines Cafés, das von der Sonne beschienen wurde und bestellte einen Café au lait. Diese Streifzüge taten ihr gut. Dabei konnte sie ihre Gedanken frei fließen lassen. Ihre Arbeit hier in Paris, Aarons Job als Ausbilder in den schwedischen Wäldern, seine Haltung zu einer gemeinsamen Zukunft und seine innere Barriere, seine Weigerung, den eingeschlagenen Weg konsequent zu gehen. Die große Ausstellung *„Freedom of Arts"* an dessen Entstehen sie hier in Paris als Assistentin des Kuratorenkollektivs beteiligt war, lief auf ihre Eröffnung hin. Es waren keine acht Wochen mehr bis zum vierten Juli. An diesem Datum

würde hier in Paris die Eröffnung im Rahmen der gemeinsamen französisch-amerikanischen Feierlichkeiten stattfinden, was als ein großes, symbolisches Zeichen gewertet
wurde. Während ihrer Arbeitszeit war der Stress gut, hal-
fen ihr, ihre Gedanken um Aaron und ihre eigene Situation etwas auszublenden. Doch wann immer ihr die ge-
waltigen Vorbereitungen ein kleines, zeitliches Fenster ließen, suchte sie die Einsamkeit. Sie musste eine Entscheidung treffen.

Es war jetzt fast ein Jahr her, dass sie beide im Prozess
gegen Michael Delano ausgesagt hatten. Im Gegenzug
wurden die Ermittlungen gegen sie im Staat New York ru-
hend gestellt. Sie würde nicht mit einem internationalen
Haftbefehl gesucht werden. Aus Sicherheitsgründen
nahm sie weiter den Namen Laura Bingham an. Ihr Pseu-
donym schützte sie in erster Linie vor investigativen Journalisten in dieser Zeit, die wissbegierig hinter der Story
der ,Katze von New York' her waren, die sie einst verkörperte. Sie würden bei ihrer Suche auch internationale Recherchen anstellen. Zu geheimnisumwittert war sie seinerzeit von der Bildfläche verschwunden. Würde die
Presse hinter die geheime Absprache mit der CIA und der
Genehmigung durch das Gericht kommen, könnte es erneut zu einem Politikum führen. Doch eine Auflage traf
sie hart. Vier Jahre war eine lange Zeit, weitere vier Jahre
noch, in denen sie nicht in die Staaten einreisen durfte.
Diese Auflage ging einher mit der Verjährungsfrist für
ihre Raubzüge im nächtlichen New York City. Aber das
war der Deal. Danach könnte sie wieder Iris Bogdanowicz

sein. Doch sie vermisste ihr geliebtes New York fast täglich. Ihre Heimat, ihr polnisches Viertel in Brooklyn, ihre Freunde Drew und Paula. Und es waren bereits zwei Jahre vergangen, seit sie hineingezogen wurde. In Aaron Boyds Leben.

Häufig dachte sie an diese Nacht, als sie unvermittelt auf den gutaussehenden Mann traf. Als sie in sein luxuriöses Penthouse in Manhattan einstieg um ein Gemälde zu stehlen. Bis dahin hatte sie eine beispiellose Serie an nächtlichem Kunstraub hingelegt, war als ‚Katze von New York‘ in allen Medien. Und nur dieses eine Mal wurde sie erwischt. Aber anstatt auf einer vergammelten Gefängnismatratze, landete sie im Satin seines Bettes. Damals hatte sie gedacht, dass diese Beziehung zu dem gutaussehenden, angeblichen Geschäftsmann ihr Ausstieg aus ihrer kriminellen Karriere sein könnte. Sie hatte sich in diesen Mann verliebt. Und sie dachte an den Schock, als sie erfuhr, wer Aaron in Wirklichkeit war. Ein Auftragskiller. Und es war Zufall, dass sie es erfuhr. Und an all diese Ereignisse in Porto Puntas, wie er ihr Leben rettete und sie wieder zueinander fanden.

Sie hatte den Wandel dieses Mannes erlebt, vom Attentäter zum Lebensretter. Hatte mit Entsetzen erfahren, was ihm als kleinen Jungen widerfuhr. Und dennoch stand seine Vergangenheit zwischen ihnen. Hatte sie direkt nach den Ereignissen und dem Neubeginn hier in Paris noch eine tiefe Verbundenheit und zärtliche Liebe zu ihm empfunden, hatte sie daran geglaubt, dass er diesen, seinen Weg hin zu einem normalen Leben nun konsequent weitergehen würde, so war sie nun nicht mehr sicher. Sie hatte gesehen, wie Aaron in seiner neuen Tätigkeit als

Ausbilder sichtlich aufging. Doch sie hatte sich innerlich gewünscht, dass er seiner anderen Seite nachgehen würde. Die des feingeistigen Architektur- und Kunstliebhabers. Gerade hier in dieser Stadt, dem künstlerischen Schmelztiegel, gab es so viele Möglichkeiten sich dahingehend zu engagieren. Aber es hatte ihn zurückgezogen in seine Vergangenheit, wenn auch als Ausbilder. Seine anhaltende, innere Weigerung, sich psychotherapeutische Hilfe zu holen, konnte sie scheinbar nicht aufweichen. Sie hatte gehofft, dass er sich einem erfahrenen, behutsamen Therapeuten an seiner Seite anvertrauen würde, um den Weg endlich heraus aus dieser Welt des Militärs und der Gewalt zu schaffen. Denn das konnte nur er selbst. Es hatte sie mit der Zeit mehr und mehr frustriert.

Und so hatte sie für sich diese räumliche Trennung gewählt. Sie musste sich entscheiden, ob es eine Zukunft an Aarons Seite gab oder sich einen eigenen Weg eingestehen. Und über noch etwas musste sie sich im Klaren werden. Er hieß Bertrand Mercher. Seitdem sie für das Kuratorenteam der gigantischen Jahrhundertausstellung hier in Paris zuarbeitete, waren ihr die charmanten Annäherungsversuche des französischen Ausstellungsmachers und organisatorischen Leiters hier auf der französischen Seite nicht unbemerkt geblieben. Doch noch wehrte sie sich innerlich dagegen.

Iris ließ sich weiter ziellos durch die engen Gassen treiben. Obwohl mit ihren eigenen Gedanken beschäftigt, nahm sie doch die vielen kleinen Kunstwerke an den Häuserfassaden wahr. Begrüßenswerte kleine Ablenkungen. Hier auf Montmartre musste man nicht ins Museum gehen um Kunst zu sehen. Sie liebte es, gerade auch abseits der touristischen Gassen an fast jeder Ecke bemalte Straßenschilder, Poller und Wände beklebt mit Kunstwerken aus kleinen Alltagsgegenständen zu entdecken, die irgendjemand über Nacht angebracht oder gepinselt hatte. Besonders die einzelnen Graffitis waren interessant. Nicht die unnützen *Tags* und Schmierereien umtriebiger Jugendlicher, sondern es war ideenreiche Schablonenkunst, die hier und da zu kleinen Blickfänge wurden. Iris verlor sich gerne in ihren einsamen Entdeckungsreisen und so wurde sie vom anhaltenden Piepton ihres Smartphones jäh aus ihrer Träumerei gerissen. Aarons Name leuchtete auf dem Display. Er hatte am gestrigen Abend bereits versucht, sie zu erreichen. Sie hatte nicht zurückgerufen.

„Hi, alles okay bei dir?", eröffnete sie das Telefonat.

„Gavin hat angerufen", antwortete Aaron ohne große Einleitung. Iris erkannte sofort an Aarons Stimme, dass etwas passiert sein musste. Automatisch ging sie in diese angestrengte Erwartungshaltung über.

„Delano ist aus einem Bundesgefängnis geflohen."

Iris erschrak. Sofort überkam sie wieder dieses intensive Angstgefühl, von dem sie hoffte, es nie wieder in ihrem Leben verspüren zu müssen.

„Was heißt das?" Auch Aaron vernahm die aufkommende Angst in ihrer Stimme. Es machte ihn betroffen. Nie wieder sollte sich Iris in ihrem Leben fürchten. Vor niemanden. Das hatte er sich seit damals geschworen. Aber wie man nun die aktuelle Lage einschätzen sollte, wusste auch er nicht.

„Es läuft eine internationale Fahndung. Es wird für ihn schwierig sein, sich irgendwo in Sicherheit zu bringen."

„Was meint Gavin?"

„Er tippt darauf, dass Delano versuchen wird, sich irgendwo mit neuer Identität zu verkriechen. Eine Bedrohung für uns schließt er vorerst aus."

Iris sagte nichts. Sie musste erst diese Nachricht verarbeiten. Nachdem sie einst von der Sektion bis nach Südamerika verfolgt wurde, verband sie mit diesem Namen Unheilvolles, eine tödliche Gefahr. Und auch sie hatte gegen ihn ausgesagt.

Aaron spürte ihre aufkommende Sorge. „Hör zu, Iris. Im Augenblick ist davon auszugehen, dass er sich um sich selbst kümmern muss. Durch die Welt zu jetten, um uns ausfindig zu machen, dürfte nicht in seinem Interesse liegen. Er würde dabei Spuren hinterlassen. Die Fahnder werden weiter Druck ausüben. Hinzu kommt, dass unsere Tarnung und gerade deine ziemlich gut ist." Doch Aaron war sich nicht sicher. Würde Delano tatsächlich wieder zu einer konkreten Gefahr werden? Müsste er nicht vorsichtshalber Iris bitten, wieder zurückzukommen, um sie beschützen zu können? Würde sie bereit dazu sein? Oder bedrängte er sie mit dieser Bitte und sie würde sich noch weiter von ihm entfernen? Er liebte sie. Es würde ihn innerlich zerreißen, sollte sie erneut in Gefahr geraten. Allein dieses starke Empfinden musste ein untrügerisches Zeichen für Liebe sein. Weiterhin fiel es ihm schwer, diese Gefühle richtig zuzuordnen. Was verspürte sie noch für ihn? Er konnte einfach mit einer derartigen Situation nicht sicher umgehen.

„Iris?", fragte er vorsichtig. „Wo stehst du? Ich meine, ... unsere Beziehung ..."

„Ach, Aaron", unterbrach sie ihn in einem klagenden

Ton. „Ich bin gerade erst einmal vor einer Woche ausgezogen. Du wolltest mir Zeit geben. Es ist alles so verfahren. Und jetzt kommt noch diese Nachricht dazu. Bitte, ich denke, wir beide brauchen noch etwas Zeit. Aber es wäre gut, wenn du mich informieren könntest, falls es Neuigkeiten gibt. Ist das okay für dich?"

„Ja, natürlich."

Beide hörten noch eine Weile ihrem gegenseitigen Atem im Hörer zu, gerade so als suchten sie ein vermisstes, gewohntes Geräusch. Dann legten sie auf.

7. Grand Bahamas

Rasch hatte sich die türkisgrüne Farbe des Wassers vor der langen, sandigen Küste aus verändert und Michael Delano schaute nun auf das tiefe Dunkelblau des Atlantischen Ozeans. Er betrachtete den Horizont. Ein dünner, diffuser Streifen trennte den Himmel vom Meer. In der Ferne glitzerte das reflektierenden Licht einer strahlenden Sonne in tausende kleiner Lichtpunkte auf der Oberfläche des Meeres. Es war gut. Alles bisher war gut gegangen, dachte er. Die beiden toten Wachleute waren dabei als Kollateralschaden anzusehen. Er saß neben Vincent, der in aller Ruhe das Flugzeug steuerte. Die viersitzige Cessna schien schon einige Jahre auf dem Buckel zu haben, aber sie lag ruhig und sicher in der Luft. Weit voraus erkannte Delano vereinzelte Inseln auf sie zukommen. Die Bahamas. Endlich. Mit mehr als siebenhundert Inseln, von den bekannten größeren bis zu einem Vielfachen an kleinen bis winzigen Atollen, erstreckt sich das Inselreich der Bahamas über ein langgezogenes und weitgestrecktes Areal südlich von Florida. Delanos Ziel war *Grand Bahamas*, die nördlichste Insel, die nur knapp sechzig Meilen von Miami entfernt lag. Und so waren sie erst eine halbe Stunde in der Luft als Vincent sich über das Intercom meldete. „Da", sagte er und deutete nach vorn. „Grand Bahamas." Delano lächelte zufrieden.

Die Cessna begann mit dem Sinkflug. Mit stereotypen Ansagen meldete Vincent ihre Ankunft über Funk beim Tower des *Grand Bahamas Airport* an. Es entspann sich ein kurzer, reger Funkverkehr, dessen Inhalt für Delano unverständlich blieb. Es war im sowieso egal. Er genoss den Ausblick, sah, wie die grüne langgestreckte Insel näherkam. Wie sich das tiefe Blau nun wieder erhellte und schließlich in Ufernähe in dieses leuchtende Türkis überging. Er sah auf weiße Strände herunter. Deutlich konnte er jetzt die Menschen erkennen. Hunderte von Touristen schien es hier zu geben. Viele waren im Wasser oder lagen auf Liegestühlen in Strandnähe oder an den Rändern der Pools. Zwischen den sattgrünen Palmen sah er die weißen Gebäude der großen Hotelanlagen. Ein Golfplatz zog unter ihnen vorbei. Doch hinter dem breiten Uferstreifen mit wohlhabenden Ressorts und Geschäften ergab sich ein anderes Bild. Hellgraue, staubige Straßen zogen sich durch ungepflegte Vegetation und auf großen Industrieflächen gab es viele helle, verstaubte Hallen, mal verwittert, mal relativ neu. Dieses Bild änderte sich bis zum Flughafen nicht. Der Grand Bahamas International war ein kleiner Flughafen. Hier starteten und landeten ein- oder zweimotorige Sportflugzeuge sowie mittlere Passagier-Jets. Die staubige Landebahn raste unter ihnen hinweg. Mit einem kurzen Ruck setzte die Cessna auf. Noch einmal heulte der Motor auf als Vincent die Maschine in die vorgegebene Parkzone steuerte.

Der Mann am Check-in Schalter ließ sich Zeit. Mit einem teilnahmslosen Gesichtsausdruck prüfte er den Pass des Neuankömmlings und legte ihn unter den Scanner. Viel war hier im Terminal nicht los. Dennoch schien der Flughafenbedienstete einem unbekannten, längeren Procedere zu folgen. Delano blieb gelassen. Hinter dem einfachen Schalter langweilte sich weiteres Personal. „Führen Sie irgendwelche Waren auf die Bahamas ein?"

Delano breitet die Arme aus und verwies darauf, dass er ohne Gepäck reiste. Das beeindruckte den Schalterbeamten nicht sonderlich. Sehr häufig zog es US-amerikanische Touristen und Geschäftsleute für einen Tagestrip auf Grand Bahamas, wo Casinos im glitzernden Las Vegas-Stil lockten. Das brachte Devisen. Endlich schaute er von seinem Bildschirm auf und gab Delano seinen Pass wieder. Seinen neuen Pass, seine neue Identität.

„Einen schönen Aufenthalt, Mr. Vanderbilt." Danach drehte er sich wieder zu seinem Bildschirm. Als er vor einer knappen Stunde in das Flugzeug kletterte, um US-amerikanischen Boden zu verlassen, war aus Michael Franklin Delano der Geschäftsmann Charles Vanderbilt geworden.

Mit dem Taxi fuhr Delano nach Freeport, der einzigen größeren Stadt. Hier bezog er für einen Tag ein Zimmer in einem der luxuriösen Ressorts am weißen Strand von Lucaya-Beach, kaufte sich ein Smartphone und kleidete sich neu ein. Eine Stunde später schlenderte ein augenscheinlich wohlsituierter, älterer Herr, nun in Badeshorts, einem luftigen T-Shirt und weißem Strohhut gekleidet, genüsslich am großen, belebten Pool vorbei in Richtung Strand. Ihm war bewusst, dass sein hellgrauer Bart, die dunkle Sonnenbrille und nicht zuletzt seine zweite Identität ihn nur bedingt vor einer Entlarvung schützten. Zumindest für die wenigen Stunden, die er hier verweilen würde, sollte es reichen. Vincent wartete mit seiner vollgetankten Cessna im Stand-by am Flughafen. Der feine Sand unter seinen Füßen erschwerte das Gehen. Der Blick auf das weite Meer, die Sonne und die Luft entschädigten ihn in diesem Moment für die zurückliegenden Strapazen. Delano wusste, dass er ein hohes Risiko einging. Noch war sein Gesicht das eines steckbrieflich gesuchten und bekannten Mannes. Doch er musste Frank Perucci treffen. Der Banker der C&L Privatbank war in all den Jahren sein persönlicher, vertrauensvoller Berater. Er hatte die Gelder der Sektion betreut. Und es mit seinem Allwissen der sicheren Vermehrung, geschickt in lukrative internationale Projekte gestreut. Der karibische Ableger des Schweizer Mutterhauses hatte seinen Sitz hier auf Grand Bahamas. Aber so einfach wie in den guten Jahren zuvor, ging ein Treffen jetzt nicht mehr. Delano war einer der meistgesuchten Männer geworden. Und Hector hatte in seinem Video-Geständnis auch den Geldfluss der Sektion offengelegt. Sie wussten also, an wen er sich wenden würde.

Aber würden die Fahnder tatsächlich damit rechnen, dass er persönlich hier auftauchen würde? Hier am Einfallstor in die Staaten, wo sich naturgemäß ihre Agenten tummeln? Nein, sie würden eher davon ausgehen, dass er sich mit Perucci irgendwo in Mexico oder an einem anderen geheimen Ort treffen würde. Irgendwo, weit weg. Doch er setzte auf die Dreistigkeit. Er war hier. Direkt vor ihrer Haustür.

Mit der hochgradigen Vorsicht, dem geschärften Instinkt des Gejagten, ging er davon aus, dass Perucci überwacht würde und sein Telefon und Email angezapft waren. Er kannte die Denkweise und das Vorgehen der CIA. Schließlich hatte er in seinem ehemaligen Job über Jahrzehnte hinweg mit der Abteilung *Beschaffung von Informationen* zusammengearbeitet. Daher musste es ein geheimes, persönliches Treffen sein. In dieser Voraussicht hatte er Sal beauftragt dieses Meeting kurzfristig und anonym zu arrangieren. Obwohl er das Vermögen weiterhin Off-Shore hier in Sicherheit vor den US-amerikanischen Behörden wähnte, musste jetzt sichergestellt werden, dass er zukünftig auch auf der Flucht, jederzeit und von überall aus, ungehinderten Zugriff auf diese Gelder haben würde. Er würde alles regeln. Deswegen war er hier.

Lächelnd stampfte er barfuß durch den heißen, weißen Sand. Vor ihm lag der weite, grüne Ozean. Ein unglaubliches Gefühl von Freiheit überkam ihn. Vor achtzehn langen Stunden wurde er aus dem Transporter befreit, hatte Sal ihm seine Papiere sowie Bargeld gebracht, hatten ihn die Baltimore Boys bis nach Florida befördert und schließlich war er in ein kleines Flugzeug gestiegen. Delano ging durch die leichten Wellen und ließ sich sodann in Kleidung und mit Hut in den grünen, sanften Ozean fallen. Rücklings lag er im Wasser und blickte in einen strahlend blauen Himmel. Humpelte er gestern Morgen noch gefesselt über den trostlosen Gefängnishof, so lag er nun hier im warmen Wasser. Im Augenblick am schönsten Ort der Welt. Er freute sich bereits auf seine erste richtige Mahlzeit in Freiheit. Auf Shrimps in Cognacsoße, Hummer und saftige Steaks. Dazu einen vollmundigen Weißwein. Schon der Gedanke an diesen Genuss, ließ ihn den Gefängnisfraß vergessen machen. Er könnte tagelang hier verweilen, stundenlang im Wasser liegen und in diesen herrlichen, blauen Himmel starren. Doch er musste weiter. Die zweite Station seines Plans würde Mexico sein.

* * *

Eine Stunde später klopfte es an Delanos Zimmertür. Frank Perucci war pünktlich. Das Zimmer war geräumig mit einer ausladenden, ledernen Sitzmöglichkeit. Ein Kellner hatte zuvor Shrimps, Hummer und kühlen Weißwein auf dem Couchtisch platziert. Perucci war normal an Statur und Aussehen. Der helle Anzug war maßgeschneidert und ein schmales Bärtchen zierte die Oberlippe des dunkelhaarigen Endvierzigers. Delano gehorchte dagegen der Unauffälligkeit. In seinen langen Shorts, farbigen Hawaii-Hemd und Sonnenbrille glich er sehr dem Äußeren eines entspannten Urlaubers.

„Es freut mich, Charles, Sie nach so langer Zeit wiederzusehen", begrüßte ihn Perucci leise. Der Banker war nervös.

„Nun ja, meine Zeit war etwas fremdbestimmt", grinste Delano. Natürlich wusste Frank Perucci bereits lange vor den TV-Bildern des aufsehenerregenden Prozesses in den Staaten, wer Mr. Vanderbilt in Wirklichkeit war, doch auch jetzt noch wahrte er eine zweifelhaft standesgemäße

99

Loyalität gegenüber diesem langjährigen, guten Kunden.

„Bitte, greifen Sie zu, Frank", lud er seinen Gast ein und deutete auf das kleine, einladende Buffet, von dem sich Delano schon reichlich bedient hatte. Doch der Banker winkte dankend ab.

„Wir sollten vorab etwas klären", führte Perucci etwas verlegen an. „Wie soll ich Sie weiterhin ansprechen. Charles oder Michael?"

„Charles. Wie immer. Michael? Wer ist das?", scherzte Delano.

Vor mittlerweile zwanzig Jahren hatte Delano, seinerzeit schon unter der Identität Charles Vanderbilt, die Schweizer Offshore Bank mit der Verwaltung der Millionen aus den Aufträgen der Sektion betraut. Bis vor wenigen Jahren garantierten die internationalen Finanzoasen noch einen absolut sicheren Schutz vor fremder Einsichtnahme in die Konten ihrer reichen Klientel. Und so taten Off-Shore Banken ungehindert eben das, was das gemeinsame Ziel war. Dubioses Geld in sauberes verwandeln. Dabei lag es nicht in ihrer Firmenphilosophie die Herkunft des Geldes oder die Moral ihrer Kunden zu beurteilen. Seit dieser Zeit war Perucci sein persönlicher Ansprechpartner.

„Ist es nicht sehr unvorsichtig, dass Sie mich persönlich treffen wollen?" Natürlich waren Perucci auch die Ereignisse der letzten zwei Tage bekannt. Seine Loyalität zu diesem langjährigen Kunden war die eine Sache. Sein Instinkt riet ihm jedoch zur Vorsicht, sollte Delano in seinem Beisein gefasst werden. Doch das war nicht das Einzige, was ihn beunruhigte.

„Ich bin Analyst, Frank. Dabei gehe ich stets von gewöhnlichen Parametern aus. Erfahrung, wiederkehrende Verhaltensmuster und Voraussicht", erklärte Delano. „In meinem Fall gehe ich allerdings von einem vierten Grundsatz aus. Der größtmöglichen Unwahrscheinlichkeit. Ich würde es als bizarr bezeichnen, wenn ein hochgradig gesuchter und zudem intelligenter Mann so bescheuert wäre, sich hier offen zu zeigen. Hier, wo der Mann sitzt, mit dem der Gesuchte unbedingt reden muss. Alte Binsenwahrheit, Frank. Dort, wo man dich nicht vermutet, lohnt es sich nicht, dich zu erwarten." Er erntete einen misstrauischen aber anerkennenden Blick des Bankers. „Ich habe eine andere Identität und benehme mich eben wie ein Tourist in der Masse der übrigen Tropfnasen."

Der Banker trank kurz von seinem alkoholfreien Cocktail.

„Außerdem bespricht man finanzielle Dinge nicht am Telefon. Apropos finanzielle Dinge. Wie geht es meinem Geld, Frank?"

Peruccis Miene verzog sich zu einem ernsten, nachdenklichen Gesichtsausdruck. Waren in früheren Zeiten ihre Treffen stets harmonisch, gelöst, ja fast heiter verlaufen, verhieß dieser Gesichtsausdruck nichts Gutes.

„Hab' von diesem beschissenen internationalen Datenaustausch-Abkommen gehört. Muss mich das beunruhigen?", fühlte Delano nach.

„Da sind wir gleich am Punkt", sagte Perucci und seine Miene wurde ernst. „Es ist auch in unseren Augen ein absolut verwerflicher Eingriff in das Bankgeheimnis. Allerdings betrifft es nur neue Konten. Nicht langjährige. Doch in Ihrem speziellen Fall gab es ein anderes, größeres Problem." Perucci machte eine Pause. Delano schaute ihn erwartungsvoll streng an.

„Was für ein Problem?"

Frank Peruccis Gesichtsausdruck war nun der aller Banker, die ihren Kunden negative Nachrichten überbringen.

„Die US-amerikanischen Behörden haben extrem schnell reagiert, quasi über Nacht", versuchte der Banker zu erklären. „Zu diesem Zeitpunkt lagen große Teile Ihres Vermögens auf den Virgins, Kaimans und Trinidat-Tobago. Normalerweise sicher." Perucci stoppte kurz. Delano hatte ihn mit einem furchteinflößenden Blick fixiert.

„Ich will es kurz machen, Charles. Das US Finanzministerium hat alle Konten beschlagnahmen lassen. Es war einfach unmöglich, alles rechtzeitig in Sicherheit zu bringen."

Delano erschrak bis aufs Mark. „Was?! Was heißt das, beschlagnahmt?! Wovon reden Sie?!", polterte Delano ungehalten los. „Das sind souveräne Staaten! Das kann nicht sein!"

„Beruhigen Sie sich, Charles", versuchte Perucci zu beschwichtigen. „Ich persönlich habe es auch erst erfahren, als es bereits zu spät war. Normalerweise erfahren wir Banker rechtzeitig durch unsere Insider von einem derartigen Ersuchen, bevor es stattgegeben wird. In solchen Fällen können wir noch Gelder in Sekundenschnelle verschieben. Doch in Ihrem Fall hatten sie alle Details und Kontoverbindungen. Sogar die Passwörter. Da muss jemand aus Ihren eigenen Reihen geplaudert haben, Charles."

Delano dachte an das Video. Das Video, das im Prozess als zentrales Beweisstück seitens der Anklage gezeigt wurde. Dieser verdammte Hector! Der damalige Vertraute und Instructor der Sektion hatte sein umfassendes Geständnis auf Video aufgezeichnet. Darin belastete er ihn und den zweiten Mann der Sektion, Fred Dennenboom. Schlimmer noch, er gab alles zu Protokoll. Wie die Sektion aufgebaut war, wer die führenden Köpfe waren, woher sie ihre Informationen bekamen und wo sie ihre schmutzigen Honorare versteckten.

Delano fuhr hoch und schmiss seinen Drink wütend gegen die Zimmerwand. „Das Bankgeheimnis, Frank! Verdammt nochmal, es hieß Off-Shore sei absolut sicher!", schrie er. Eine aufbrandende Wut hatte ihn erfasst. Bei dieser erschütternden Nachricht war es für ihn unmöglich, sich zusammenzureißen.

„Bitte, Charles! Beruhigen Sie sich," versuchte Perucci erneut zu beschwichtigen. „Die Regierungen dort haben starr in die Revolvermündungen der US-Cowboys geblickt. Ihnen wurde mit den härtesten Sanktionen gedroht. Sie brauchten ihnen nur kurz die Folterwerkzeuge zu zeigen. Das reichte. Die konnten gar nicht anders, als diese Konten zu beschlagnahmen. Dazu sind sie zu klein und der Druck übermächtig. Es ging über Nacht, wir hatten keine Chance", beendete Frank Perucci die Hiobsbotschaft.

Delano ließ sich in seinen Ledersitz zurückfallen. Seine Miene verfinsterte sich erneut. Er blickte zu Boden. Eine Menge wilder Gedanken schossen durch seinen Kopf.

„Ich will mein Geld zurück, Frank", sagte er resigniert und dennoch hörte es sich wie eine Drohung an.

„Ich fürchte, da müssen Sie sich an die US-Regierung wenden". Perucci war erleichtert, diesen Teil des Gesprächs hinter sich zu haben. Er trank einen Schluck von seinem Drink. „Aber es gibt auch eine positive Nachricht, Charles", bemühte er sich nun schnell die Situation zu entschärfen.

Delanos ernster Blick wanderte wieder in Richtung seines angespannten Gegenübers ohne dabei den Kopf zu heben.

„Es ist mir gelungen, zumindest eine gewisse Summe dennoch rechtzeitig in Sicherheit zu bringen. Zumindest den Teil, der auf unseren Konten lag."

„Wieviel", unterbrach Delano brüsk.

„Vierzig Millionen, abzüglich der von Ihnen bereits in Anspruch genommenen zwanzig. In diesem Fall hat es sich für Sie ausgezahlt, sich seinerzeit für eine Schweizer Bank entschieden zu haben", bemühte sich Perucci schnell zu ergänzen. „Wir lassen uns traditionell von niemanden auf dem Kopf tanzen. Schon gar nicht von den Amis." Der Banker grinste selbstbewusst.

„Also noch zwanzig, die mir bleiben. Sind das liquide Mittel?"

„Sie waren, wie die anderen Gelder angelegt. Sensible Rüstungsgeschäfte. Mit hohen Renditen. Daher gibt es auch einen gewissen Verlust, wenn man sie ..."

„Machen Sie diese zwanzig umgehend flüssig, Frank."

„Verstehe", antwortete der Banker knapp.

„Wann?"

„Was meinen Sie?"

„Wann, Frank? Wann kann ich über das Geld verfügen?"

Perucci überlegte. „Na ja, mit einem Verlust von sagen wir ...“

Delano wurde ungehalten. „Wann und wie viel?!“

„Neunzehneinhalb. In zwei Tagen. Unbegrenzter Zugriff. Weltweit. Ein Konto, das offiziell nicht existiert.“

Michael Delano alias Charles Vanderbilt war kein normaler steuerflüchtiger Kunde. Vielmehr war es in all den Jahren eine Win-win-Situation zwischen der Sektion und der schweizerischen C&L Bank gewesen. Die Informationen, die Delano Perucci preisgab, waren Gold wert. Die geheimen Prognosen der CIA, wann und wo ein nächster bewaffneter Konflikt kurz bevorstand oder ein bestehender weiter angeheizt werden könnte und welche Konfliktteilnehmer dringend auf neue und welche Waffenzulieferungen angewiesen sein würden, waren für die Bank wertvolle Investitionstipps für ihre übrigen schwerreichen Kunden. Die großen Waffenhändler benötigten für ihre teuren Waren immer Kapital von außen. Auch das waren Insider-Informationen, die Michael Delano und Fred Dennenboom seinerzeit aus ihrer Arbeit im Analysezentrum der Behörde abfischten und die sie sich wiederum als ‚Zubrot‘ fürstlich belohnen ließen. Doch nun war die Sektion Geschichte und der Verlust enorm. Von den einst knapp zweihundert Millionen konnten nur vierzig gesichert werden, von denen bereits zwanzig für Delanos Flucht verbraucht waren.

Die Situation entspannte sich wieder etwas. Perucci spekulierte über Delanos nächsten Ziele. Unter den aktuellen Umständen wäre es für seinen international gesuchten Kunden ratsam, seine restlichen Millionen irgendwo auf der Welt sicher anzulegen und sich in der selbigen zu verstecken. Dort, wo man den Zugriff westlicher Strafverfolgungsbehörden nicht ausgesetzt wäre. Andererseits war Delano kein Mann, der die Hände in den Schoß legte. Er hatte es schon einmal geschafft aus dem Nichts, nur mit seiner Gerissenheit, ein millionenschweres Unternehmen zu erschaffen. Perucci vermutete, dass Delano über sein weitverzweigtes Netzwerk, was bestimmt in die weltweit dubiosesten aber lukrativsten Kreise hineinreichte, wieder für gute Geschäfte sorgen würde. Aus einem sicherem Versteck heraus. Auch mit einem ‚bescheideneren‘ Startkapital. Es würde sich lohnen, den Kontakt auch vor dem Hintergrund der neuen Gegebenheiten dezent weiter zu pflegen. Ihm auch dabei zur Seite zu stehen, dafür waren sie eben eine Off-Shore Bank.

„Darf ich fragen, was Sie jetzt vorhaben, Charles?", lotete der erfahrene Banker vorsichtig aus.

Doch Michael Franklin Delano hatte keinerlei derartigen Pläne. Sein einziger Plan bezog sich bisher nur auf eine Mission. Seine Rache an Aaron Boyd und allen, die ihm geholfen hatten. Und nun könnte dieses Unterfangen an den knappen Mitteln scheitern. Er brauchte einen weiterreichenden, neuen Plan.

„Na, was wohl, Frank. Ich hole mir mein gestohlenes Geld zurück."

8. Cancún

Als ihm vorsichtig der Verband abgenommen wurde, spürte er nur ein Ziehen im Gesicht. Noch fühlte es sich betäubt an. Er lag in einem bequemen Behandlungsstuhl und beobachtete, wie die junge Krankenschwester die Mullpads vorsichtig abnahm. Das rundliche Gesicht von Dr. Daniel Flores tauchte dicht über sein Sichtfeld auf. Der Arzt grummelte vor sich hin und prüfte das Ergebnis seiner Arbeit eindringlich. Zehn Tage hatte Michael Delano nun schon in der Privatklinik verbracht. Tage, die er nur dämmrig wahrnahm. Die Operation schien gut verlaufen zu sein. Nichts deutete in der Mimik des plastischen Chirurgen auf etwas Kritisches hin. Dr. Flores war mit seinen geschätzten siebzig Jahren immer noch eine erste Adresse, wenn es um physiognomische Gesichtskorrekturen ging. Vornehmlich viele US-Amerikanerinnen zog es gerade ins preiswerte Mexiko um ihre Unzufriedenheit und Unsicherheit mit dem eigenen Aussehen hier zu verlieren. Jetzt grinste der pausbäckige Arzt Delano an. Ein brauner Teint, tiefdunkle Augen und ein grauer dicker Schnauzbart gaben Dr. Flores das Aussehen der meisten mexikanischen Männer seines Alters mit indigener Abstammung. Den Namen hatte Delano noch aus seiner Haftzeit. Dort, wo viele Namen von zuverlässigen Männern außerhalb der Gefängnismauern gehandelt wurden. Und die spezielle Dienste auch neben ihrer hauptberuflichen Tätigkeit anboten. So war auch insgeheim Dr. Daniel Flores in kriminellen Kreisen dafür bekannt, Personen zu helfen, die im restlichen Leben nicht mehr erkannt werden wollten. Hintergründe und Absichten interessierten Flores nicht. Hauptsache das üppige Honorar stimmte.

„Sie sind sicherlich neugierig, Mr. Vanderbilt." Damit reichte er Delano einen Handspiegel.

Als er das erste Mal sein neues Gesicht sah, konnte er nicht viel erkennen. Alles war noch geschwollen. Reste von getrockneten, cremigen Heilsalben klebten überall verteilt. Darunter zeichneten sich ebenfalls trockene, jodartige Flecken ab. Doch er entdeckte keine Nähte. Sein kompletter Kiefer schmerzte dumpf und massiv. An seinen Schläfen pochte es. Es fühlte sich an, als könne er nichts sagen ohne das etwas in seinem Gesicht reißen würde. Er traute sich und öffnete vorsichtig den Mund. Lange betrachtete er sein neues Aussehen im Spiegel. Die Wangenknochen waren geweitet worden und die Augenpartie zurückgezogen, sodass seine Augenformen nun etwas schmaler liefen. Auch den Nasenhöcker hatte der Chirurg glatter gezogen.

Der Sessel schob sich automatisch in eine Sitzposition und Flores setzte sich neben seinen Patienten. Beide betrachteten das Ergebnis nun in einem großen Wandspiegel.

„In ein paar Tagen werden die letzten Schwellungen abgeklungen sein und dann werden Sie auch wieder feste Nahrung zu sich nehmen können. Insgesamt wird es noch ein bis zwei Wochen dauern. Erst dann werden wir das Ergebnis vollständig sehen", erklärte Flores.

Delano sagte nichts. Zu sehr betrachtete er gebannt sein Gesicht. Allmählich konnte er es sich vorstellen. Sauber, abgeschwollen, mit gepflegtem Bart. Es dürfte reichen, sagte er sich innerlich.

Die folgende Zeit verbrachte Delano weiter in der noblen Klinik. Nach dem Treffen mit Perucci auf Grand Bahamas hatte ihn Vincent noch am selben Abend über Kuba nach Cancún, Mexiko geflogen. Seiner zweiten, wichtigen Station. Er musste in Bewegung bleiben. Mit dem Mietwagen erreichte er nach sechsstündiger Fahrt schließlich die moderne *Octagon Aesthetic Surgery Clinic*. Die umgebaute Hazienda lag mitten im Dschungel von Yukatan am Golf von Mexiko. Hier war der Ort der Ruhe. Der Service und das Essen glich einem fünf-Sterne-Hotel und täglich schaute Dr. Flores nach dem weiteren Genesungsverlauf. Es mangelte hier an nichts.

Und so saß Delano tagsüber meistens auf der langen, steinigen Terrasse und blickte lange in den Urwald, der sich direkt hinter dem Grundstück fortsetzte. Eigentümliche, exotische Laute drangen hinüber und die warme Luft war erfüllt mit dem modrigen Geruch eines Treibhauses. So vergingen die Tage. Zeit, die Michael Delano ausgiebig damit verbrachte, sein weiteres Vorgehen zu planen. Die internationale Fahndung nach ihm lief weiter mit Hochdruck und würde ihn einschränken. Seinen momentanen Aufenthaltsort würde man irgendwo außerhalb des Einflussbereiches der USA, vielleicht Russland, vielleicht Südamerika, vielleicht sogar hier in Mexiko vermuten. Oder bereits in Europa. Genügend Länder, genügend Orte zum Spekulieren. An den Nahtstellen der internationalen Einflusssphären würden die offenen und verdeckten Nachrichtentätigkeiten nunmehr auch die verstärkte Suche nach ihn berücksichtigen. Er konnte sich ausmalen, was seine Verfolger, allen voran die CIA, in Zusammenhang mit seiner Person befürchteten. Er war immerhin ein langjähriger, stellvertretender Direktor innerhalb einer der weltweit größten Geheimdienstorganisation gewesen. Und er besaß tiefe Einblicke in die Struktur, Arbeitsweise und Denkmuster in dem äußerst sensiblen Bereich der Analyse. Mit diesen profunden Kenntnissen war er sicherlich für russische oder chinesische Nachrichtendienste interessant. Es wäre nicht das erste Mal, dass gegnerische Länder die Asylkarte boten. Er wäre vor dem US-amerikanischen Zugriff sicher und könnte sich ein unbehelligtes, neues Leben aufbauen. Aber das war nicht seine Absicht. Er hatte nicht vor, irgendwelchen missliebigen Staaten sein Wissen anzubieten um dann irgendwo seine Ruhe zu haben. Irgendwo, weit weg.

In diesen Tagen wurde Delano ruhiger. Es schien, als habe ihn die Zeit des Genesens auch im Wesen verändert. Aber das war nur äußerlich. Weiterhin waren seine Gedanken von einem blinden Rachegefühl überschattet. Die alte Wut war noch vorhanden. Sie war seine unbändige Triebfeder und sie nagte wie eh und je an ihm, wann immer er an Aaron Boyd dachte. Der einstige beste Mann der Sektion, der zum bitteren Verräter wurde und diejenigen, die ihm dabei geholfen hatten, würden sterben. Doch dafür benötigte er nun Informationen. Es wurde Zeit sich bei Finch zu melden.

9. Eine Erkenntnis

Harold Finch, Oliver Jenkins und Sean Edwards trafen sich seit Delanos spektakulärer Flucht das erste Mal wieder in ihrer Mittagspause. Die Männer gingen wortlos nebeneinander her. Es war wieder ein warmer Tag und der Himmel leicht bedeckt. Normalerweise lud der Park hier auf dem Campusgelände in Langley zur kurzfristigen Entspannung ein. Doch Jenkins und Edwards ahnten nichts Gutes, als Finch sie um dieses Gespräch bat. Es war ruhig geworden um Michael Delano. Er war frei. Verschwunden. Vermutlich sicher im Ausland. Sie hatten alles erledigt, was der ehemalige Sektionsboss von ihnen gefordert hatte. Finch selbst hatte anonym diesen Transporterfahrer Carter angesprochen, der nach anfänglicher Zurückhaltung auf das Angebot einstieg. Und sie hatten tatsächlich jeder ihre Millionen auf sicheren Konten einer Karibik-Bank bekommen. Das Desaster der Befreiungsaktion hatten sie verdrängt. Es beruhigte sie, dass es keine direkte Verbindung von ihnen zu diesem Verbrechen gab. Der einzige Zeuge war tot. Und die Zeit, die verging, bestärkte sie in ihrem Glauben, dass nun endlich alles vorbei sei. Bis zum gestrigen Abend. Als sich Michael Delano wieder bei Finch meldete.

„Michael hat sich gemeldet. Er will einen weiteren Gefallen von uns", sagte Finch, ohne dabei seine Kollegen anzuschauen. Sein Blick war geradeaus gerichtet. Die anderen beiden blickten zu Boden, während sie ruhig weitergingen. Dennoch konnte er ihr Erschrecken spüren. Doch niemand polterte los. Keiner reagierte wütend.

„Was will er?", fragte Jenkins gefasst.

„Den Aufenthaltsort der Kronzeugen."

„Was für Kronzeugen?"

„Die gegen ihn ausgesagt haben. Ein gewisser Aaron Boyd und eine Iris Bogdanowicz. Ich habe sie durch die Datenbanken laufen lassen. Nichts. Dazu noch drei weitere Personen."

„Zeugenschutzprogramm?", hakte Edwards nach. „Dann können wir das vergessen."

„Kennen wir jemanden, der für das Programm arbeitet?", fragte Jenkins in die Runde.

„Aus dem Zeugenschutz?", wandte Edwards entmutigt ein. „Welches? Des US-Marshal Service? Angeblich haben wir ein eigenes Programm. Aber ich wüsste noch nicht einmal, wo diese beschissene Abteilung überhaupt sitzt!"

Ein Moment des Schweigens setzte ein.

„Beruhigt euch. Ich weiß deren Aufenthaltsort."

„Wie hast du das herausgefunden? Ich hoffe, du warst nicht unvorsichtig", hakte Jenkins nach.

„Ich habe alles offiziell laufen lassen. Habe mir von Dickson eine Freigabe geben lassen", klärte Finch in ruhigen Worten weiter auf.

„Vom Abteilungsleiter? Wie?"

„Na ja, mit dem Zauberwort *nationale Sicherheit* funktioniert eben alles. Ich hab' ihm erzählt, dass ich an einer Recherche arbeite, in denen deren Namen auftauchen würde. Und ich die Relevanz für die Sicherheitslage unseres Landes prüfen müsste. Daher sei der Zugang zu den gesperrten Akten zwingend geboten. Ein alltäglicher Vorgang."

„Und der hat dir den Zugang einfach so autorisiert?",

fragte Edwards.

„Hab den Antrag mit etwas nebulösem Zeugs begründet. Und ihr wisst selbst, wie dämlich der Idiot ist."

„Hast du Delano in irgendeiner Weise erwähnt?", wollte der misstrauische Jenkins wissen.

„Bin ich blöd? Aber mich beunruhigt etwas anderes. Und darüber müssen wir reden. Delano. Ich weiß nicht, was der Kerl jetzt vorhat. Anstatt sich irgendwo unerkannt mit seinem Geld zu verkriechen, will er diesen Aufenthaltsort. Der heckt irgendetwas aus. Und er wird uns dafür weiter benutzen. Da bekomme ich ein sehr unangenehmes Gefühl."

„Wir werden diesen Teufel nie loswerden", wandte Jenkins verbittert ein. In seinen Worten lag sein ganzer Frust. Den beiden anderen erging es nicht anders. Es ging nicht vordergründig darum, dass Delano eine weitere Information von ihnen wollte. Vielmehr wog die nüchterne Erkenntnis schwer, dass er sie nie würde in Ruhe lassen, er sie weiter und fortwährend nach Belieben für seine wie auch immer gearteten, verbrecherischen Pläne einbinden würde. Wann immer er eine geheime Information brauchte. Er würde sie zeitlebens erpressen.

„Der Kerl geht einem gehörig auf den Sack! Den werden wir so schnell nicht los. Du hast recht, der plant was. Und wenn er dabei den Bogen überspannt oder wieder gefasst wird, spätestens dann, sind auch wir endgültig dran. Wenn ihr mich fragt, sollten wir diesem Arsch unmissverständlich klarmachen, dass es vorbei ist. Wir haben unseren Teil gemacht. Er hat uns bezahlt und basta. Und wir sollten weiter nach möglichen Spuren im System suchen, die uns mit ihm in Verbindung bringen könnten und gründlich hinter uns saubermachen. Und vor allem: Keine neuen verursachen!"

„Er wird uns immer in der Hand haben", resignierte Edwards. „Auch, wenn wir noch so sehr mögliche Spuren verwischen. Wenn es auch nur einen Hinweis auf uns gibt, finden die was!"

Die Männer gingen weiter. Jeder war in seinen eigenen Gedanken. Zu sehr hatten sie gehofft, dass mit der Erfüllung der Forderungen und der Geldzahlung alles endgültig vorüber sei. Und jeder suchte eine Lösung. Doch scheinbar gab es keine.

„Vielleicht ist es an der Zeit, diesen Zustand ein für alle Mal zu beenden." Es war Finch, der offensichtlich eine Idee hatte. Die beiden anderen sagten nichts.

„Ich sehe nur eine Lösung", stellte er fest.

Wieder kam keine Frage.

„Wir lassen den Mistkerl beseitigen."

Edwards lachte auf. „Ja, das wäre wirklich die beste Lösung."

Als aber weder Finch oder Jenkins lachten, wurde Edwards schnell klar, dass es kein Scherz gewesen war. Die beiden sagten nichts. Vielmehr gab ihnen der nun anschließende Moment des Schweigens die Möglichkeit, sich tatsächlich mit einem derartigen Gedanken vertraut zu machen.

„War das dein Ernst?", brummte Jenkins halblaut.

„Hast du eine bessere Idee?", entgegnete Finch. „Wir haben scheinbar keine andere Wahl um auf den Pfad der Tugend zurückzukehren."

„Mensch, Leute! Wenn wir das tun, dann tanzen wir echt auf Messers Schneide!", warf Edwards ein. Aber im

Ton klang es mehr nach unausweichlicher Einsicht in die Notwendigkeit als nach einer moralischen Empörung.

„Also, hat jemand einen besseren Vorschlag?", fragte Finch erneut.

„Wie soll das denn laufen, Harold?", wollte Jenkins nun wissen. „Wir haben keine Ahnung von diesen Dingen. Wir sind nicht aus der *Beschaffung*." Damit wies der Analyst auf die Kollegen im operativen Dienst hin. Dort, wo sich Agenten und Spione weltweit tummelten und es Leute gab, die man hätte unbesorgt beauftragen können.

„Ich werde mich schlau machen. Verdeckt. Geld haben wir genug. Da wäre nur eine Kleinigkeit", ergänzte Finch. „Wir wissen nicht, welche Identität Michael angenommen hat und wo er steckt. Mit Sicherheit wird er sein Äußeres verändert haben."

„Stimmt, er könnte überall und jeder sein."

Diese erste Analyse wirkte ernüchternd.

„Ich könnte mir vorstellen, dass es der Anwalt weiß", sagte Finch unerwartet.

„Glaubst du, er würde das verraten? Denke eher nicht.", wandte Edwards ein.

„Man könnte es notfalls aus ihm herausprügeln lassen." Doch diesen Gedanken von Jenkins taten die beiden anderen mit einer abfälligen Handbewegung ab. „Wir sind doch keine Gangster", betonte Edwards.

„Sind wir nicht?!", provozierte Jenkins. „Was glaubst du denn, sind wir geworden, hä? Über Datenveruntreuung sind wir mittlerweile schon Komplizen in einem zweifachen Mordfall! Und nun sind wir dabei, einen Mord in Auftrag zu geben. Du bist einfach nur dämlich, wenn du das anders siehst!", zischte er lauthals. Jenkins ging

Edwards jetzt hart an, so dass Finch dazwischen ging.

„Hört auf! Wenn du weiter so laut rumbellst, brauchen wir uns keinen Kopf mehr machen."

Die Situation entspannte sich und Finch griff seinen Gedanken wieder auf.

„Wisst ihr, was ich mich frage? Was wäre, wenn dieser Anwalt in der gleichen Klemme steckt wie wir? Ein Schulterschluss wäre sinnvoll für uns alle. Wir sollten es versuchen."

Diesmal stimmten seine Begleiter zu.

„Und was sagen wir Delano in der Zwischenzeit?", wollte Edwards wissen.

„Lass das mal meine Sorge sein, Sean. Wir werden erst einmal weiter mitspielen und kein Misstrauen erwecken. Bis wir weiterwissen", antwortete Finch. In seinem Tonfall lag zwar Entschlossenheit, aber es fühlte sich an wie eine düstere, mulmige Mission, auf die sie sich begeben würden. Langsam steuerten die drei wieder auf das Verwaltungsgebäude zu.

10. The Art of Freedom

Es würde das kulturelle Event der Superlative sein. Aus Verbundenheit und Anerkennung für die Hilfe des damaligen Frankreichs im Unabhängigkeitskrieg, wollte die US-Regierung anlässlich des runden Jahrestages der Unabhängigkeit ein besonderes internationales Ausrufezeichen setzen. Mit der größten, jemals gezeigten Gemeinschafts-Ausstellung in Paris würden erstmals die wichtigsten US-amerikanische Künstler und Künstlerinnen aus drei Jahrhunderten gemeinsam ausgestellt. Es war das Zusammentreffen des Who-is-who der amerikanischen bildenden Künste. So wurden Werke neuzeitlicher Künstler von Edward Hopper, Andy Warhol, Georgia O'Keeffe bis hin zu Frank Stella, Keith Haring oder Skulpturen einer Louise Bourgeois, eines Jeff Coons sowie der Videokunst eines Nam June Paik mit Gemälden frühzeitlicher Vertreter zusammengeführt. Eine Exhibition der Superlative. Über einhundert berühmte Künstler und Künstlerinnen würden präsentiert werden.

Aber es gab noch einen weiteren politischen Hintergrund. Da es bis auf geförderte Stiftungen keinerlei staatliche Unterstützung gibt, sind amerikanische Künstler nach wie vor auf private Ankäufe angewiesen. So wollte die US Regierung mit der gigantischen Show ihrer berühmtesten Kunstvertreter auch gleichzeitig allen Kritikern zeigen, dass sich gerade in einem freien, nicht staatlich gelenkten Umfeld, eine hochkarätige und international führende Kunst entfalten kann. Und so bekam der Name der Ausstellung *The Art of Freedom* eine doppelsinnige Bedeutung.

Doch die Entwicklung der US-Kunst in dreihundert Jahren zudem noch mit Originalen zu präsentieren war ein fast unmögliches Unterfangen. Spannte sich diese doch von der unbeholfenen Malerei einer einstigen kleinen, weit entfernten Kolonie über die Entdeckung der eigenen, großartigen Landschaft bis hin zur Pop-Art und der heutigen Moderne. Die Werke hingen weltweit in den berühmtesten Museen und privaten Sammlungen. Museen, Leihgeber und private Besitzer mussten überzeugt werden, ihre Bilder oder Objekte zur Verfügung zu stellen. Alle großen Kunstversicherer bezeichneten das Volumen der Ausstellung als nicht versicherbar. Doch es handelte sich um ein Prestigeprojekt der US-Regierung. Und erst als diese mit einer astronomischen Bürgschaft von annähernd zwölf Milliarden Dollar einsprang, konnten die Ausstellungsmacher, ein Kuratorenkollektiv um Cindy Harrison-Lee und Kathleen Martin zusammen mit ihrem französischen Kollegen Bertrand Mercher sowie weiteren dreißig Fachkräften mit der Arbeit vor vier Jahren beginnen.

Das fast unmögliche Ziel der Ausstellungsmacher lag nun darin, die wichtigsten Werke eines jeden berühmten US-amerikanischen Künstlers zusammenzustellen. Da die Schau als Projekt von hoher nationaler Bedeutung einherging, fühlten sich alle großen amerikanischen Museen, von nationalen Galerien bis hin zu den New Yorker Schwergewichten sanft genötigt, ihre Schätze an Originalen beizusteuern. Weltweite Häuser schlossen sich an. Zahlreiche private Sammler waren geradezu von dem Gedanken beflügelt, ihre berühmten Schätze ebenfalls in der Reihe der Highlights dieser einmaligen Mammut-Ausstellung zu sehen. Und so wurden insgesamt um die achthundert Exponate von Bilder und Zeichnungen, Skulpturen, Fotographien und Installationen zusammengestellt.

Und nun war es soweit. Liefen die Vorbereitungen in den ersten drei Jahren noch weitestgehend unbeachtet, elektrisierte die Ankündigungen die kulturinteressierte Welt. Seit Wochen erschienen in den Feuilletons Sonderberichte.

Im Park eines alten Château südlich von Paris wurde ein eigens für die Ausstellung konzipierter, dreistöckiger Pavillon errichtet. Das Bauwerk war selbst ein einzigartiges, architektonisches Kunstwerk. Die ausführenden Architekten schufen mit ihrer Idee die Form einer Brücke. In einer geschwungenen Welle, die den Atlantik symbolisierte, zogen sich beleuchtete Röhren über das gebogene Aluminiumdach hinweg und liefen sich auf der Rasenfläche des Außenbereichs mit seinen Skulpturen, aus. Auch in der Auswahl der Materialien, Stahlträger und viel Glas, nutzten sie alle Vorteile der Leichtbaukonstruktion. So überraschte „Le Pont" die Fachwelt und inspirierte nicht nur die Pariser Bevölkerung nach der Fertigstellung.

Das speziell entwickelte Sicherheitskonzept teilte das Areal rund um die Ausstellungsstätte in drei Zonen ein. Ein deutsch-französische Planungsbüro erhielt den Zuschlag für die Sicherung des inneren Bereichs des Pavillons. Dort, wo auf einer Fläche von insgesamt dreitausendsechshundert Quadratmetern die Geschichte der amerikanischen bildenden Künste in acht geschichtliche Bereiche unterteilt, dargeboten wurde. Da ein Höchstmaß an Sicherheit gefordert war, aber optisch nicht störend wirken sollte, verschmolzen geschickt unsichtbare aktive und passive Alarmsysteme mit der modernen Innenarchitektur. Zusätzlich stellte die französische Anti-Terror-Behörde bewaffnetes Sicherheitspersonal, was sich jedoch diskret im Hintergrund hielt.

Die Eröffnungsfeierlichkeiten im Beisein des amerikanischen und französischen Präsidenten waren auf den vierten Juli festgesetzt, dem Datum, an dem jedes Jahr der Independence Day in den USA gefeiert wird.

11. Der Falke

Am Bildschirm eines Laptops durchforstete Delano Finchs Informationen sorgfältig. Er hatte sie ihm von einem neutralen Email-Account aus übermittelt. Mit unauffälligen Betreffzeilen. Boyd und seine Kleine waren in Europa. Er, ein Ausbilder bei einem privaten Sicherheits- und Militärunternehmen und sie bei irgend so einem Ausstellungsbetrieb im Kunstsektor. Die anderen lebten in den Staaten. Er würde sie der Reihe nach umbringen lassen. Boyd zum Schluss. Und er sollte leiden. Er würde wissen, dass er allein für jeden Tod verantwortlich war.

Der Diebstahl seines Geldes, wie er es sah, war zu einem zentralen Problem geworden. Er hatte Pläne für die Zeit nach seinem Rachfeldzug. Doch die verbliebene Summe reichte dafür nicht. Er brauchte ein lukratives Geschäft. Eine neue Einnahmequelle.

Er befasste sich näher mit Iris. Ja, sie hatte sich verändert. Hieß jetzt Laura Bingham. Über verschiedene Links stieß er auf die Ausstellung. Obwohl sie nicht in der ersten Reihe der Kuratoren stand, fand er doch einiges über sie. Ausstellungsmacherin schien auf die ehemalige Kunstdiebin naturgemäß zu passen. Und er las alles, was er im Netz über diese „Freedom of Arts" fand. Langsam begriff

Delano die Dimensionen dieses Mega-Events. Und schließlich kam ihm ein Gedanke, der rasch in eine konkrete Überlegung mündete. Mehr und mehr formte sich eine Idee, bis es sich plötzlich anfühlte, als würde sich aus einer zarten Glut trockenes Reisig schlagartig und wild entzünden.

Das, was Delano nun vorschwebte, war ein Coup, mit dem er zwei wichtige Ziele miteinander verbinden konnte. Allerdings erschien dieser an Dimension einige Nummern zu groß. Doch nicht für Michael Delano. Aber für diese Idee brauchte er die richtigen Leute. Und er brauchte einen Mann, der für beide Ziele in Frage kam. Der Beziehungen zu ganz bestimmten Gruppen besaß. Das konnte nur einer sein. Er durchwühlte sein schwarzes Notizbuch.

* * *

Die Kühle der Nacht war noch spürbar und verzog sichnur allmählich. Die Sonne stand erst kurz über dem Horizont und alles deutete auf einen weiteren heißen Tag. Die Luft roch frisch und das Blau des Meeres war noch dunkel. Erst mit dem gleißenden Sonnenlicht würde der weite Ozean eine hellere, silbrig blaue Oberfläche annehmen. Dann würde wieder das tausendfache Glitzern auf den seichten Wellen den Lauf der Sonne begleiten.

An diesem frühen Morgen saß Delano still auf der Bank und beobachtete das weite Meer. Es war das erste Mal, dass er mit einem neuen Aussehen in die Öffentlichkeit ging. Sein Gesicht hatte sich sehr gut erholt. Die Kieferpartie war nun deutlich anders geformt. Ein silberner, kurzer Bart umgab die neuen Konturen. Es hatte kaum noch eine Ähnlichkeit zu seinem alten Gesicht und trotzdem sah es nicht künstlich aus. Dr. Flores hatte darauf geachtet, dass natürliche Altersfältchen weitestgehend erhalten blieben. Nun saß er an einem der vielen Strände von Cancún, außerhalb der belebten Zona Hotelera.

Neben Acapulco hatte sich die Küstenmetropole im Süden der Halbinsel Yukatan mit ihrer rund zwanzig Kilometer langen Hotelzone zu einem der angesagtesten Touristen-Hot Spots Mexicos entwickelt. Millionen von Urlaubern belagerten das ganze Jahr hindurch den kilometerlangen, feinsandigen Strand. Und nicht zuletzt verwandelten Ende März tausende von jungen Studenten aus den USA und Kanada in ihren Semesterferien die vielen Clubs und Bars zu einer riesigen Partyzone. Doch Delano bevorzugte die ruhigeren, abgelegenen Bereiche. Hier an einem weniger frequentierten Pier war er mit jemanden verabredet. Obwohl dieser früher selbst einmal für die Sektion gearbeitet hatte, waren sie sich noch nie begegnet. Und hier würde er den zweiten Schritt seines Racheplans starten. Der Name *can cún* bedeutet in der Sprache der Maya „Schlangennest". Ja, dachte Delano, es war ein passender Ort. Als Ausgangspunkt für seine Mission. Gegen all die verräterischen Schlangen.

Er schaute sich um. Die farbigen, in Pastelltönen gestrichenen und hintereinander montierten Bänke waren in einigem Abstand längs einer asphaltierten Rampe angeordnet, so dass man von jeder Seite aus auf den weiten Ozean schauen konnte. Die Rampe selbst ging in einen hölzernen Pier über, der wiederum ins Meer hinauslief. Einige Fischer- und Sportboote waren an diesem längs vertäut. Delano hatte sich an sein neues Leben bereits gewöhnt. Dennoch war er weiterhin äußerst vorsichtig. Sollte er tatsächlich aufgespürt werden, ging er nicht von einer Verhaftung aus. Die CIA erledigte derartige Dinge auf ihre Art. Sie würden sich nicht noch einmal von ihm in der Öffentlichkeit vorführen lassen.

Ab und zu hielt er unauffällig Ausschau nach seiner Verabredung. Hierhin hatte ihn der Mann beordert. Abseits der dichten Hotelstrände. Dieser Treffpunkt hatte Vorteile, dachte Delano. Alles war weitläufig. Von weitem konnte man das Geschehen in Ruhe beobachten, bevor man sich sicher sein konnte. Noch hatte das Treiben der Touristen und Budenverkäufer nicht eingesetzt. Hier und da konnte man allerdings Ladenbesitzer sehen, die den Sand des Vortages aus den Geschäften fegten oder Werbebanner nach draußen stellten. In Delanos Umfeld tat sich allerdings nichts. Er schaute auf sein Smartphone. Es war bereits zehn Minuten nach acht Uhr. Keine Nachricht, dass sich seine Verabredung verspäten würde. Er sah sich erneut um. Niemand war zu sehen. Nur ein städtischer Müllmann in einem dunkelgrünen Overall, der einen abgenutzten, blechernen Handkarren mit sich schob, leerte die Papierkörbe. Delano beschloss weiter zu warten. In Gedanken ging er seine Alternativen durch. War seine Verabredung durch etwas Außergewöhnliches aufgehalten worden? Ein Unfall? Wurde er versetzt? Was würde er tun, wenn es nicht zu dem Treffen kam?

„Es wird ein schöner Tag werden", sagte plötzlich eine

ruhige, auffallend sanfte Männerstimme dicht hinter ihm. Delano drehte sich um. Zu seinem Erstaunen saß der Müllkehrer nun rücklinks hinter ihm. Unter einer tief in die Stirn gezogenen Kappe blickte dieser nach vorn, so dass Delano sein Gesicht nicht sehen konnte. „Es wäre hilfreich, wenn Sie sich wieder umdrehen würden", sagte der Mann.

Delano wandte sich wieder zurück.

„Sie sind der *Falke*?"

„Woher haben Sie die Telefonnummer?", fragte der Mann zurück.

„Sie haben einmal für die Sektion gearbeitet."

„Wer sind Sie?"

„Sagen wir einmal, ich bin der Interessensvertreter der Sektion. Auch nachdem sie nicht mehr existiert."

„Was wollen Sie?" Dabei holte er aus einer Plastikbox ein Sandwich hervor und biss hinein. Schlau, dachte Delano. Zwei Männer, die offenbar nichts miteinander zu tun hatten, saßen am Pier. Ein früher Tourist, der den Morgen genoss. Ein städtischer Müllentsorger, der eine Pause machte.

„Ich würde gerne Ihre Dienste in Anspruch nehmen. Genauer gesagt, über einen längeren Zeitraum hinweg."

„Was heißt über einen längeren Zeitraum?"

„Ich arbeite an einer Kampagne, die sich hinziehen könnte. Ich bin auf der Suche nach einem Mann, dem ich absolut vertrauen kann und der nicht zögert, wenn Handeln angesagt ist."

„Ich suche keine Anstellung."

„Natürlich nicht. Sie werden weiterhin anderen Angeboten nachgehen können. Das obliegt Ihnen. Ich würde

124

Sie nur zu bestimmten Zeiten buchen wollen."

Eine Pause entstand.

„Ich habe hier eine Liste, die Sie sich anschauen sollten." Dabei raschelte Delano mit einem Papier, das er aus seinem Jackett zog.

„Lassen Sie das! Reichen Sie mir nichts herüber."

Der Müllmann schüttete einen Kaffee oder Tee aus einer Thermoskanne in einen Becher. „Mehrere Klienten?", fragte er ruhig.

Delano steckte den Umschlag zurück.

„Fünf Personen."

„Es heißt, ein Mann wird an der Anzahl seiner Feinde gemessen."

„Diese Personen haben nur *einen* Feind", erwiderte Delano. „Mich."

„Sie wissen, was ich koste?"

„Ist mir bekannt."

„Gut. Fünfhundert Riesen pro Person. Dabei spielt es keine Rolle, wie schwer ich an die Zielperson herankomme und wie hoch der Schwierigkeitsgrad ist. Auch nicht, wo sich die Person gerade aufhält. Ich werde erst aktiv, wenn dreißig Prozent der Gesamtsumme als Anzahlung auf ein Konto eingegangen sind, das ich Ihnen noch nennen werde. Mengenrabatt gibt es nicht. Und den Zeitpunkt lege ich fest. Soweit klar?"

„Bis auf einen Punkt sind wir uns einig." Delano war nicht verwundert über die Höhe des Preises. In der Liga, in der dieser Auftragskiller spielte, waren das handelsübliche Honorare. Aber jetzt war der Zeitpunkt, seine Strategie einzubringen.

„Welchen?"

„Den Zeitpunkt bestimme allein ich", sagte Delano. „Haben Sie ein Problem damit?"

Wieder entstand eine Pause.

„Des Weiteren suche ich einen Mann, der den Kontakt zu seinen tschetschenischen Brüdern nicht abgebrochen hat."

Delano spürte förmlich, wie diese Bemerkung seinen Hintermann elektrisierte. Dennoch blieb der Mann ruhig.

„Wozu?"

„Das erkläre ich Ihnen, wenn wir uns handelseinig geworden sind."

„In Ordnung. Alles Weitere besprechen wir später."

„Moment. Wann?"

„Bald. Noch etwas", ergänzte der Auftragskiller. „Sie stehen jetzt auf und verschwinden von hier, ohne mich dabei anzuschauen. Kriegen Sie das hin?"

„Denke schon."

„Vorher werfen Sie ihre Liste dort drüben in einen der Papierkörbe. Und schreiben Sie ihre Mobilnummer dazu. Ich melde mich."

Während der Müllmann seine Pause fortsetzte, genüsslich sein Sandwich weiter aß und dabei zu Boden sah, stand Delano auf und ging ruhig an seinem Gesprächspartner vorbei. Im Weitergehen warf er ein zusammengeknautschtes Stück Papier in den Abfallbehälter. Dann verließ er den Pier ohne sich umzudrehen. Etwas später stand auch der Müllmann auf, leerte den Behälter in seinen Karren und verschwand ebenfalls.

* * *

Das Smartphone klingelte. In einem Bademantel gehüllt kam Delano aus dem Bad und drückte die Verbindung. Er sah aus den beiden großen Flügelfenstern seines Hotelzimmers hinaus auf die Hotelpools und den angrenzenden Strand.

„Ja?", meldete er sich kurz.

„In zwanzig Minuten im Café ‚Vista al mar', Strandpromenade."

Delano erkannte die Stimme sofort. Doch bevor er antworten konnte hatte der Anrufer bereits aufgelegt.

Zwanzig Minuten später betrat Delano pünktlich das Café. Das Innere war nicht allzu groß. Ein durchgängiger, etwas abgenutzter Tresen verlief in einem Bogen vor den hohen Wänden. Alles war in einem Cremeton gehalten. Die Fliesen des Bodens wechselten zwischen Rotbraun und Weiß. Der Großteil der kleinen Kaffeehaustische mit den nachempfundenen Thonet-Stühlen, befand sich außerhalb auf dem breiten Gehweg der Promenadenzeile. Eine lange, ausgefahrene Markise spendete diesem Bereich genügend Schatten. Obwohl es bereits Mittagszeit war, gab es noch viele freie Tische. Delano, in einem leichten, hellen Sommeranzug und Strohhut bekleidet, setzte sich an einen der Tische neben einer hohen Palme, die aus dem gefliesten Bürgersteig herausgewachsen war und gleichzeitig den äußeren Cafébereich markierte. Er saß mit dem Rücken zum Gebäude und blickte über die breite Straße auf Strand und Meer. Der Mann kam fast unbemerkt hinzu und setzte sich hinter Delano an einen ebenfalls freien Tisch. Wie bei ihrer ersten Begegnung am gestrigen Morgen saßen die beiden Männer erneut Rücken an Rücken.

„Ich habe Ihre Liste studiert", hörte Delano leise. „Die ersten vier dürften im Preis liegen."

Delano erkannte die Stimme sofort. Eine junge Kellnerin kam und beide bestellten alkoholfreie Drinks.

„Und die andere Person?"

„Wird schwieriger."

Eine Pause entstand. Delano musste sich erst an die Art, wie der Falke sprach, gewöhnen. Knappe, ruhige Sätze. Kein Wort zu viel. Direkt, aber verbindlich.

„Von leicht war auch nicht die Rede", entgegnete Delano. „Wie viel mehr?"

„Ist das *der* Aaron Boyd?", redete sein Hintermann unbeirrt weiter, ohne auf die Frage nach dem Geld einzugehen.

„Ja", bestätigte er. „Ein Problem für Sie?"

„Demnach lebt er also noch. Habe lange nichts von ihm gehört. Dachte, es hätte ihn erwischt." In seinem Tonfall mischte sich anerkennender Respekt vor dem berühmtberüchtigten Namen. Damit hatte Delano gerechnet. Und er spekulierte auf einen weiteren Faktor. Ihm war bewusst, dass man sich in der Branche kannte. Wenn auch oft nicht persönlich. Und es gab einen unterschwelligen Wettbewerb untereinander, besser zu sein als alle andern. Der Gefragteste zu sein, sich mehr lukrative Aufträge zu sichern und dabei länger am Leben zu bleiben. Auf den Ruf kam es an. Es war ein Scoring um den besten Namen. Damit spielte man in der höchsten Liga.

„Kennen Sie Boyd?"

„Ich habe einmal mit ihm gearbeitet. Unter Hector Lumes."

„Dann können Sie ihn einschätzen. Das ist gut."

Eine Pause entstand. Dann stand der Falke unerwartet auf und setzte sich überraschenderweise neben seinen neuen Auftraggeber. Jetzt schaute Delano in das Gesicht des berüchtigten Attentäters. Alles, was Delano von ihm wusste war, dass er ursprünglich aus Tschetschenien stammte. Er war umso mehr überrascht, einen Mann anzutreffen, dem man seine Abstammung aus der Kaukasusrepublik äußerlich so nicht ansah. Markant waren die weichen Gesichtszüge. Sein blondes Haar war kurzgehalten und harmonierte gut zu seinem schmalen Gesicht. Auch passten Stimme und die Art, wie sich der Falke bewegte, so gar nicht zu seinen Erwartungen. Darüber hinaus war der Mann ein Asket, trank nicht, rauchte nicht und hielt seinen durchtrainierten Körper in Form. Der Falke zog jetzt seine blaugetönte Sonnenbrille etwas herunter und grünblaue Augen musterten Delanos Gesicht eindringlich. „Gute Arbeit", sagte er. „Es ist schwierig, den alten Michael Delano dahinter zu erkennen."

„Gut, dann hätten wir auch das geklärt, Mr. Kaskajew", erwiderte Delano. Er war sich bewusst, dass der Falke seine Hausaufgaben gemacht hatte und sich eine Verbindung zu ihm als Auftraggeber anhand der Personenliste ziehen ließ. Der Falke lehnte sich zurück.

„Neben dieser Liste gibt es noch einen Extra-Job", sagte Delano plötzlich.

„Was für einen Extra-Job?"

„Die US-Regierung schuldet mir viel Geld. Ich brauche ein starkes Druckmittel, meine Forderungen durchzusetzen." Dabei öffnete er auf seinem Smartphone eine Seite im Internet. „Man sagte mir, dass Sie wissen, woher ich das bekommen kann."

Der Falke schaute kurz auf das Display.

„Ich bin kein Terrorist, Delano", war die knappe Antwort.

„Zwanzig Millionen springen zusätzlich für Sie dabei heraus. Ich weiß, dass Sie immer noch gute Kontakte zu Ihren Brüdern in Tschetschenien halten. Bedenken Sie, mit wie viel Geld Sie ihren Freiheitskampf dort unterstützen könnten."

Der Falke sagte lange nichts. Für Delano war es ein kritischer Moment in seiner Planung. Er brauchte Kaskajew. Und er wusste aus den CIA Dossiers von einst, dass der Falke in den Neunzigern aktiv an der Seite der Separatistenbewegung im bewaffneten Kampf gegen die russische Zentralregierung teilgenommen hatte. Er würde noch einschlägige Kontakte haben. So die Annahme Delanos.

Plötzlich stand Kaskajew unerwartet auf. Er beugte sich etwas zu Delano herunter. „Wir sollten nicht zu lange gemeinsam an einem Ort gesehen werden", sagte er zu seinem überraschten Gegenüber. „Ungefähr zwei Meilen von hier gibt es ein kleines Restaurant, direkt am Strand. Dort treffen wir uns heute Abend." Dann drehte er sich um und ging. Delano schaute ihm nicht nach. Er war nun sicher, in dem Falken den richtigen Mann gefunden zu haben.

12. Verbündete

An einem der folgenden Abende saßen die drei Analysten mit Sal Cramer in dessen Büro zusammen. Wie Harold

Finch gehofft hatte, war der Anwalt ebenfalls an einem Treffen interessiert, obwohl er den Grund hierfür nur angedeutet hatte. Allein die Tatsache, dass es um Michael Delano ging, verriet Sal, dass die Sache doch noch nicht abgeschlossen war. Entgegen seiner Hoffnung. Auch ihn hatte die tödliche Befreiungsaktion geschockt. Und genauso wie seine Gegenüber, zweifelte er daran, dass Michael ihn nicht doch noch in den Abgrund reißen würde. Jetzt, wo er irgendwo frei in der Welt herumlief und weitere verbrecherische Pläne ausheckte.

Sal schenkte Drinks aus und der Smalltalk begann wie bei den meisten Gesprächspartnern mit der Beachtung von Sals ungewöhnlich großem Schreibtisch. Massives, libanesisches Zedernholz mit aufwendigen Intarsien auf der Oberfläche machten den großen Tisch zum absoluten Blickfang in seinem geräumigen und geschmackvoll eingerichteten Büro. Ein auffälliges Meisterwerk.

Doch rasch kamen sie zum eigentlichen Thema. Sal fühlte sich bestätigt, als die drei von Michaels neuerlicher Forderung sprachen. Nein, dieser Mann würde sie alle weiterhin rücksichtslos für seine Pläne ausnutzen.

„Und was kann ich in dieser Sache für Sie tun?"

„Wir gehen davon aus, dass Michael auch Sie unter Druck gesetzt hat", antwortete Harold Finch ohne viel Umschweife.

„Wie kommen Sie darauf?" Sal zögerte, die Vermutung zu bestätigen. Erst wollte er das eigentliche Anliegen seiner Gegenüber erfahren. Doch Finch ließ sich nicht beirren.

„Kommen Sie, wir können uns nicht vorstellen, dass gerade Sie als renommierter Anwalt ihn freiwillig unterstützt haben. Irgendetwas hat er auch gegen Sie in der Hand. Und Sie machen auf mich nicht den Eindruck, dass Sie blauäugig hoffen, er ließe sie in Zukunft in Ruhe. Nein, dieser Mistkerl wird uns alle weiter ausnutzen und uns in mögliche Straftaten hineinziehen. Denken Sie allein an die beiden toten Transportfahrer."

Sal überlegte. Sie hatten recht. In allem.

„Und was gedenken Sie dagegen zu unternehmen? Ihn verklagen?"

Jetzt schaltete sich Jenkins in das Gespräch ein. „Wir wollen dem Kerl unmissverständlich klarmachen, dass wir uns nicht weiter erpressen lassen. Wir und Sie haben gemacht, was er von uns verlangt hat für sein Schweigen."

„Und wie genau wollen Sie das anstellen?" Sal wurde neugierig. „Schließlich liegt das Wesen dieser Art von Erpressung darin, dass sie seitens des Erpressers mühelos fortgesetzt werden kann."

„Bis zu dem Zeitpunkt, ab dem der Erpresser *mehr* zu verlieren hat", führte Finch Sals Satz weiter aus.

„Was sollte das sein?"

„Alles, was wir benötigen, ist die neue Identität Delanos."

„Um dann *was* zu tun?"

„Das ist dann nicht mehr Ihr Business, Mr. Cramer. Umgekehrt können auch Sie nur profitieren."

Sal überlegte erneut. Es war klar, dass sie nicht davon ausgingen, Michael Delano ohne weiteres überzeugen zu können. Was genau hatten die drei dann also vor? Schnell ging er die wenigen Optionen in seinen Gedanken durch.

Bis hin zu einer bestimmten Vermutung. Hatten sie tatsächlich vor, Michael umzubringen? Sicherlich, das wäre für alle eine endgültige Lösung. Sal sah sich mit zwei Möglichkeiten konfrontiert. Das Vorhaben der drei zu unterstützen oder Michael kontaktieren, um ihn davon zu unterrichten. Im letzteren Fall würde Michael es ihm ewig danken. Aber er würde ihn dann nie mehr loswerden. Und die Gefahr bestand in zunehmendem Maße, dass er ihn künftig noch intensiver als Komplizen in seine undurchsichtigen Machenschaften einbeziehen würde. Doch wenn er sich mit seinen Gegenübern verbündete, bestand zumindest die Möglichkeit einer endgültigen, positiven Lösung. Allerdings war das Risiko ungleich höher. Was, wenn deren Plan fehlschlug? Delano überleben und entkommen würde? Dann würde er sie alle auffliegen lassen. So, wie er es angedroht hatte.

„Glauben Sie uns, Mr. Cramer. Es gibt nur eine Möglichkeit und die ist, hier und jetzt etwas zu unternehmen", wandte Harold Finch ein, als könnte er Sals Gedankengänge lesen.

„Und Sie haben eine erfolgsversprechende Vorgehensweise?"

„Sie können sich darauf verlassen. Wir werden die Sache zu Ende bringen. Es geht um alle unsere Köpfe."

Es schien Sal jetzt ratsam zu sein, nicht weiter auf Details aus die Plänen der drei CIA-Mitarbeiter einzugehen. Sie arbeiteten schließlich in einer Branche, in der man sich mit derartigen Lösungen auskannte. Er stand auf und ging zu seinem Schreibtisch. Nachdem er kurz etwas aufgeschrieben hatte, kam er zurück und gab Finch einen Zettel.

„Er heißt jetzt Charles Vanderbilt. Sein erstes Ziel war

Grand Bahamas. Und, er hat sich einer Gesichtsoperation unterzogen. Deswegen haben Sie auch eine zeitlang nichts von ihm gehört. Wie er jetzt aussieht, kann ich Ihnen nicht sagen. Eine Telefonnummer gibt es nicht. Er ruf an. Unter einer unterdrückten Nummer."

„Danke, Mr. Cramer. Sie werden sehen, das war die richtige Entscheidung", sagte Finch.

„Wenn wir Sie richtig verstanden haben, Mr. Cramer, hat er sein Äußeres verändert. Und Sie sind der einzige Mensch mit einem direkten Kontakt? Wir brauchen ein aktuelles Foto, wie er jetzt aussieht. Wenn er Sie das nächste Mal anruft, könnten Sie sich mit ihm treffen, Mr. Cramer?"

Sal erschrak innerlich. Aber gleichzeitig war ihm bewusst, dass es scheinbar nur auf diesem Wege gehen würde, den neuen Michael Delano ausfindig zu machen. „Das ist ausgeschlossen. Was soll ich als Anlass aufführen? Er würde sofort misstrauisch werden. So, wie er sein neues Leben aufbaut, wird er es unter allen Umständen vermeiden, dass jemand sein neues Gesicht kennt. Selbst ich nicht."

„Stimmt. Es müsste schon etwas sehr Außergewöhnliches sein, damit er keinen Verdacht schöpft", warf Edwards ein.

„Wir sollten das professionell angehen", lenkte Finch die Diskussion wieder zurück. Ihm war eine andere Idee gekommen. Die Männer schauten ihn an. „Wenn wir schon für den besten Geheimdienst der Welt arbeiten, dann sollte man die Möglichkeiten auch nutzen. Wir halten Sie auf dem Laufenden, Mr. Cramer." Ohne weiter auf seinen Gedanken einzugehen und seine neugierigen Gesprächspartner einzuweihen, stand Finch auf und signalisierte das Ende der Runde aus seiner Sicht. Die Übrigen taten es ebenfalls.

Nachdem Sal die Tür hinter ihnen geschlossen hatte, ging er zurück in sein Büro, goss sich einen weiteren Cognac ein und schaute grübelnd aus der großen Fensterfront hinaus. Hatte er das Richtige getan? So oder so, es musste gehandelt werden. Zumindest in diesem Punkt war er sich mit den Farm-Leuten einig.

Während die drei noch auf dem Flur standen und auf den Aufzug warteten, hielten Edwards und Jenkins Finch an, Details seiner Idee zu nennen. „Wir können noch nicht ganz sicher sein, ob Cramer endgültig auf unserer Seite steht", erläuterte Finch. „Deshalb sage ich es nur euch. Brad könnte uns weiterhelfen." Die beiden anderen nickten. „Das ist gut", sagte Jenkins anerkennend. „Er ist im operativen Außendienst. Und er ist der Patenonkel deines Sohnes."

„Und er arbeitet für die Abteilung *Karibische Staaten*", ergänzte Finch.

„Warum sind wir nicht sofort darauf gekommen?"

Das Ping der aufgehenden Fahrstuhltür unterbrach die Diskussion. Die Männer betraten den Aufzug. Allmählich nahm ihr Vorhaben konkrete Züge an.

13. Die Liste des Leidens

Sie trafen sich am Abend in dem kleinen Strandrestaurant. Äußerlich war es einfach gebaut, mit einem gemauerten offenen Innenteil, in dem sich die ebenfalls einsichtige Grill-Küche und alte Sanitärräume befanden. Die Vielzahl an kleinen Holztischen und Stühlen standen im Sand. Alles war abgenutzt und irgendwie zurechtgezimmert. Aber es hatte auf seine Art Charme. Eine Lichterkette fasste den Außenbereich ein, auf den Tischen flackerten Kerzenlichter und zum Gerede der Gäste mischte sich das leise Rauschen der nahen Wellen. Es war ein Treffpunkt der Einheimischen jenseits der touristischen Angebote.

„Das trifft sich gut", sagte Delano. „Ich habe einen guten Hunger."

„Wir sind nicht zum Essen hier, Delano", antwortete der Falke knapp und führte seinen Auftraggeber vorbei an dem kleinen Restaurant zum Strand. Es wurde zunehmend dunkler als sie den Lichtschein des Restaurants hinter sich ließen. Die Stimmen verstummten und nur noch das Geräusch der sanften Wellen war zu hören, die sich auf dem glattgezogenen Sand ausliefen.

Der Falke hatte lange nachgedacht. Was hatte Delano vor? Neben den Routinejobs anscheinend noch eine größere Operation. Es war vieles undurchsichtig. Wie waren Planung und Risiko tatsächlich einzustufen? Aber dieser Kerl schien einem klaren Plan zu folgen. Wenn er es schon schaffte, aus einem US-Gefängnis heraus, seine spektakuläre Flucht erfolgreich zu organisieren, dann war ihm auch noch mehr Erfolgversprechendes zuzutrauen. Bei der Gage würde es nicht um einen simplen Banküberfall gehen. Zudem dachte er an Boyd und seinen Ruf. Und an die einmalige Gelegenheit seinen eigenen Namen zu vergolden.

„Wenn ich Sie richtig verstanden habe, handelt es sich um zwei Missionen. Erzählen Sie mir davon", sagte der Falke ruhig. Auf dem noch feuchten Sandabschnitt ließ es sich leichter gehen.

„Eher um einen erweiterten Coup. Haben Sie schon einmal von der *Elenco delle sofferenze* gehört? Der Liste des Leidens?"

„Nicht unbedingt."

„Ein uralter sizilianischer Brauch der Vendetta, der in Vergessenheit geraten ist. Die Blutrache fordernde Partei ließ damals der anderen Partei eine Liste zukommen. Nach der Liquidierung einer ersten Person. Unter dessen Namen waren weitere leere Linien gezogen. Jede dieser Linien stand für eine weitere Begleichung. So wusste die andere Partei wie viel Blut es noch kosten wird, aber nicht, wen es treffen würde. Es war daher schwierig, ein Clan- oder Familienmitglied zu schützen, wenn man nicht wußte, wen es zu schützen galt. Die Ungewissheit schaffte Leiden." Delano zog einen Umschlag aus seinem Jackett. „Und diese hier ist Boyds Elenco delle sofferenze. Ihre erste Zielperson habe ich bereits eingetragen. Darunter sind weitere vier Linien. Er wird zu der Beerdigung der ersten Zielperson kommen. Spielen Sie ihm die Liste zu. Das gehört zu Ihrem ersten Job."

„Sie scheinen wirklich einen Mordsbrass auf Boyd zu haben."

„Ich will nur eins. Dass er leidet."

Nachdenklich steckte der Falke den Umschlag in sein Jackett. Hier ging es nicht nur um die professionelle Erledigung eines Routinejobs. Der Falke konnte förmlich den tiefsitzenden Hass und die Triebkraft spüren, die Delano beflügelte.

„Die übrigen sind zeitnah zu eliminieren. Alles, was über die Personen bekannt ist, befindet sich auf diesem Stick." Damit übergab er einen kleinen USB-Speicher. „Den jeweiligen Zeitpunkt nenne ich Ihnen rechtzeitig."

„Boyd sollte zuerst ausgeschaltet werden", dachte der Falke laut nach. „Er wird sich zusammenreimen können, wer gemeint sein könnte und mir in die Quere kommen. Außerdem ist er der härteste Brocken und die größte Herausforderung."

„Negativ. Für die erfolgreiche Durchführung meiner Absichten ist die Reihenfolge unbedingt einzuhalten. Die Frau als Vorletzte, Boyd als Letzter."

Der Falke erwiderte nichts.

„Aber Sie können sicher sein, Boyd wird uns nicht dazwischenfunken. Dafür sorge ich."

„Was ist das für eine andere Sache?", lenkte er das Thema auf den anderen Teil von Delanos Vorhaben. „Wie hoch ist das Risiko?"

„Für Sie als Profi nicht höher als die übrigen Jobs."

Dann weihte ihn der ehemalige Sektionsboss in seinen Gesamtplan ein. Es war ein verwegenes Unternehmen, aber so wie Delano es beschrieb, bestand eine große Chance auf Erfolg. Aufmerksam hörte Kaskajew zu, während sie weitergingen. Nachdem Delano seine Ausführungen beendet hatte, schaute er sein Gegenüber mit einem siegesgewissen Lächeln an.

„Sind wir im Geschäft?", hakte er mit einem zuversichtlichen Grinsen nach.

„Ja, Mr. Delano. Wir sind im Geschäft. Allein schon wegen Boyd. Er gilt immer noch in unseren Kreisen als einer der Großen", sagte der Falke anerkennend. Delano lächelte. Er war sich nun sicher, seinerseits den besten Mann für seine Pläne engagiert zu haben.

„Wann wären Sie soweit?", fragte er.

„Direkt nach dem Eingang der Anzahlung werde ich beginnen." Damit reichte ihm der Falke eine Visitenkarte. Alles was Delano im Dunkeln lesen konnte, war der Name *Thomas Savage* mit einer Adresse und einer Telefonnummer. „Merken Sie sich die Société Lavié Bank. Die Angaben auf der Karte sind irrelevant. Bis auf die Zahlen. Reihen Sie die Hausnummer und die Telefonverbindung hintereinander. Das ist die Kontonummer. Anschließend vernichten Sie die Karte."

„In Ordnung." Delano steckte die Karte ein. „Melden Sie mir den Vollzug des ersten Auftrags und dass Boyd seine Liste bekommen hat."

Sie gingen zurück. „Noch etwas", sagte der Falke. „Der Mann, der Ihnen weiterhelfen kann, heißt Vásquez. Er hält weltweite Verbindungen von Südamerika aus. Seine Nummer steht auf der Rückseite der Karte. Ich habe Sie angekündigt."

* * *

Aaron beobachtete, wie sich das Licht im Gold des

Whiskeyglases brach. Er saß am Tresen der kleinen, schicken Bar in ihrem Viertel Chaillot, nicht weit von ihrer Wohnung entfernt. Die Nacht war lau und der Laden gut besucht. Er wollte nicht allein zuhause in ihrem ehemals gemeinsamen Appartement sitzen. Alles dort würde ihn an die gemeinsame Zeit erinnern. Er brauchte Leben um sich herum. Früher hätte er sich zurückgezogen, wenn ihn diese Schwere ergriff. Dann hatte er die Einsamkeit gebraucht. Doch jetzt wollte er nicht allein sein. Dieser Bertrand Mercher spukte in seinem Kopf herum. Hatte Iris etwas mit ihm? Hatte sie nicht sehr häufig, zu häufig, von ihm gesprochen? Lag es vielleicht an diesem Franzosen? Die Unsicherheiten quälten. Er wollte sie nicht verlieren.

Aaron kippte den Whiskey herunter und orderte ein neues Glas. Er schaute sich um. Es waren auffällig viele Paare hier, die ausgelassen zu zweit oder mit anderen lachten und diskutierten. Vieles deutete auf harmonische Beziehungen hin. Ein Paar fiel ihm besonders auf. Sie saßen am anderen Ende der Bar an einem hohen Tisch. Sie hielt sich liebevoll an seinem aufgestützten Arm fest. Für beide schienen gegenseitige Berührungen ein Bedürfnis zu sein. Vielleicht fiel ihm das Paar auch nur deshalb auf, weil sie mit ihren kurzen, dunklen Haaren Ähnlichkeit mit Iris hatte? Nein, es musste das Lachen sein, wenn ihre Augen dabei funkelten. Jetzt schaute ihr Freund Aaron mit einem fragenden Gesichtsausdruck an. Der fühlte sich ertappt und richtete seinen Blick wieder nach vorn in das beleuchtete Glasregal hinter dem Tresen.

Ihr Franzosen scheint das besser im Griff zu haben. Schön für euch, Froschfresser!

140

Er dachte über ihren anhaltenden Konflikt nach. Was ist, wenn er wirklich beziehungsunfähig war? Vielleicht hatte Iris recht. Vielleicht stand sein altes Leben, so wie er es früher gelebt hatte, ihm tatsächlich im Weg. Rächte sich, indem es ihm keine Chance auf eine tatsächliche Änderung gab.

Die Einsicht hat mich ja schließlich auch bis hierhin geführt. Mein altes Leben liegt doch hinter mir!

Neben ihm standen ein paar junge Männer, die lauthals scherzend sich unterhielten. Ein großer Stämmiger in einer dunklen Lederjacke hatte Aaron den Rücken zugewandt und gestikulierte wild, während er scheinbar eine lustige Geschichte zum Besten gab. Es wurde wieder gelacht. Dies schien den Redner weiter anzuspornen. Er holte überschwänglich aus und prallte dabei mit Aaron zusammen, der dabei fast vom Hocker gestoßen wurde. Aaron drängte ihn wieder zurück und deutete mit einer beschwichtigende Geste an, vorsichtiger zu sein. Der Mann jedoch drehte sich um und schaute Aaron provozierend an. „Was ist, Mann? Hast du ein Problem?", fragte er auf Französisch.

„No French speaking, sorry", entgegnete Aaron.

Doch das schien den Mann noch weiter anzustacheln. Er wiederholte seine Frage diesmal in Englisch.

„Womit soll ich ein Problem haben?", fragte Aaron ruhig. Und doch verstand er die Drohung zwischen den Zeilen. Er stand auf und schob seinen Barhocker etwas zurück. Die Begleiter des Mannes redeten auf diesen ein, aber es schien, als wolle er eine Entschuldigung von Aaron. Der musterte den großen Franzosen stumm. Vor seinem geistigen Auge sah er sich plötzlich, wie er den Kopf des Kerls mit der linken Hand blitzschnell auf den Tresen schlug, während er seinen rechter Arm gleichzeitig nach hinten drehte, so dass er zu keinem Wiederstand gegen diesen Kampfgriff fähig sein würde. Doch Aaron entspannte sich wieder. Unwillkürlich musste er an Iris Worte denken. Ja, zu sehr folgte er noch reflexartig alten Rollenmustern. Nein, das musste hier nicht sein. Noch immer schaute ihn der Franzose grimmig an. Aaron machte eine versöhnliche Miene, nahm seine Hände kurz hoch und setzte sich wieder auf den Barhocker.

„No Problem at all."

Der Franzose schaute ihn noch einmal kurz und streng an und drehte sich dann langsam wieder zu seinen Begleitern um.

Aaron trank seinen Whiskey aus, legte einen passenden Euroschein auf den Tresen und verließ die lärmende Bar. Draußen beruhigte er sich weiter. Ja, er hatte es wieder gespürt. Früher, als junger Mann, unehrenhaft entlassen, ohne Perspektive, abgestürzt durch Drogen- und Alkoholmissbrauch, wäre er keiner Schlägerei aus dem Weg gegangen. Er hätte sie sogar begrüßt, um seinen Frust und seine unbändige Wut abzulassen. Aber das war er schon lange nicht mehr. Die Jahre in der Sektion hatte diese Wut vergessen gemacht, hatten ihm Halt und absolute Selbstsicherheit gegeben – ihn zu mehr Ruhe und Besonnenheit geformt. Er stellte sich die Frage, ob es das sei, was Iris meinte. Doch sie sagte, es sei die Angst, die ihn nicht weitergehen ließ. Zu sehr würde er seine innere Abwehrhaltung noch brauchen, meinte sie. Er würde anscheinend noch nicht genug leiden, um endlich Hilfe anzunehmen.

142

Worte, über die er erst jetzt tiefer nachdenken konnte. Nicht während sie stritten.

Litt er genug?

Ja, genug.

14. Washington Square Park

Das *Chess Plaza* am westlichen Ausgang des Washington Square Parks in Lower Manhattan war heute wieder gut besucht. Ein schattiger, runder Platz an dem die Gehwege mündeten bevor man den Park verließ. Am Rande waren hier kleine Spieltische montiert. In jeden der Tische war ein Schachmuster in die Oberfläche hineingearbeitet und so trafen sich hier traditionell Profis, Anfänger und Zuschauer aus allen sozialen Schichten zum Schachspiel. Die meisten Leute spielten zur Entspannung. Doch es gab eine Vielzahl derer, die sich hier ihr tägliches Auskommen verdienten. Sie boten eine Partie für fünf bis zwanzig Dollar an. Andere brüsteten sich damit, die schnellsten Speed-Spieler zu sein. Und es gab Spieler, die Unterricht in Tricks und Strategie gegen Bezahlung gaben.

Auch heute war Luca Sorrentino da. Ein weit über achtzigjähriger, kleiner Mann mit nach hinten gegelten, weißen Haaren. Aus einer dicken Hornbrille heraus schauten hellwache, kleine Augen. Er trug wie immer abgetragene Hosen und eine, mit ledernen Ärmelschonern besetzte, braune Strickjacke. Obwohl er unscheinbar wirkte, umgab diesen schmächtigen Mann eine undurchschaubare Aura. Mit Ausnahme der Touristen kannte man Sorrentino,

auch über Greenwich Village hinaus. Er war ein Über-
bleibsel der Mafiablüte in New York City, der goldenen
Ära in der Mitte des letzten Jahrhunderts. Er stieg als blut-
junger Fußsoldat noch unter Lucky Luciano in die Cosa
Nostra ein und erarbeitet sich einen Namen. Gegen Ende
der neunzehnhundertsiebziger Jahre wurde Luca Sorrentino zu dreißig Jahren Zuchthaus verurteilt, da er nicht mit
der Staatsanwaltschaft kooperieren wollte. Ein Umstand,
der ihn in der Unterwelt den Beinamen `Il testardo´, der
Standhafte, einbrachte. Er war aus dem alten, eichenden
Holz geschnitzt und in seiner kleinen Gestalt verkörperte
er alle Tugenden, die den Nimbus der amerikanischen
Mafia begründeten. Vor Jahren hatte sich Luca ins Privat-
leben zurückgezogen. Alt, aber nicht gebrochen. Und
noch heute war er eine Legende.

Luca Sorrentino spielte stets am gleichen Tisch zur gleichen Uhrzeit. Es war sein Tisch. Kam er einmal später,
wurde der Platz von den anderen Spielern bereitwillig ge-
räumt. An diesem sonnigen Morgen saß er, wie meistens,
regungslos über das Spielbrett gebeugt und schien in stra-
tegischen Gedanken verloren. Er ließ sich Zeit. Auch wenn
die Uhr, die den Spielern ein begrenztes Zeitfenster bis
zum Zug ließ, tickte, reizte Luca diesen Rahmen stets aus.
Sein Mitspieler gegenüber war ein junger Student. Dieser
trug seine schwarzen Haare sehr kurz und eine Kippa be-
deckte seinen Hinterkopf. Er wartete stumm auf Sorrentinos Zug. Der Park war gut besucht. Viele Menschen gingen vorbei und irgendwo war das Lärmen ausgelassener
Kinderstimmen zu hören. Um die Schachtische herum
hatten sich jeweils eine unterschiedliche Anzahl interes-
sierter Zuschauer gruppiert.

Ein wenig abseits des Geschehens, an der Kreuzung am Parkausgang, bog eine dunkle Limousine langsam in die Washington Square South ein. Durch das Buschwerk konnten die beiden Insassen bereits die Spieler und Zuschauer sehen, die keine fünfzig Meter entfernt, in ihr Match vertieft waren. Nach wenigen Metern hielt der Wagen auf dem seitlichen Parkstreifen im Schatten der großen juristischen Bibliothek der New York University. Ein sportlich gekleideter Mann mit einem blauen Sweater und einer grünen, lässigen Hose bekleidet, stieg aus und überquerte die schmale Straße. Die Sonne schien und so hatte der Mann sein blaues Basecap, tief über die dunkle Sonnenbrille gezogen. Zielstrebig ging er in den Park, direkt auf die Spieltische zu.

„Tja, Jungchen", grinste Sorrentino seinen Gegner an. „Ist wohl nicht dein Tag." Damit zog er den generischen König ins Schach und drückte auf die Uhr. Der Student konzentrierte sich. Dann zog er einen weißen Läufer vor die bedrohte Figur.

„Abwarten, Mr. Sorrentino", antwortete er.

Doch Sorrentinos Strategie griff jetzt voll. Hastig stellte er eine weitere Figur vor.

„Matt in drei Zügen, Junge. Das war's dann", kicherte Sorrentino schadenfroh. Plötzlich sackte der alte Mann zusammen. Sein Kopf fiel auf das Spielbrett, so dass die Figurenschar auseinandersprang. Unbemerkt hatte der fremde Mann eine Pistole mit Schalldämpfer gezogen und abgedrückt. Noch bevor die Umherstehenden begriffen, was geschah, ertönte noch einmal ein dumpfes Plop, als der Mann erneut schoss. Dieses Mal traf es den Greis in den Kopf. Der wurde wild zur Seite geschleudert und Sorrentinos toter Körper sackte seitlich auf die hölzernen Latten der Bank. Alles schrie auf und rannte weg. Ein lautes, hitziges Chaos brach los. Die Anwesenden der übrigen Tische konnten nicht sofort ausmachen, um welche Gefahr es sich handelte. Doch es musste sich um eine große Gefahr handeln. Ein Attentat. Ein Amokläufer. Und so rannte alles unter lautem Geschrei aus- und durcheinander. In einer Schockstarre verharrend, war der Student sitzen geblieben. Sein Gesicht war mit Blut besprizt. Er spürte, dass der Attentäter noch direkt hinter ihm stand. Der Falke blickte auf die Kippa des Jungen. Trotz des großen Tumults hörte der, wie der Schütze hinter ihm leise etwas sagte. „Möge seine Einschreibung in das Buch des Lebens gut abgeschlossen sein." Es war ein letzter Gruß für einen Verstorbenen im jüdischen Glauben. Ruhig steckte der Falke seine Waffe unter die Jacke zurück. Dann lief er wie alle anderen los, hastete über die Straße in die Limousine, die mit laufendem Motor gewartet hatte und nun rasant losfuhr. Nach einer kurzen, aber schnellen Fahrt fuhr der Wagen zwei Blocks weiter in eine Tiefgarage. Hier tauschten die Männer das Auto. Während der Fahrer jetzt mit einem weißen Toyota herausfuhr und sich weiter in den Verkehr fädelte, verließ der Schütze, nun mit brauner Windjacke, Jeans sowie einem modischen Rucksack bekleidet, das Parkhaus zu Fuß und mischte sich unter die Passanten. Er nahm sein Smartphone, wählte eine Nummer und wartete auf die Verbindung. „Der Köder ist gelegt", sagte er kurz. Dann drückte er die Verbindung weg.

146

15. Die Ware

Die Farm lag mitten im Dschungel. Vincent setzte die Cessna ruhig auf die Landebahn. Während das Flugzeug ausrollte, betrachtete Delano die weißgetünchten Häuser, die am Ende der holprigen Rollbahn näherkamen. Mehrere lange Bungalows umgaben das zentral liegende, mehrstöckige Gebäude. Das Rot der Dachziegel setzte sich auffällig vor dem Grün des dahinterliegenden Urwalds ab. Um die Häuser herum war ein gepflegter, schmaler Park angelegt. Zwei riesige Fächerpalmen begrenzten weit auseinanderstehend die Anlage. Quietschende Wassersprenkler verteilten feinen Regen auf den Rasenflächen.

Vincent parkte die Cessna neben einem zweimotorigen Flugzeug. Delano kletterte hinaus. Sofort schlug ihm die drückende Wärme und die hohe Luftfeuchtigkeit entgegen. Prüfend und abwartend sah er auf das Gebäudeensamble. Der Kontrast hätte nicht deutlicher sein können. Die Anlage war modern ausgestattet. Er sah einen hohen Antennenmast hinter dem Haupthaus und einige Satellitenschüsseln an den Häuserwänden. Es war ein Refugium, ein Rückzugsort inmitten des angrenzenden, mächtigen Urwalds. Hier, im schlecht zugänglichen Grenzgebiet zwischen Venezuela und Kolumbien, hatte Delano einen Termin.

Wie in weiten Teilen Mittelamerikas, waren auch in dieser Region die Probleme mit organisierter Kriminalität Alltag. Drogen, Waffen- und Menschenhandel waren die Haupteinnahmequellen, ausgeübt von agilen, örtlichen

Gangs, bis hin zu den großen Kartellen, deren weitreichender Einfluss auf die Regierungsorgane fest etabliert war. Hinzu kam die Unterstützung von Untergrundmilizen bis hin zu Terrorvereinigungen. Schon lange war das Vertrauen der Bevölkerung in die jeweiligen Regierungen zerstört. Die weitaus größte Mehrheit der redseligen Menschen war überzeugt, dass ihre Regierungen in korrupte Machenschaften verstrickt waren – was anhaltende offene Konflikte deutlich machten. Diese Unruheregionen von Mexico bis hin zum krisengeschüttelten Venezuela sowie Kolumbien und Peru waren daher der ideale Raum für Delanos Vorbereitungen. Gerade hier, wo die Autorität staatlicher Organe dem Einfluss der paramilitärischen Kartell- oder Untergrundmilizen gänzlich gewichen war, konnte man unbehelligt gute, illegale Geschäfte machen.

Zwei Männer, in Shorts, Flip-Flops und bunten Hemden gekleidet, kamen aus dem Haus. Sie hielten ihre Maschinenpistolen zu Boden gerichtet, jedoch bereit, jederzeit auf eine Gefahr hin einzugreifen. Im ersten Moment war sich Delano nicht mehr sicher, hier richtig zu sein. Doch dann erschien ein Mann in hellem Anzug und weißem Strohhut, was ihn wieder zuversichtlicher werden ließ.

„Señor Vanderbilt." Der Mann begrüßte Delano lächelnd. „Sie sind pünktlich. Wie alle Amerikaner. Das mag ich."

„Señor Vásquez?", grüßte Delano kurz zurück. Der südländische, leicht untersetzte Mann war Ende vierzig, pausbäckig und trug einen dunklen Schnäuzer. Seine schwarzen, lockigen Haare waren gegelt und legten sich unterhalb des Hutes um seine Nackenpartie. Er deutete an, zusammen ein paar Schritte in Richtung der Gebäude gehen zu wollen. „Es ist gut für das Vertrauen, wenn Geschäfte über verlässliche Kontakte eingefädelt werden", begann Vásquez zu erläutern. „Sehen Sie, Señor Vanderbilt, normalerweise geht es bei Geschäften in unserem Land entweder um Drogen, Waffen oder Prostitution. Im größeren Stil, versteht sich." Er nahm den Zigarillo aus dem Mund und machte damit kreisende Bewegungen. „Nun, ich muss zugeben, dass ihr Wunsch etwas aus dem Rahmen fiel."

„Haben Sie es?", fragte Delano ungeduldig mit einem strengen, argwöhnischen Blick.

„Sie können vollkommen beruhigt sein, Señor Vanderbilt", beschwichtigte der Hehler. „Es wird pünktlich an die von Ihnen gewünschte Adresse geliefert werden."

„Und wozu bin ich hier?"

Vásquez stoppte und drehte sich zu seinem neuen Geschäftspartner. „Wissen Sie, Señor Vanderbilt, ich wollte den Mann persönlich kennenlernen, der so etwas bestellt." Delano erwiderte nichts. Vásquez schaute scheinbar gedankenversunken in den Himmel. „In dieser hohen Konzentration ist es sehr schwer zu bekommen. Sie sind sich mit der Menge sicher?", fragte er schließlich.

„Absolut."

Die Männer schlenderten weiter.

„Sehen Sie, Señor Vanderbilt, wir handeln international. Und unsere tschetschenischen Geschäftspartner ebenfalls. Was immer Sie damit vorhaben, es wird sehr viel Aufsehen erregen. Man wird die Herkunft zurückverfolgen wollen. Von unserer Seite aus ist das gewährleistet. Ich muss sichergehen, dass es auch von Ihrer Seite aus nicht zurückverfolgt werden kann. Können Sie das garantieren?"

„Da können Sie beruhigt sein, Señor Vásquez."

Wieder drehte sich Vásquez zu Delano. Diesmal schaute er ihn streng an.

„Alles, was hier wichtig ist, Señor Vanderbilt, ist Ruhe. Die Geschäfte können keine Unruhe gebrauchen. Am allerwenigsten, wenn sich die Amerikanos einschalten. Die sind sehr sensibel, wenn Sie wissen, was ich meine. Sie haben sehr schnell ihren Finger am Abzug." Er schaute Delano tief in die Augen. „Wir wollen keinen Stress mit den Amerikanern, Mr. Vanderbilt."

„Wie gesagt, Señor Vásquez, es wird keine Spur zu Ihnen führen. Sie werden üblicherweise bei den Russen suchen."

Vásquez lächelte Delano an. „Gut. Dann freut es mich umso mehr, mit Ihnen Geschäfte zu machen. Kommen Sie, im Haus gibt es eine kühle Sangria." Damit nahm er Delano beiseite und die Männer gingen zurück. Eine Stunde später saß Delano wieder im Flugzeug. Nun hatte er die Ware. Fehlte noch die Verpackung.

* * *

Inmitten seiner Delta-Leute saß Aaron an diesem Mittag in einer der Kantinen von *Hoegstradgård*. Auch bei der *PAS AB* gab es geregelte Pausenzeiten. Die Stimmung und das Essen waren gut. Jeder der zwölf Anwesenden hatte sein Tablett vor sich auf den einfachen Funktionstischen stehen. Einige waren bereits fertig und scherzten untereinander bei einem Kaffee. An den Wänden hingen Flatscreens, auf denen ein Nachrichtensender lief. Neben Aaron hatte sich Jasper Hellström gesetzt, während ihm gegenüber Mikel Mattisson und Ebbe Anderson saßen. Aaron war als ruhiger Ausbilder bekannt. Doch in den letzten Tagen war es noch stiller um ihn geworden.

„Probleme zuhause?", fragte Jasper leise, ohne von seinem Essen aufzuschauen. Er wusste, wann immer sich Soldaten zurückzogen, lag es an Problemen daheim. Mit der Freundin, Frau oder in der Familie.

„Nein. Alles bestens", wies Aaron die Frage zurück. Er mochte nicht darüber reden.

„Darf ich Sie was Persönliches fragen, Sir?", wandte sich in diesem Augenblick Ebbe an ihn, was Aaron sehr entgegenkam.

„Fragen Sie, Anderson", antwortete Aaron bereitwillig.

„Was haben Sie eigentlich gemacht, bevor Sie hier Ausbilder wurden?"

„Militärzeit, Ebbe."

Plötzlich schaute Aaron auf und erschrak. Alle Screens zeigten gerade ein Foto von Luca Sorrentino! Darunter wurde schwedisch geredet. Er wurde unerwartet hektisch.

„Entschuldigung, da! Was reden die da?", unterbrach er die Unterhaltung. Die Männer drehten sich zu den Nachrichten. „Was sprechen die?", fragte Aaron aufgewühlt.

„Das hat irgendwas mit der Mafia in Amerika zu tun, Aaron", erklärte Jasper, verwundert über dessen Reaktion.

„Entschuldigung", sagte Aaron knapp, nahm sein Tablett und ging schnellen Schrittes zum Ausgang. Draußen überprüfte er eilig die Weltnachrichten auf seinem Smartphone. Es dauerte einige Zeit. Dann hatte er die News. Luca Sorrentino, sein alter Freund aus New Yorker Tagen, war tot. Doch vielmehr schockten ihn die Umstände. Erschossen - in seinem Park, am helligten Tag. Aaron las alles, was er auf den Seiten über diese Tat erfahren konnte. Es war eine regelrechte Hinrichtung. Also kein zufälliges Opfer. Eine Tat in Mafiakreisen? Er wählte Gavins Nummer.

„Habt Ihr irgendwas über den Mord an Luca Sorrentino?", fragte er den überraschten CIA-Mann ohne groß einzuleiten.

„Ich habe es mitbekommen, Aaron. Die New Yorker Polizei geht von einem Mord innerhalb der Mafia aus."

„Luca hatte schon seit zwanzig Jahren nichts mehr mit den Geschäften zu tun."

„Ich weiß, das kommt mir auch seltsam vor. Wer erschießt schon einen über achtzig jährigen Mafioso-Rentner? Vielleicht eine uralte Rechnung."

In diesem Moment kam die Deltatruppe aus der Kantine. Jasper blieb neben Aaron stehen. Er sah das Bild, das immer noch auf Aarons Smartphone angezeigt wurde.

„Ich melde mich später nochmal, Gavin", sagte Aaron und drückte das Telefonat weg.

„Es geht mich nichts an, Aaron. Aber ist das eine dir nahestehende Person?"

Aaron sah Jasper gedankenversunken an, gerade so als überlegte er angestrengt.

„Ich brauch Urlaub, Jasper?"

Hellström begriff, dass diese Nachricht um einen getöteten alten Mafioso Aaron zutiefst mitgenommen hatte. Er schaute ihn an und nickte zustimmend.

„Danke", sagte Aaron knapp und ging. Jasper Hell-ström schaute ihm nachdenklich hinterher. Ebbe Andersons Frage hatte auch er sich zuletzt gestellt. Was war mit diesem Ausbilder ohne Vita eigentlich los?

16. Ein Treffen mit der Familie

Es war kühl an diesem Tag. Der Himmel war dunkel zugezogen und es hätte kein anderes Wetter für diesen Anlass geben können. Auf dem *Green-Wood Cemetery* in Brooklyn, hatte sich eine große Menschenansammlung um das Grab versammelt. Ein geschmückter Eichensarg war über der tiefen Öffnung aufgebahrt und bereit, durch einen elektrischen Mechanismus angetrieben, langsam hinab zu fahren. In New York finden aus akutem Platzmangel heraus die meisten Bestattungen außerhalb der Metropole statt. Obwohl es sich überwiegend um Einäscherungen handelt, sind die über zweihundertfünfzig, in der Regel kleineren Friedhöfe in der Metropole am Hudson vollkommen überlagert – und es bleibt permanent schwierig, eine Ruhestätte für einen verstorbenen Angehörigen zu finden. Doch hier auf dem größten Friedhof in New York City besaß die Familie *Gamberini* seit über einhundert Jahren ihre Gruft mit umliegenden Grabstätten. Die meisten der rund vierhundert Anwesenden waren dem Anlass entsprechend in Schwarz gekleidet. Alle hörten die warmen Worte eines Redners über die Lautsprecher. Es war Luca Sorrentinos Beisetzung. Neben den

Oberhäuptern und führenden Mitgliedern der übrigen New Yorker *Familien*, erwiesen ihm auch zahlreiche Vertreter aus Politik und Show-Bizz die letzte Ehre. Es war ein großes Medienereignis. Die Reporter hatten sich pietätvoll abseits begeben und schossen dezent und unhörbar digitale Fotos. TV-Sender filmten abseits. Wie die meisten fror auch Aaron trotz schwarzem Mantel leicht durch die Regungslosigkeit. In Paris hatte Iris die Nachricht ebenfalls mit Bestürzung aufgenommen. Obwohl sie Luca gerne persönlich die letzte Ehre erwiesen hätte, ermöglichten ihr die Auflagen eine Rückkehr in die Staaten erst nach Ablauf von fünf Jahren. Die Presse lichtete zudem jedes einzelne Gesicht ab. Es war nicht ratsam. Und so war Aaron allein gekommen. Er blickte über die Leute, sah versteinerte Mienen hinter dunklen Sonnenbrillen. Er suchte die Menschen am Rande der Versammlung ab. Ermittler in Zivil hielten sich etwas abseits auf. Die Reden hatten aufgehört und langsam fuhr der Sarg hinab in das dunkele Loch. Ein Trompeter spielte eine traurige, italienisch klingende Melodie. Aaron hatte sich eingereiht in die lange Schlange derjenigen, die ihr Mitgefühl Sorrentinos engsten Angehörigen bekunden wollten. Er musste lange anstehen und für ihn unbekannten Frauen und Männern still die Hand geben bis er den engsten Familienkreis erreichte. Dann stand er vor Vincenzo Gamberini, dem Familienoberhaupt. Aaron kondolierte zurückhaltend. Der Familienboss sah ihn dabei stumm an und nickte kurz als Zeichen des stillen Dankes.

Anschließend schritt Aaron mit zahlreichen Menschen über die verschlungenen Wege in Richtung der unzähligen, wartenden Limousinen. "Mr. Boyd?", wurde er plötzlich von hinten angesprochen. Als er sich umdrehte stand ein ihm völlig unbekannter, junger Mann vor ihm. „Entschuldigen Sie. Mein Name ist Filippo Gamberini. Wenn Sie erlauben, mein Onkel Vincenzo möchte Sie kurz sprechen. Ich werde Sie zu ihm bringen." Dabei deutete er auf einen der vorderen schwarzen Wagen. Die Aufforderung war höflich, doch gleichzeitig klang sie so, als könne man diese Bitte nicht abschlagen. Verwundert aber neugierig geworden, ging Aaron mit. Was konnte man von ihm wollen? Obwohl sie sich über Jahre nur im Washington Square Park zu einer ausgedehnten Partie Schach getroffen hatten, verband ihn und Luca eine tiefe Verbundenheit. Beide wussten über den jeweils anderen Bescheid. Doch etwas würde Aaron dem alten Mann nie vergessen. Als ganz New York die*Katze* jagte und der Fahndungsdruck enorm war, hatte der greise Mafiosi Iris im rettenden Moment mit einem *Big Lift* aus New York herausgeschleust. Lucas Familie, die Gamberinis und die führenden Mitglieder der übrigen vier New Yorker Familien kannte Aaron dagegen nur vom Hörensagen. Außer mit dem alten Luca hatte er nie mit ihnen zu tun gehabt. Die Sektion war seinerzeit sehr darauf bedacht, hier keine nähere Beziehung zur Mafia herzustellen. Man ging sich aus dem Weg.

Es dauerte noch einmal fast eine halbe Stunde, bis sich die lange Karawane an dunklen Autos endlich wieder in den fließenden Verkehr einreihen konnte. Die Fahrt führte über die Interstate vierhundertachtundsiebzig durch den H. L. Carey Tunnel in Richtung südliches Manhattan. Neben Aaron saß der Mann, der ihn angesprochen hatte. Daneben ein weiterer jüngerer Mann mit schwarzen Haaren. Ein eher beleibter Endvierziger saß vorn neben dem Fahrer. Trotz des Anlasses war es eine entspannte Atmosphäre. Alle hatten ihre Sonnenbrillen abgelegt und Aaron sah in ihre Gesichter. Er war sich dessen durchaus bewusst, dass er hier mit den engeren Mitgliedern der Gamberini Familie in einem Wagen saß. Man plauderte akzentfreies Englisch, wobei zwischendurch auch ein paar italienische Ausdrücke fielen. Aber diese Generation der früheren italienischen Einwanderer lebte, fühlte und verstand sich rein amerikanisch.

„Wissen Sie, was Ihr Onkel von mir will?", fragte Aaron seinen Nebenmann.

„Nein, bedauere. Alle sind noch von der Trauer um Luca erfasst, Mr. Boyd", antwortete Filippo.

„Ich kann es immer noch nicht begreifen. Das ist eine Riesenschweinerei", sagte nun der dritte in der Sitzreihe. „Ich meine, wer tut so etwas? Bringt einen sehr alten Mann um. Und dann noch so. Auf diese Weise."

Aaron dämmerte es. Die Familie kannte natürlich das nähere Umfeld des alten Luca. Und nach dem Begräbnis würde sie nicht ruhen, den oder die Mörder auszumachen. Sie würden sich nicht auf die Polizeiarbeit verlassen. Hielten sie ihn daher für einen Hinweisgeber? Oder gar für einen Verdächtigen und nicht für einen Freund?

Die Straße verjüngte sich. Der Wagen schob sich nun langsam durch eine offen gelassene Fahrspur, die viele parkende, meist schwarze Wagen säumten, und bog in eine kleine Toreinfahrt. Im Gegensatz zu der übrigen, engen Bebauung der Nachbarschaft überraschte das nach hinten gelegene, ältere Haus durch eine Zufahrt, die hinter einer schmalen Mauer zunächst verborgen schien. Es handelte sich um eine Stadtvilla aus den frühen Jahren des letzten Jahrhunderts. An der Art der verzierten Fenster- und Türenlaibung und der alten steinernen Treppe, die über zwei Seiten zur Eingangstür führte, konnte Aaron die äußeren, klassischen Stilelemente der damaligen Zeit erkennen. Sie hielten und die Männer stiegen aus. Aaron war erleichtert, als er beim Betreten des Hauses die untere Etage voller Menschen antraf. Die Räume waren gediegen eingerichtet, die Wände in dezenten Farben gehalten. Hier hatte sich der engste Familienkreis und Freunde von Luca zusammengefunden. Gläser und Tassen klimperten und Kanapees wurden gereicht. Noch immer schwankte er, ob es eine unerwartete Einladung zum traditionellen Leichenschmaus handelte oder er sich in eine unangenehme Situation begab. Filippo Gamberini führte Aaron durch die vielen Menschen hindurch bis hinauf über eine alte, weiße Marmortreppe. Vom oberen, langgestreckten Flur aus führten erstaunlich viele Türen in dahinterliegende Räume. Eine Flügeltür wurde geöffnet und beide schritten in einen großen Gesellschaftsraum, dessen fußbodentiefe Fenster zur Straße gerichtet waren. Vincenzo Gamberini, das Oberhaupt der viele Personen zählenden Familie, saß in einem dunkelblauen, maßgeschneiderten Anzug hinter einem edlen, hölzernen Schreibtisch und las in Unterlagen. Er war ein stattlicher Mann, dessen Alter Aaron um die fünfzig Jahre schätzte. Seine tiefschwarzen, kurzgeschnittenen Haare waren an den Seiten ergraut, was dem gepflegten Äußeren des hochgewachsenen Mannes eine Art Würde verlieh.

„Onkel, Mr. Boyd ist da." Der junge Mann drehte sich um, verließ das Zimmer und schloss die beiden Flügeltüren. Der Angesprochene stand auf und ging mit einem Lächeln auf Aaron zu. „Ah, Mr. Boyd. Danke, dass Sie gekommen sind."

Die freundliche Art lockerte die Situation etwas auf. Dennoch wusste Aaron, wo er hier war. Die Gamberinis gehörten zu den ältesten ‚Familien' New Yorks. Mittlerweile war es die fünfte oder sechste Generation, deren Vorfahren sich einst mit Schutzgelderpressung hier festsetzte. Die Zeit der Prohibition hatte sie reich gemacht. Später kamen Prostitution und Glücksspiel dazu. Und schließlich der Drogenhandel. Nach den berüchtigten Mafiakriegen und der Aufteilung der Interessensphären in anerkannte Reviere, durchlebte die Cosa Nostra hier an der Ostküste ihre Blütezeit. In der heutigen Zeit hatten die Gamberinis längst Reichtum und Einfluss in weitverzweigte, florierende Unternehmen gesteckt und so den Wandel hin zu einem seriösen Renommee vollzogen. Darüber hinaus pflegten die Mitglieder ihre alteingesessenen Kontakte in die Politik und das gesellschaftliche Leben hier an der Ostküste. Doch diese Einschätzung konnte auch trügerisch sein.

„Mein aufrichtiges Mitgefühl, Mr. Gamberini. Sein Tod hat auch mich sehr getroffen", erklärte Aaron taktvoll.

„Danke, Mr. Boyd. Ich weiß das zu schätzen. Einen Drink?" Vincenzo führte Aaron zu einer gutbestückten Bar. Beide bevorzugten einen guten Scotch ohne Eis.

„Auf Luca, Mr. Boyd." Die Männer stießen kurz an.

„Sie waren ein Freund von Luca, richtig?"

„Ja. Auch ich trauere um ihn."

Beide nahmen nun in breiten ledernen Sesseln Platz. „Wie ich hörte, trafen Sie sich öfters zum Schachspielen," eröffnete Vincenzo weiter das Gespräch. Doch seine freundliche Art konnte nicht über die prüfenden Blicke hinwegtäuschen, mit denen er sein Gegenüber studierte. Aaron war klar, dass sein Name sowie die einstige *Sektion* der Familie bekannt sein durften. Und sie wussten, was er einst war.

„Ja, gelegentlich", antwortete Aaron. Dann wurde der Familienboss konkreter.

„Man respektiert uns, Mr. Boyd. Die Menschen respektieren uns. Dieses Land respektiert uns. Und meine Familie und ich tuen es umgekehrt. Wir haben seit über fünfundzwanzig Jahren keine Gewalttaten mehr untereinander erleben müssen. Und bis vor vier Tagen dachten wir, dieser Friede hält. Glauben Sie mir, Mr. Boyd, wir laufen schon lange nicht mehr mit Baseballschlägern durch die Gegend und erpressen Schutzgelder. Nein, sämtliche unserer heutigen Unternehmungen basieren auf ordentlichen, legalen Geschäften. Auch wenn der Grundstock unserer Solidität in einer starken Durchsetzungskraft begründet liegt. Wir zahlen hier, in diesem Land, pünktlich unsere Steuern, haben keine Firmensitze in karibischen Gefilden und sind stolz darauf, jährlich mit beträchtlichen Summen Wohlfahrtsunternehmen und gemeinnützige Organisationen zu unterstützen. Aber das hier ist eine schlimme Sache. Und Geschäfte können derartige Unruhen nicht gebrauchen."

Aaron hörte aufmerksam zu. Worauf wollte das Familienoberhaupt hinaus?

Dann allerdings verfinsterte sich seine Miene. „Diejenigen, die dies verübt haben, werden zur Rechenschaft gezogen", sagte er fast beiläufig.

„Laut Zeugenaussagen war es nur ein Täter", unterbrach Aaron Vincenzos Rede. „Hat die Polizei noch keine Spur?"

„Die Polizei? Sicher. Sie tappen immer noch im Dunkeln. Nachdem sie festgestellt hatten, dass es sich um einen gezielten Mord an einem Mitglied einer angesehenen Familie handelte, fürchten sie nun, dass wir die Sache unter uns regeln. Wobei mich unser ehrenwerter Chief Commissioner eindringlich gebeten hat, uns weiter in Geduld zu fassen." Vincenzo Gambrini verzog sein Gesicht zu einem abschätzigen Ausdruck.

„Nein, Mr. Boyd. Auch wir haben unsere Ohren überall. Es gab Hintermänner. Und sollte es bewiesen werden, dass jemand aus den übrigen Familien diesen feigen Mord in Auftrag gegeben hat, dann wird die Familienehre wiederhergestellt werden."

Auch wenn Aaron die Gepflogenheiten und Regeln der „Ehrenwerten Gesellschaft" kannte, hatte er kaum Wissen über die derzeitigen internen Machtverhältnisse der New Yorker Mafia. Er hatte zwar eine langjährige Freundschaft zu einem alten Mitglied der Gambirini-Familie gepflegt, doch galt die *Omerta*, das ungeschriebene Gesetz des Schweigens, auch am Schachbrett. Aaron setzte die Geschichte für sich zusammen. Es würde Blutrache gefordert werden. Martialisch auf altmodische Art. Aber die Ehre der Familie stand auch in modernen Zeiten über allem.

Doch warum erzählte ihm der Clanchef das alles?

„Entschuldigen Sie, Mr. Gamberini, ich stehe Ihnen und Ihrer Familie weiter in der Trauer um Luca zur Seite. Doch das wird nicht der einzige Grund sein, warum Sie mich sprechen wollten."

Vincenzo legte einen entschuldigenden Blick auf. „Verzeihen Sie mir. Sie haben recht, Mr. Boyd. Genauer gesagt, sind es zwei Gründe." Aaron schaute ihn fragend an. Vincenzo stand unvermittelt auf, ging zu einem edlen Sekretär und öffnete die obere Schublade. Er nahm einen Briefumschlag heraus und gab ihn Aaron.

„Das wurde vor zwei Tagen für Sie hier abgegeben."

Für mich?! Abgegeben?

Aaron war mehr als erstaunt. Es war ein ganz normaler Umschlag auf dessen Vorderseite sein Name als Adressat stand. Handschriftlich. Doch keinerlei Hinweis auf einen Absender. Ungläubig prüfte Aaron das Couvert.

„Entschuldigen Sie, Mr. Gamberini. Normalerweise liegt es mir oder Freunden fern, Ihr Haus für einen derartigen Kurierdienst zu missbrauchen."

„Sie wissen nicht, wer Ihnen diesen Brief schickt?" Aaron verneinte. „Dann werden Sie auch nicht wissen, was er beinhaltet?" Aaron verneinte erneut. „Warten Sie einen Moment. Es ist besser, den Umschlag zu prüfen, bevor Sie ihn aufmachen. Ansonsten müsste ich Sie bitten, ihn nicht in meiner Gegenwart zu öffnen."

Vincenzo telefonierte kurz und wenige Zeit später kam Filippo herein. Der Clanführer reichte ihm den Umschlag. Dann redete er einige Sätze italienisch mit Filippo, der daraufhin mit dem Brief verschwand. Vincenzo sah den fragenden Ausdruck in Aarons Gesicht. „Nach dem Mord leben wir wieder mit der Vorsicht, Mr. Boyd. Wir haben in unserem Kellergeschoß noch Möglichkeiten, einen dubiosen Umschlag auf Sprengstoff oder Rizin zu untersuchen. Ohne ihn dabei zu öffnen."

„Danke, Mr. Gamberini", sagte Aaron kurz.

Vincenzo machte eine kleine, beschwichtigende Geste mit der Hand. „In der Zwischenzeit würde ich gerne wissen, ob Sie Ihrerseits vielleicht eine Vermutung haben, wer hinter dem feigen Mord stecken könnte." Vincenzo nahm sein Glas auf.

„Ehrlich gesagt, keine, Mr. Gamberini. Das letzte Mal, dass ich Luca traf, war vor einem halben Jahr. Wir haben eine alte Partie zu Ende gespielt. Allerdings haben wir lediglich über meinen Austritt aus der Sektion gesprochen und die Folgen. Ich nehme an, Sie sind im Bilde."

„Ja. Natürlich."

„Ich muss Sie da leider enttäuschen. Ich habe keinen blassen Schimmer. Dazu sind wir uns nicht allzu oft begegnet."

Vincenzo nickte verständnisvoll. Dann kam Filippo wieder herein und gab Aaron den Brief. „Alles in Ordnung", sagte er kurz und verschwand erneut.

„Sie erlauben?" Dann öffnete Aaron den Umschlag. Er zog eine Seite heraus. Es schien eine Art Liste zu sein. Von eins bis fünf standen Zahlen untereinander. Hinter jeder Zahl verlief eine Linie. Doch nur hinter der ersten Zahl stand der Name Luca Sorrentino. Er war durchgestrichen. Die übrigen Zeilen waren frei. Aaron konnte sich keinen Reim darauf machen.

162

„Schlechte Nachrichten?", fragte Vincenzo zurückhaltend.

Aaron überlegte kurz, ob er Gamberini den Zettel zeigen sollte. Aber es betraf schließlich auch Luca. Vincenzo warf einen Blick darauf. Dann war ihm klar, um was es sich handelte. „Eine ‚*Elenco delle sofferenze'*", murmelte er nachdenklich. „Ich habe mal davon gehört. Ein alter, vergessener Brauch. Machte man in besonderen Fällen, von Kalabrien bis Sizilien. Eine unausgefüllte Todesliste." Vincenzo erläuterte Aaron kurz das Wesen der ‚Liste des Leidens'. „Aber das ist ein sehr altertümliches Ritual, was es schon seit Urzeiten nicht mehr gibt. Sehr seltsam. Können Sie sich denken, wer Ihnen diese Liste schickt?", fragte ihn sein Gegenüber.

Aaron brauchte nicht lange nachzudenken. Man hatte ihm persönlich diese Botschaft geschickt. Ein Toter und Platz für weitere vier Namen. Es konnte nur Delano sein. Er hatte sich nicht irgendwo verkrochen. Nein, das war ein Auftakt.

„Ich fürchte, Mr. Gamberini, eine *Vendetta* unter den Familien kann vermieden werden", antwortete Aaron. „Es kann nur von einem stammen. Michael Delano." Natürlich wusste auch das Familienoberhaupt, wer Michael Delano war. Und er kannte die Ereignisse seiner Flucht.

Vincenzo ging nachdenklich zu den bodentiefen Fenstern hinüber. Aaron folgte. Sie schauten hinaus.

„Delano ist italienischer Herkunft. Daher erklärt es sich. Aber was hat das mit Luca zu tun, Mr. Boyd?", fragte Vincenzo ernst.

„Luca hat mir geholfen, Mr. Gamberini. Er hat eine Freundin von mir seinerzeit aus der Stadt geschleust, als eine Großfahndung nach ihr lief. Sie war maßgeblich an der Zerschlagung der Sektion beteiligt."

„Diese Kunsträuberin. Ich habe davon gehört."

„Ja, und ich gehe davon aus, dass alle Personen, die mir geholfen haben, am Ende auf dieser Liste stehen sollen. Daher war Luca der Anfang."

„Also ist dieser Delano unser Mann", sagte das Familienoberhaupt gefasst. „Und der Mistkerl hat es einkalkuliert, dass nur ein Italiener mit Tradition Ihnen das Wesen der *Elenco delle sofferenze* erklärt. Daher schickt er Ihnen die Nachricht über uns." Ärgerlich ging Vincenzo zu seinem Schreibtisch zurück. „Übrigens, Mr. Boyd. Derjenige, der eine derartige List bekommt, ist üblicherweise als Letzter gemeint. Falls es ihnen weiterhilft."

Einige Sekunden sagten beide nichts. Dann änderte Vincenzo plötzlich seine Körpersprache. Er schaute Aaron finster an. „Dieser Bastard hat nicht nur Luca getötet, sondern uns zusätzlich in unserer Trauer schamlos beleidigt", sagte er mit fester Stimme. „Das ist jetzt auch unsere Sache, Mr. Boyd. Finden Sie ihn und bringen Sie mir seine Zunge in einer Schachtel. Was immer Sie benötigen, Mr. Boyd, wenden Sie sich an mich."

Aaron zuckte bei diesen Worten zusammen. Hatte er jetzt einen Auftrag von der Mafia bekommen? Wie auch immer, er wusste jetzt, dass er Delano stoppen musste. Und dabei wäre es gut, Verbündete zu haben. Verbündete mit Einfluss und Geld.

„Ich werde Delano finden, Mr. Gamberini."

Nachdem sie sich verabschiedet hatten, fuhr Aaron direkt zum JFK-Airport. In knapp zwei Stunden ging seine Maschine zurück nach Paris.

17. Château-de-Vertboullion

In dem über dreihundert Jahre altem Château-de-Vert-boullion im südlichen Randbezirk von Paris war das Headquarter der Ausstellungsplaner seit nunmehr zwei Jahren eingerichtet. Das barocke Gebäude wirkte über-wältigend. Von außen trug das langgestreckte Schloss e-her strengere Züge, wobei die säulenartigen, sandsteiner-nen Vorsprünge die Fassade mit ihren vielen, hohen Sprossenfenstern optisch einteilte. Charakteristisch waren zudem die hochgezogenen, trapezförmigen grauen Dä-cher. In diesem historischen Gebäude, in direkter Nach-barschaft zu dem riesigen Pavillon der Ausstellung, der pünktlich fertiggestellt dastand, waren verschiedene Teams mit unterschiedlichen Aufgaben betraut. Es gab eine Gruppe, die ausschließlich für die Hängung der Bil-der zuständig waren, das PR-Team machte die weltweite Pressearbeit, kümmerte sich um Sponsoren, Kataloge und die Gestaltung der Eröffnungsfeier. Andere Experten wa-ren mit der Zusammentragung, Logistik und dem Trans-port beschäftigt. Anwälte arbeiteten die kniffligen Leihverträge aus. Es war eine eingespielte, kleine Maschi-nerie, die unaufgeregt einander zuarbeiteten. In einem großen, ebenerdigen Saal auf der rückwärtigen Seite des Châteaus saß Iris an einem der vielen vollgepackten Schreibtische. Überall standen Computer, Drucker, Scan-ner auf den Tischen, die wiederum durch ein Wirrwarr an Kabeln verbunden waren. Papierberge stauten sich in den aufgestellten Regalen sowie auf den Siteboards. Die

Schreibtische waren alle besetzt und es herrschte gelassene Emsigkeit. Telefone klingelten hier und dort. Durch die hohen, ebenerdigen Sprossenfenster konnte man hinaus in den riesigen, gepflegten Park und auf den matt glänzenden großen Pavillon sehen. Zu diesem Bild einer modernen Bürolandschaft bildete der lichtdurchflutete, ehemalige Festsaal, mit seinen hohen Marmorelementen und den wunderbaren, leuchtenden Deckenfresken, einen starken Kontrast. Es war ein außergewöhnlicher Arbeitsplatz.

Iris Tätigkeit bestand in der persönlichen Betreuung der vielen privaten, internationalen Leihgeber. Als direkte Ansprechpartnerin kümmerte sie sich um die Koordinierung der erwarteten Exponate. Spezielle Verträge mit den Museen, dessen Originale keine Schenkungen oder Stiftungen waren, sondern eine Dauerleihgabe des Besitzers oder der Erben eines Künstlers, mussten für die Leihe gesondert gestaltet werden. Iris stieß bei der Vielzahl der Kunstbesitzer auf die unterschiedlichsten Charaktere, reich bis superreich, arrogant bis verschlossen und zurückhaltend. Doch trotz der komplizierten Voraussetzungen war die Zugkraft der Ausstellung so enorm, dass die Geber durchaus ihre Vorteile erkannten. Schließlich profitierten sie als Person von der Strahlkraft ihrer Kunstobjekte und der erhöhten öffentlichen Aufmerksamkeit dieser einzigartigen Ausstellung. Ihr Name auf den Hinweisschildern eines wertvollen Exponats streichelte die Eitelkeit der meisten privaten Leihgeber.

Und nun saß sie da, geduldig den Sorgen eines Sammlers am Telefon lauschend und versuchte sich zu konzentrieren. Seit dem frühen Morgen hatte sie viele Anrufe tätigen müssen, hatte sich mit Kathleen, eine der drei führenden Kuratoren in einer Videoschaltung getroffen und dem täglichen Update beigewohnt. Nachdem sie aufgelegt hatte, musste sie raus. Sie nahm sich einen Kaffee und schritt auf die große Terrasse, von der man über die breite Außentreppe hinunter, weiter zu dem nur einhundert Meter entfernten Eingangsschleusen des Pavillons gehen konnte. Daneben gab die Terrasse einen guten Blick über den symmetrisch angelegten Park, der mit vielen Brunnen auf geometrisch angeordneten Terrassen, einst prachtvoll gestaltet wurde. Das typisch luxuriöse Lebensgefühl des Barock kam in diesem Château in Bauweise, Innenarchitektur und Parklandschaft ausgeprägt zur Geltung. Hier spürte man Geschichte, dachte Iris häufig. Mehrfach am Tag musste sie durch die riesigen Räume, die dem Kuratorenteam zur Verfügung gestellt wurden. Großflächige Deckengemälde und Plastiken schmückten das Interieur der Zimmer. Die Vielfalt an Farben und Formen wirkte jedoch häufig überladen. Man konnte sich regelrecht vorstellen, wie man sich einst an diesen Höfen jeglichen Luxus gönnte, während das Leben der unteren Stände, also der einfachen Bevölkerung von Armut, Krankheit, Krieg und harter Arbeit gekennzeichnet war. Es war ein anderes Leben, abgeschirmt von den Bedürfnissen der Bevölkerung. Durch diesen zur Schau gestellten Reichtum, protzigen Festen und Luxus überboten sich Fürsten und Klerus im Streben, es dem König in Prunk und Ignoranz gleich zu tun. Kein Wunder, dachte Iris, dass die Revolution diese Dekadenz hinwegfegte.

„Bon Jour, Laura", sagte plötzlich eine vertraute

Stimme. Unbemerkt war Bertrand Mercher ihr gefolgt. Der führende Kurator war der Chef auf der französischen Seite und leitete die Ausstellungsvorbereitungen professionell. Sein ruhiges Wesen, kollegial aber auch bestimmt, kam der Teamarbeit nur zugute. Der große, dunkelhaarige und gutaussehende Mann kam ebenfalls mit einem Kaffee in der Hand, lächelnd auf sie zu. Seine Brille mit der schwarzen Fassung passte gut zu seinen kurzgeschnittenen schwarzen Locken. Iris lächelte zurück. Sie mochte den charmanten Enddreißiger, der sich stets um sie bemühte.

„Wie kommen Sie voran?", fragte er.

„Merci. Tout va bien", antwortete Iris freundlich.

„Wie weit sind sie mit unseren Cas problématiques?"

Mit den Problemfällen waren diejenigen Sammler gemeint, bei denen sich die Beistellung der Originale aus ihrem Besitz trotz Zusagen weiter hinzog.

„Bis auf zwei Exponate sind sie alle eingetroffen. Na ja, irgendwie wollen sie dann doch dabei sein. "

„Solche Menschen sind eben eigen. Deswegen habe ich ihnen eine sehr charmante, persönliche Ansprechpartnerin zur Seite gestellt." Dabei lächelte er Iris vielsagend an. „Glauben Sie nicht auch, dass heute der ideale Tag wäre, unsere Verabredung nachzuholen?", sagte er selbstbewusst. „Eine erneute Absage kann ein Franzose nicht überwinden", scherzte er. „Es würde seine Persönlichkeit ins Mark treffen. Er ist von Natur aus ein sehr sensibler Mann. Das heißt, Sie tragen eine große Verantwortung." Immer wieder nutzte er jede Gelegenheit zu einem kurzen Flirt, zeigte auf charmanter Weise sein Interesse an ihrer Person. Und Iris mochte diesen französischen Akzent.

168

Zweimal hatte sie sich einer Einladung zum Abendessen geschickt entziehen können. Sie wusste, wohin diese Abende führen würden. Das Klingeln des Smartphones unterbrach dankend die Situation. Iris sah Aarons Nummer und entschuldigte sich kurz. Sie ging ein paar Schritte die große Treppe hinunter bis sie außer Hörweite war.

„Hi, wie war die Beisetzung?", begrüßte sie ihn mitfühlend.

„Traurig. Die ganze Unterwelt war anwesend."

„Weiß man jetzt Näheres? War es eine alte Rechnung, die beglichen wurde?", fragte Iris weiter nach dem bis dahin unklaren Motiv.

„Die Ermittler weniger. Aber ich. Iris, ich muss dich dringend sprechen. Es ist extrem wichtig!", war seine sofortige Ansage. Iris erschrak innerlich. Wenn Aaron diesen Ton in seiner Stimme hatte, dann war es etwas Ernstes.

„Wo steckst du?"

„An der Eingangsschleuse. Kannst du mich reinlassen?"

Iris war überrascht, dass Aaron bereits wieder in Paris war. „Okay", sagte sie zögernd. „Ich sag Bescheid, dass du einen Termin hast. Komm hinter das Hauptgebäude. Zur großen Freitreppe." Iris legte auf und wählte die Nummer der Pforte. Nachdem sie Aarons Zugang organisiert hatte, legte sie jedoch noch nicht auf. Sie sah im Augenwinkel Bertrand, der immer noch mit einem Kaffee auf der Terrasse stand. Sie wollte nicht zu ihm zurück und Erklärungen geben müssen. So tat sie weiter, als würde sie telefonieren. Es dauerte keine fünf Minuten bis Aaron vor ihr auftauchte. Er war wie immer sportlich elegant gekleidet. An der Brust heftete eine Zugangsberechtigung. Sie lächelte ihn an. Doch sein Gesichtsausdruck blieb ernst. Er weihte sie in die Geschehnisse rund um das Begräbnis ein und die Sache mit der Liste. Aaron ordnete sich und Iris an die letzten Positionen. Opfer Nummer vier und fünf. Doch wer die beiden übrigen waren, konnte er nur vermuten. Wieder war da die Rede von Bedrohung, Verfolgung und Gewalt.

„Wir haben uns getäuscht. Er hat sich nicht verkrochen. Im Gegenteil. Er wird nicht eher ruhen, bis er uns umgebracht hat. Noch bist du durch deine andere Identität geschützt. Aber wer weiß, wie lange noch."

„Scheiße", flüsterte Iris matt.

„Du solltest zurückkommen", bat er vorsichtig.

„Und dann?"

„Du solltest für ein, zwei Wochen zu meiner Schwester nach Schottland. Dort bist du in Sicherheit."

„Und du?"

Aaron zögerte. „Ich habe mich beurlauben lassen. Auf dem Rückflug habe ich lange nachgedacht. Ich werde ihn aufspüren und es beenden. Endgültig."

Iris kannte diese Worte. Schon einmal hatte sie ähnliches gehört. Auf ihrer Flucht nach Porto Puntas. Spontan spürte sie wieder diese Angst von einst. Das, was sie niemals mehr erfahren wollte. Sie wollte nie wieder gejagt werden. Angst und Wut stiegen in ihr auf. Sie blickte Aaron in die Augen, der sie mit einem bedauernden Ausdruck ansah. Dann wandte sie ihren Blick von ihm ab und schaute auf die Fassade des alten Gebäudes. Sie sah Bertrand, der in einiger Entfernung den beiden interessiert zusah. Sie hatte hier in dieser Umgebung, mit diesen wundervollen Kollegen, eine schöne Zeit. Und wieder war alles in Gefahr. Wieder sich verstecken müssen? Nein. Und plötzlich fasste sie einen Entschluss, der sie selbst erschrecken ließ.

„Ich will nicht mehr mein Leben nach irgendeiner Gefahr ausrichten müssen, Aaron. Und sollte er mich finden, dann wird es eben so sein. Ich will ein normales Leben führen. Ich will einkaufen gehen, einem ordentlichen Beruf nachgehen können, das Leben genießen und nicht immer daran denken, was gleich wieder Schreckliches passieren könnte." Sie verspürte Mattigkeit und Resignation. Ihre Augen füllten sich mit Tränen. Aber sie wollte auf keinen Fall heulen. Nicht hier und nicht vor Aaron. „Ich kann nicht mehr, Aaron. Bitte. Es tut mir leid." Einen langen Moment schwiegen beide. Sie wollte ihn nicht anschauen. Nicht seiner Überzeugungskraft erliegen. Unwillkürlich hatte sie Bertrand im Blick. Und plötzlich verkörperte der Mann auf der Treppe, der ruhig mit einer Tasse Kaffee dastand, das Ideal eines sorgenfreien Lebens. Sie blickte Aaron nicht wieder an. Sie konnte nicht. Leise und ohne ein Wort ging Aaron zu seinem Mietwagen zurück. Sie schaute ihm nicht nach. Bertrand ging zurück ins Gebäude. Iris blieb noch weiter stehen.

18. Der Fälscher

Es roch nach Terpentin und Leinöl. Es war ein alter Geruch, der scheinbar tief im Holz des alten, vollgeklecksten Dielenbodens und dem weiß getünchten Mauerwerk saß. Hohe alte Fenster durch Metallsprossen in kleinere Glasflächen unterteilt, führten viel Tageslicht in den großen

Raum. Die Wände waren vollgestellt mit großen, bespannten Bilderrahmen, die hintereinander gelehnt standen. Ein altes Holzregal war vollgestopft mit Gefäßen, Kanistern und kleinen Kisten. Auf den zwei langen Werkbänken, die übersäht mit bunten Farbklecksen waren, standen schmutzige Gläser aus denen zahlreiche Pinsel unterschiedlicher Größe herauslugten. Unzählige Farbtuben schichteten sich wild durcheinander zwischen kleineren Flaschen mit Lösungsmitteln, Firnis oder sonstigen Malmitteln und vollgeschmierte Stofftücher lagen überall herum. Das Atelier war früher eine kleine Industriefabrik, die in einem der Außenbezirke von Montpellier im Süden Frankreichs lag und bereits vor Jahrzehnten geschlossen wurde.

Fabien Belardi setzte die kleinen Nägel sorgsam in einem regelmäßigen Abstand und trieb sie mit einem Hammer durch das Leinen in den hölzernen Rahmen. Es war eine veraltete Vorgehensweise einen Keilrahmen mit Leinwand zu bespannen. Seit Jahrzehnten wurde der Stoff auf die Holzleisten getackert. Doch Fabien war ein akribischer Handwerker. In seiner langen Laufbahn als Kunstfälscher hatte der alte Mann mit den weißen, wilden Locken und dem zerfurchten, sonnengegerbten Gesicht viele Bilder bekannter Maler kopiert. Künstler, die zwar hoch gehandelt wurden, aber aus heutiger Sicht nicht zu den Superstars des frühen zwanzigsten Jahrhunderts zählten. Weiblicher Akt, Stillleben oder Landschaft waren die vorherrschenden Motive jener Zeit. Und bereits verstorben mussten sie sein. Lange verstorben. Akribisch übernahm Fabien die künstlerische Handschrift der betreffenden

Maler so exakt, dass es ihm gelang, selbst anerkannte Experten zu täuschen und in den Kopien authentische Werke vermuten zu lassen.

Da er die Bilder nach Fotos verschollener Originale anfertigte und ein windiger Kunsthändler und Komplize glaubhaft Stories um die Herkunft der nun wieder aufgetauchten Arbeiten erfand, gelang es den beiden, die Bilder als Werke der betreffenden Künstler in den internationalen Kunstmarkt zu schleusen. Und Preise bis zu einstelligen Millionenbeträgen pro Bild auf renommierten Auktionen zu erzielen.

Überführt wurde Belardi schließlich durch ein Londoner Kunstanalyse-Unternehmen, dass Kunst mit neuesten Methoden untersuchte. Es war Titanweiß, das bei einem seiner gefälschten Gemälde nachgewiesen wurde. Nur gab es dieses zu der angegebenen Entstehungszeit der Bilder des betreffenden Künstlers noch nicht. Entgegen seiner üblichen Vorgehensweise, die Farben selbst anzumischen, hatte er eine handelsübliche fertige Tube Zinkweiß benutzt, die Spuren von Titanweiß enthielt. Das und weitere entlarvte Fälschungen brachte ihm eine langjährige Gefängnisstrafe ein. Nach verbüßter Haft konnte er nur schleppend wieder Fuß fassen. Sicherlich, er war als einer der besten Kunstfälscher berühmt und seine neuerlichen Bilderkopien, die er nun offiziell als Fälschung deklarierte, fanden aufgrund seines Namens sogar einen bescheidenen Absatz. Aber der Prozess gegen ihn und seinen Komplizen sowie die ansässigen Klagen der geprellten Käufer und Auktionshäuser, hatten ihn finanziell in den Ruin getrieben. Auch seine als Buch erschienene Autobiographie wurde ein Bestseller. Doch auch hier verschwand der größte Teil der Tantiemen im Entschädigungsbeutel der Justiz. So hielt er sich mehr schlecht als recht mit bescheidenen Erlösen über Wasser.

Und nun war dieser Mann gekommen. Hatte sich als Howard Meyers ausgegeben, ein wohlhabender Amerikaner, der ihn eines Abends aufgesucht und ihm eine hübsche Summe für eine Fälschung angeboten hatte. Ein Bild eines US-amerikanischeren Künstlers. Zwar war dieser Whitman schon früh verstorben, aber sein Werk war zeitgenössischer als alle, die er jemals gefälscht hatte. Und es sollte eine täuschend echte Fälschung werden. Mit perfekter Wiedergabe der Original-Signatur des Künstlers. Zusätzlich hatte der Mann ihm einen Rahmen aus Metall übergeben, in dem diese Fälschung exakt hineinpassen sollte. Es war ein schlichter Rahmen, aus viereckigen, poliertem Edelstahl gefertigt. Fabien hatte beim Hantieren eine längliche, verschließbare Öffnung in einer der Längsrohre entdeckt.

Eigenartig. Wie auch immer. Seine Nachahmung würde sicherlich nicht als offizielle Kopie in eine Liebhaber-Sammlung aufgenommen werden. Soviel war klar. Und es sollte schnell gehen. Der undurchsichtige Auftraggeber hatte ihm sogar ein Flugticket nach New York bezahlt, wo er die genaue Technik Whitmans anhand von Originalen in den großen Museen studieren konnte. Fabien wusste, dass er sich wieder auf ganz dünnes Eis begeben hatte. Doch die zugesagten zweihunderttausend US-Dollar waren zu reizvoll. Er würde ein neues Leben anfangen können. Bescheiden nach Außen, aber sorgloser.

Dieser Meyer hatte zusätzlich einen Raum bei ihm in der abgelegenen Fabrik angemietet. Mit einer abschließbaren

174

Stahltür. Wofür auch immer er den benötigte. Im Laufe der darauffolgenden Tage waren Männer gekommen und hatten einen roten Stahlbehälter dort weggeschlossen. Einen eigentümlichen Behälter, der von außen eher der unzerstörbaren Black-Box eines Flugzeugs glich. Egal, dachte Fabien. Die Bezahlung stimmte.

Zwei Wochen später saß Fabien in seinem weiten, dunkelblauen und mit Farbe beklecksten Hemd auf einem alten Hocker. Mit seinen knochigen Fingern drehte er sich langsam eine Zigarette. Immer wieder schaute er währenddessen auf sein Werk. Er mochte es nicht. Weder das Motiv, noch die Neorealisten, auch wenn sich später aus dieser Stilrichtung die Pop-Art entwickeln sollte. Aber es war perfekt gelungen. Immer wieder hatte er winzige Kleinigkeiten auf der Leinwand mit den zahlreichen großen Detailfotos des Originals verglichen. Er hatte ein schnelltrocknendes Malmittel in das Leinöl gemischt, dass den Trocknungsprozess enorm beschleunigte. In drei Tagen wollte sein Kunde hier sein.

„Was für ein Kitsch", murmelte der alte Maler und zündete die Zigarette an. Genüsslich machte er erste Züge. Rauch quoll dabei langsam aus seiner Nase.

19. Die Spur

Es war ein quälend langer Flug zurück in die Staaten, nach Washington. Er hatte in seinem Sitz gesessen und stundenlang gegrübelt. Kein Essen bestellt und sich auch nicht von einem Film ablenken lassen. Iris hatte ihre Konsequenz gezogen. Sie wollte ihren eigenen Weg gehen. Ohne ihn. Es schmerzte. Umso mehr, als dass sich unter dieser bitteren Erkenntnis die Ohnmacht mischte, sie nicht schützen zu können. Nicht bei ihr zu sein. Die einzige Chance, diese Gefahr ein für alle Mal zu beseitigen, war Delano zu finden. Doch wo steckte er? Wer half ihm? Hatte er sich wieder einen funktionierenden Apparat geschaffen? Er brauchte Antworten. Etwas, wo er ansetzen konnte.

In Washington angekommen nahm er sich einen Mietwagen und fuhr direkt zum zwanzig Meilen entfernt liegenden CIA Hauptquartier. Gavin empfing ihn nicht in einem Besprechungszimmer, sondern in seinem Büro in einem der oberen Stockwerke. Als stellvertretender Leiter der internen Ermittlungen besaß Gavin ein entsprechend großes Büro. Auch das Mobiliar war nicht funktionell einfach, sondern aus dunklem, furnierten Edelholz. An den Wänden hingen zum einen private Jugend- und Familienfotos. Andere zeigten ihn in seiner Universitäts- und Militärzeit. Auf der anderen Wand hing die berühmte Aufnahme von der Erstürmung Iwo Jimas durch die Marines im zweiten Weltkrieg als Blickfang. Die Männer begrüßten sich und Gavin deutete Aaron an, auf dem ledernen Besuchersessel Platz zu nehmen.

„Aaron, wie geht es Ihnen? Wie ich hörte, waren Sie bei der Beisetzung von Luca Sorrentino. Einen Drink?"

Er ging zu einer kleinen Bar auf dem Sideboard und schüttete zwei Whiskey ein.

„Sie sagten am Telefon, es ginge um Delano."

Aaron zeigte Gavin die Liste, klärte ihn über die Besonderheit auf und wer hinter dem Mord an Sorrentino stünde.

„Wir lagen falsch mit der Einschätzung, dass er sich verkriechen würde", kam Aaron gleich zur Sache. „Der Kerl war sogar so dreist und hat mir über die Familie Gamberini diese Liste zugespielt."

„Die Gamberinis? Dann hat er sich mit dem Mord an den Alten jetzt auch mit einer der Familien angelegt." Aaron unterließ es, dem CIA-Mann näheres zu erzählen.

„Respekt. Der Mann versteht es, sich die richtigen Feinde zu schaffen", resümierte Gavin.

„Das wird ihn nicht davon abhalten, die Liste abzuarbeiten. Iris und ich sind die letzten darauf. Er wird alles dransetzen um herauszufinden, wo er uns finden kann."

„Können Sie sich vorstellen, wer Nummer zwei und drei sind?", fragte Gavin.

„Eine davon wird Louise Fisher sein, die damals die Unterlagen ins Netz gestellt hat. Wer die andere Person ist, weiß ich nicht. Vielleicht der Richter."

„Könnte sein, Aaron. Er hat Richter Shoemaker noch im Gerichtssaal die Pest an den Hals gewünscht und ihm gedroht. Was haben sie jetzt vor?", fragte Gavin. „Haben Sie noch einmal über das Zeugenschutzprogramm für Sie beide nachgedacht?"

„Nein, Gavin. Danke. Es würde das Problem nicht lösen."

Aaron stand auf und ging zu den Fenstern, durch deren aufgezogenen Jalousien man nach draußen schauen konnte. Für einen Moment blickte er in die Ferne.

„Delano muss ausgeschaltet werden. Ab jetzt werde

ich *ihn* jagen. Das bin ich nicht nur Luca schuldig. Auch Iris. Und wer auch sonst noch dort auf dieser verdammten Liste stehen wird."

„Wie stellen Sie sich das vor?"

„Mit Ihrer Hilfe. Ich brauche alles, was die CIA und das FBI bisher seit Delanos Flucht zusammengetragen hat. Sämtliche Fahndungsergebnisse und seien sie auch noch so unbedeutend. Wer hat ihm geholfen? Sie werden sicherlich auch im Gefängnis Ihre Untersuchungen angestellt haben. Mit wem hatte er Kontakt? Was sagen die Spitzel im Gefängnis?"

„Sie wissen, worauf Sie sich einlassen? Das Ganze ist zwar erst zwei Monate her, aber selbst unsere besten Zielfahnder haben momentan seine Spur verloren."

„Worauf lässt sich aufbauen, Gavin?"

Wilson stand ebenfalls von seinem Schreibtisch auf und stellte sich neben Aaron.

„Nun ja, kurz vor seiner Befreiung hatte er mehrfach Besuch von diesem Anwalt. Salomon Cramer. Wir haben diesen dazu befragt, aber er beruft sich natürlich auf die anwaltliche Schweigepflicht."

„Und was denken Sie darüber?"

„Er war der Kontaktmann nach draußen. Wenn Sie mich fragen, hatte Delano einen Plan und Cramer hat alles organisiert. Er hat danach offensichtlich den Kontakt zu seinem Mandanten abgebrochen, weil er davon ausgehen musste, dass wir ihn überwachen."

Aaron überlegte. „Was ist mit seinen Kontakten im Gefängnis?"

„Negativ. Keine verwertbaren Informationen. Da packt keiner aus."

178

Gavin ging zurück zu seinem Schreibtisch und setzte sich wieder. „Alles in allem war seine Befreiung exzellent vorbereitet. Und er hatte jede Menge Helfer. Das Finanzministerium hat die meisten der Sektions-Gelder beschlagnahmt. Doch wir gehen davon aus, dass Delano weiterhin über versteckte finanzielle Mittel verfügt. Nach unseren Erkenntnissen hat er sich bisher auch keiner fremden Macht mit seinem Wissen angedient. Das ist im Groben der Stand der Ermittlungen."

„Aber es muss doch mehr geben, Gavin. Was ist mit der internationalen Fahndung?"

„Gehen Sie davon aus, dass er sich in der Zwischenzeit komplett verwandelt hat. Er verfügt über neue Papiere und hat sich irgendwo wahrscheinlich ein neues Gesicht machen lassen, inklusive Lining seiner Fingerkuppen. Er weiß, wie man Spuren verwischt und erst keine macht. Der Mann ist gerissen."

Auch Aaron setzte sich nun wieder.

„Hören Sie, Aaron. Wenn er jetzt wieder aktiv ist, dann fühlt er sich sicher. Das heißt, er hat sich wieder ein funktionierendes Umfeld geschaffen. Agiert von irgendwo aus dem Hintergrund. Und er wird fähige Männer gekauft haben. Also, unterschätzen Sie ihn nicht."

„Das werde ich nicht."

„Denken Sie daran, er kann Sie sehen. Sie gehen in das Spiel mit verbundenen Augen. Wir jagen ein Phantom, Aaron! Eine ungleiche Jagd."

„Dann machen Sie mich sehend, Gavin! Ich brauche einfach alle Informationen, Namen, Fotos, Kontaktdaten."

Gavin sah Aaron einen Moment lang an. Der CIA-Angestellte überlegte. Wenn ein so erfahrener Mann wie

Aaron Boyd ihre Fahndung unterstützen würde, dann war die Chance, Delano zu erwischen, gleich höher.

„Nun ja", seufzte er, zog eine dicke Mappe aus seinem Schreibtisch hervor und legte sie auf den Tisch. „Einmal abgesehen davon, dass sich in dieser Akte alle Ergebnisse des FBIs und unserer Untersuchung über den Fall befinden, sind sie absolut streng vertraulich. Sie werden sicherlich Verständnis dafür haben, dass ich natürlich keiner außenstehenden Person Einsicht in interne Unterlagen geben kann, die nicht autorisiert ist. So gerne ich Ihnen helfen würde. Sie wissen ja, die Vorschriften."

Gavin Wilson erhob sich. Mit einer kurzen Handbewegung drehte er plötzlich die Akte langsam in Aarons Leserichtung. „Bitte entschuldigen Sie mich kurz. Mein Prostataleiden. Wirklich lästig und dauert immer so vier bis fünf Minuten." Daraufhin verließ der CIA-Mann das Zimmer. Aaron zog sein Smartphone hervor, öffnete die Unterlagen und begann Seiten zu fotografieren.

20. Bradley Swan

Harold Finch traf seinen langjährigen Freund und Paten seines Sohnes auf dem südlichen Parkplatz des CIA Headquarters in Langley. Bradley Swan war Anfang vierzig, schlank und seine welligen, dunkelblonden Haare trug er kurzgeschnitten. Er hatte ein normal geformtes, unscheinbares Gesicht, was ihm sicherlich bei seiner Tätigkeit im Außendienst zugutekam. Zudem trug er einen eher altmodischen Oberlippenbart. Er lehnte vor seinem riesigen, schwarzen Dodge Ram SUV und schaute sein Gegenüber erwartungsvoll an.

„Harold, was gibt's?"

„Hör zu, Brad. Ich weiß, das ist jetzt ungewöhnlich. Und frage mich bitte nicht warum, ich müsste dich sonst anlügen und das will ich nicht. Ich brauche Informationen über einen Mann in deinem Operationsgebiet. Es ist sehr wichtig für mich."

Brad Swan dachte nach. Sekunden vergingen.

„Nicht autorisiert, verstehe. Sonst würdest du den Dienstweg benutzen."

„Ja."

„Du weißt, was ich bei sowas riskiere?"

„Kannst du die Recherche nicht mit einem anderen autorisierten Fall verbinden? Ich meine, du hast doch irgendwelche Freiheiten dabei."

Brad Swan sah Harold lange prüfend an. „Wie heißt der Kerl? Hast du ein Foto?"

„Er heißt Charles Vanderbilt. Ein Foto habe ich nicht. Der letzte Aufenthaltsort, den ich kenne, war Grand Bahamas. Vor vier Wochen. Aber die Spur dürfte jetzt kalt sein."

„Ich will sehen, was sich machen lässt, Harold." Damit aktivierte er die Fahrertür seines mächtigen Pick-Ups und setzte sich rein. „Aber ich kann dir nichts versprechen." Daraufhin schlug er die Tür zu und startete den Motor.

Es dauerte nur bis zum Samstagnachmittag. Im Garten der Finchs standen die beiden Männer vor einem länglichen Grill. Die Sonne schien und saftige Steaks sowie zartes Putenfleisch zischte langsam und appetitanregend vor sich hin. Harold Finch hatte das Paar kurzfristig zum Barbecue in ihrem Haus am Rande von Arlington eingeladen. Barbara Finch und Claire, wie die neue, brünette Freundin von Brad Swan vorgestellt wurde, bereiteten in der Küche des Einfamilienhauses Salate vor.

„Du hast immer einen guten Geschmack, Brad. Wie alt ist sie?"

„Alt genug. Ich habe eben keinen Job, der ein Familienleben zulässt, Harold."

Dann zog der Agent einen braunen Umschlag aus seiner mitgebrachten Tasche und gab ihn weiter.

„Hier. Das ist dein Mr. Vanderbilt."

Harold war überrascht, in welch kurzer Zeit Brad Delano aufgespürt hatte. War es der Richtige? Er zog die Fotos aus dem Umschlag. Darauf waren zwei Männer zu sehen, die an einem Tisch eines kleinen Cafés saßen. Der Mann, von dem Brad Nahaufnahmen gemacht hatte, wies zunächst überhaupt keine Ähnlichkeit mit dem Michael Delano auf. Graues, kurzes Haar, ein breites Gesicht mit kurzem, silbrigen Bart und dieser Mann sah jünger aus. War das wirklich Delano?

„Bist du sicher?"

„Ja."

„Wie hast du ihn gefunden?"

„Hab ein wenig meine Freunde bei der NSA angezapft. Die erste Spur im Gästeverzeichnis der Hotels auf Grand Bahamas ging schnell. Aber dann wurde es knifflig. In Mexiko ist er dann wieder aufgetaucht. So, wie er sich verhielt, ist dieser Mann auf der Flucht, Harold. Wusstest du das?" Brad wendete die Steaks. Es zischte als der Muskelsaft in die Glut tropfte.

„Ja."

„Steckst du in Schwierigkeiten, Harold?"

„Bitte, Brad. Ich brauche nur seinen Aufenthaltsort", versuchte Harold nicht mehr preiszugeben, als unbedingt nötig.

„Na gut. Es gibt bestimmte Gründe, warum Kerle nach Mexico verschwinden. Wir beobachten unter anderem schon seit langem einen Chirurgen in der Nähe von Cancún. Und Bingo! Dort hatte sich vor kurzem tatsächlich ein Mr. Vanderbilt ein Round-Up machen lassen. Hab' diesen Typen dann vor drei Tagen in einem Café erwischt. Das ist alles. Und – du hast das nicht von mir!"

Finch schaute noch immer skeptisch auf die Fotos. Ja, sagte er sich nach langer Betrachtung. Es muss tatsächlich Michael sein.

„Wo er jetzt steckt, weiß ich nicht. Also, Harold. Was immer du vor hast und wozu du die Informationen brauchst, begib dich nicht auf dünnes Eis." Brad goss etwas Bier auf ein großes Steak. Es spritzte und eine Rauchwolke hüllte das Grillgut ein.

„Sieht lecker aus!"

Harold Finch war zufrieden. Zumindest wussten sie jetzt, wie Michael Delano heute aussah. Sie brauchten nur noch einen Mann fürs Grobe und einen Plan.

21. Der Anwalt

Aaron entschied sich bei Salomon Cramer seine Nachforschungen zu beginnen. Die Mobilfunknummer hatte er ebenfalls aus Gavins Unterlagen. Allerdings konnte er den windigen Anwalt nicht einschätzen. Er war ihm noch nie begegnet. Doch er wusste, dass dieser ihm nicht bereitwillig Auskünfte geben würde. Er musste anders vorgehen. So wartete er an diesem Abend in seinem Mietwagen vor der Anwaltskanzlei im Stranton Enterprise Gebäude. Es regnete in Strömen. Die Dämmerung setzte bereits ein, als Sal endlich das Gebäude verließ und hastig durch den Regen ins gegenüberliegende Parkhaus lief. Wenig später folgte Aaron dem Volvo des Anwalts. Die Fahrt ging nach New Haven und endete nach einer Dreiviertelstunde in einem schicken Nobelviertel. Sal hielt auf der Einfahrt zu seiner Garage neben einem weißen, großen Haus, das in der Dunkelheit von außen hell angestrahlt wurde. Er drückte die Fernbedienung und das Garagentor öffnete sich langsam. Sein Telefon klingelte.

„Hallo?"

„Mr. Salomon Cramer?"

„Ja. Wer spricht?"

„Mein Name ist Aaron Boyd."

Das saß! Sals Gesicht wurde von einem auf den anderen Moment aschfahl und die erste Reaktion glich einem Tritt in den Magen. Er versuchte sich schnell wieder zu fassen. Verdammt, dachte er, woher hatte dieser Killer seine Nummer?

„Ah, Mr. Boyd", versuchte er die Anspannung zu überspielen. „Was wollen Sie?"

„Man sagte mir, Sie hätten Kontakt zu Michael Delano."

Sal überlegte rasch. Schnell begriff er, was Aaron wollte. „Wie kommen Sie darauf? Seit seiner Flucht aus Greensbourg habe ich nichts mehr von ihm gehört ... Hallo?"

Im gleichen Moment wurde die Beifahrertür aufgerissen und ein durchnässter Aaron schwang sich neben Sal auf den Beifahrersitz. Dabei hielt er eine Pistole mit Schalldämpfer auf den Anwalt gerichtet. Sal war geschockt. Er hatte jahrelang mit der Sektion zu tun gehabt, wusste um ihre kriminelle Tätigkeit und dennoch war das Verbrechen immer weit entfernt gewesen. Doch nun hatte es ihn eingeholt. Der Mann, der die Sektion zu Fall gebracht hatte und früher für sie als Auftragskiller gearbeitet hatte, saß nun direkt neben ihm und hatte seine Waffe auf ihn gerichtet. Der Killer schaute ihn entschlossen und finster an. Angstschweiß trat auf Sals Stirn.

„Ich stelle dir jetzt einfache Fragen. Beantwortest du sie nicht wahrheitsgemäß, werde ich dir erst eine Kugel ins Bein jagen. Bei jeder weiteren Lüge, gehe ich mit der Waffe langsam höher", betonte Aaron und spannte demonstrativ den Hahn seiner Waffe. Sal wusste, ein Profikiller würde nicht zögern. Er merkte, wie seine Gliedmaße anfingen zu zittern. „Hast du das verstanden?"

„Ja", antwortete Sal ängstlich.

„Frage eins. Willst du weiterleben?" Aaron wusste um die Wirkung des respektlosen ‚Du' in der Anrede, gerade bei einem kultivierten, intellektuellen Menschen. Respektlosigkeit ließ auf Skrupellosigkeit schließen.

„Ja."

„Gut. Frage zwei. Unter welchem Namen tarnt sich Delano?"

Die pure Angst hatte Sal nun im Griff. Er wusste, dass Leugnen keinen Sinn machte. Dieser Mann wusste Bescheid über seinen Kontakt zu Delano. Wie auch immer.

Wenn er jetzt was Falsches sagen würde, hätte er eine Kugel im Bein.

„Vanderbilt. Charles Vanderbilt."

„Frage drei. Hat er sein Äußeres verändert?"

Aarons knappe Art zu fragen, stets mit diesem lebensbedrohlichen Unterton, erstickte jegliche Gegenwehr in Sal.

„Ja."

„Frage vier. Wo finde ich ihn?"

„Hören Sie", versuchte Sal in seiner Not zu beschwichtigen, „das weiß ich selber nicht. Bitte, Sie müssen mir glauben. Wir haben nur telefonischen Kontakt." Unbeeindruckt drückte Aaron seine Pistole auf Sals Oberschenkel. „Bitte!", rief Sal hastig. „Ich will leben. Delano ist mir scheißegal!"

„Die Nummer."

„Das läuft so, dass er mich jeweils mit einer unterdrückten Nummer anruft", stotterte Sal hektisch. „Ich selbst kann ihn nicht anrufen."

„Wer außer dir hat ihm geholfen rauszukommen?"

„Die Baltimore Boys", antwortete Sal hektisch.

„Wer ist das?"

„Eine Gang aus Baltimore. Delano hatte einen Kontakt im Gefängnis. Aber ich schätze, dass er es mit denen genauso hält. Wenn er sie überhaupt noch braucht, dann ruft *er* sie an."

„Namen."

„Der eine heißt Steven Wright. Der andere ist sein stummer Bruder. Nennt sich Pages. Sie haben noch weitere Gang-Mitglieder."

Ein langer Moment des Schweigens entstand. Sal befürchtete das Schlimmste. Dementsprechend war seine Anspannung kurz vor einem nervlichen Zusammenbruch. Auch das war beabsichtigt. Aaron wusste um die Wirkung, wenn man einen vermeidlichen Delinquenten quälende Sekunden der Ungewissheit aussetzte.

„Hören Sie, Mr. Boyd", sagte Sal plötzlich. „Die CIA und Sie sind nicht die einzigen, die hinter Michael her sind." Aaron wurde hellhörig.

„Wer noch?"

„Wenn ich Ihnen alles sage, brauche ich die Gewissheit, dass Sie mich nicht umbringen."

„Das kommt jetzt ganz allein darauf an, was du mir erzählst."

„Es gibt da noch drei CIA-Angestellte. Sie haben damals verdeckt für die Sektion gearbeitet. Die wollen mit ihm Schluss machen."

„Was heißt das?"

„Sie haben einen Killer angeheuert, Delano zu töten."

„Woher weißt du das?"

„Die waren bei mir. Er erpresst sie weiter, gegen die Abmachung."

„Wissen diese drei wo Delano steckt?"

„Ich habe Ihnen den neuen Namen gegeben. Alles andere wollte ich nicht wissen. Unter der neuen Identität und dem Apparat der CIA, dürfte Delano aufzuspüren sein. Hören Sie, der Mistkerl hat auch mich erpresst, ihm zu helfen."

„Wer sind diese CIA-Leute?"

Sal nannte die Namen. Anschließend steckte Aaron die Pistole in seine Manteltasche und öffnete die Beifahrertür.

Sal sackte zusammen. Er war erleichtert. Noch einmal drehte sich Aaron zu ihm um. Der Regen tropfte von seinen Haaren und Nase herunter. „Noch etwas. Sollte dich Delano anrufen – bestell ihm schöne Grüße. Ich werde ihn finden." Damit schlug Aaron die Beifahrertür zu und verschwand. Er ging durch den nächtlichen Regen und dachte nach. Diese drei CIA Leute waren eine hilfreiche Spur. Doch die Zeit drängte. Wann würde Delanos Killer bei Nummer zwei zuschlagen? Und wer war tatsächlich Nummer zwei auf der Liste? Er konnte nur raten. Aber *sie* wäre mit absoluter Sicherheit dabei. Er musste sie warnen.

22. Ein Auftrag

Diesmal trafen sich Harold Finch, Oliver Jenkins und Sean Edwards privat in einem entlegenen Diner. Die öffentliche Umgebung schien ihnen nun sicherer für ihr Vorhaben zu sein, als der CIA Campus und allem, was in dessen Nähe lag. Sie saßen in einer Ecke des schmalen Restaurants von wo aus sie alles im Blick hatten. Obwohl es Mittagszeit war, nahmen nur wenige hier ihr Mahl ein. Meistens Trucker, die von der nebenan verlaufenden Interstate Fünfundneunzig hier auffuhren. Der Treffpunkt war weit genug entfernt.

Finch zog den Umschlag hervor und zeigte den beiden anderen die Fotos. „Das hier ist Michael." Dabei deutete er mit dem Finger auf einen der beiden Männer auf dem Foto, dessen Gesicht rot eingekreist war.

„Bist du sicher?", fragte Edwards ungläubig. Sie betrachteten kritisch und lange auch die Nahaufnahmen.

„Ja. Schaut doch mal genau hin. Hier bei diesem Foto. Und jetzt denkt euch die markante Kieferpartie weg. Und diese Straffung der Augenpartie. Na?", während Harold Finch überzeugt war, taten sich Jenkins und Edward schwerer mit der Einsicht.

„Glaubst du wirklich, das ist der Schweinehund?", grummelte Jenkins vor sich her.

„Ja, ganz sicher. Er war eine Zeit lang verschwunden. Jedenfalls fehlte jede Spur. Was glaubt ihr wohl, wie lange so ein Make-over dauert, bis man nichts mehr sieht?"

„Hhm, sicher", antwortete Edwards. „Der Zeitraum passt. Die Identität stimmt auch mit der überein, die uns Cramer genannt hat. Also gut. Was kommt als nächstes?"

Finch schob die Fotos wieder zurück in den Umschlag und steckte ihn weg. „Ich hab' jemanden", sagte er geheimnisvoll und beschwörend. Die anderen schauten ihn erwartungsvoll an.

„Wen?", hakte Jenkins nach.

„Habe keinen Namen. Nur eine Mobilnummer."

„Ist das ein Profi? Hör zu, Harold. Wir können uns hier keinen Fehler leisten, wenn wir das durchziehen wollen." Jenkins war von je her der hitzigere der Männer. Während Edwards zwar besonnen aber auch ungleich kritischer und vorsichtiger alles durchdachte.

„Ja, Oli hat recht. Was weißt du von ihm? Ein Gelegenheitskiller oder internationaler Profi? Ich meine, einen absoluten Profi in der Klasse, wie wir ihn brauchen, findet man nicht einfach mit ein paar Klicks auf dubiosen Suchmaschinen im Dark-Net."

„Hab ich auch nicht. Ich habe etwas abseits in unseren Datenbanken recherchiert. Brauchte zwar einen Vorwand, aber es hat geklappt. Der Kerl ist gelistet. Und sicher. Hat selbst schon einmal für unsere Firma gearbeitet." Das schien seine Mitstreiter allmählich zu überzeugen. „Was weißt du sonst noch?", fragte Edwards. „Nichts. Er wird mit einer Red-Screen-Tarnung geführt." Neben yellow oder blue gab die Bezeichnung red-screen-level die höchste Klassifizierung der Tarnung einer Person in der Öffentlichkeit an.

Jenkins massierte sich angespannt sein Kinn. „Ok, dann ist das unser Mann. Was kostet er?"

„Fünfhundert", antwortete Finch kurz.

„Fünfhundert Riesen?!", brach es aus Edwards heraus. „Was?! Eine halbe Million? Das ist crazy!"

„Scheißegal", warf Jenkins lakonisch ein. „Das ist die Liga, die wir brauchen. Einmal abgesehen davon, haben wir das Geld." Seine Kollegen nickten mehrfach langsam und stumm. Sie waren sich einig.

„Also, abgemacht. Ich arrangiere das", stellte Finch fest. „Ab jetzt sollten wir uns nur noch hier treffen. Keine Andeutungen, Verabredungen mehr über die Mobiltelefone. Wir treffen uns alle zwei Tage zur selben Zeit, damit ich euch auf dem Laufenden halten kann."

Die Männer legten ein paar Dollarscheine auf den Tisch und verließen das Lokal.

* * *

Der Mann hatte ihn zu einer Kreuzung an der National Mall in Washington D.C. bestellt. Am helligten Tag. Und nun saß Harold Finch in seinem roten Toyota Camry an der Einmündung der Zwölften Straße auf den Jefferson Drive Southwest. Unablässig beobachtete er die äußere Umgebung. Er war nervös. Aber er wollte das hier durchziehen, hatte er sich immer wieder vor Augen geführt. Er stand auf dem rechten Parkstreifen des Jefferson Drive, einer Einbahnstraße mit jeweils Parkmöglichkeiten rechts und links. Es war eine weitläufig einsichtige Umgebung. Auf seiner rechten Seite lag das US Landwirtschaftsministerium, auf der anderen Seite die berühmte National Mall, eine riesige, gerade verlaufende Parklandschaft. Diese lange, historische Allee führte vom tempelartigen *Lincoln Memorial* ausgehend, vorbei am *Obelisken* zu Ehren George Washingtons bis hin zum *Capitol*, dem Sitz der US-Legislative. Finch wartete. Sein Kontakt hatte nach seinem Auto gefragt und er solle es unverschlossen hier parken. Zu diesem Zeitpunkt. Obwohl es ein warmer, sonniger Tag war, sah er wenige Passanten oder Spaziergänger. Etwas abseits, verdeckt hinter einem Baum, zurrte eine Kamera und machte einige Zeitraffer-Aufnahmen von dem Wartenden im Auto. Dann ging alles schnell. Harold Finch sah gerade noch einen Schatten im Rückspiegel, als auch schon die hintere Wagentür aufgerissen wurde und sich ein Mann mit Sonnenbrille und beigem Mantel hinter Finch auf die Rückbank setzte.

„Halten Sie Ihren Blick nach vorn gerichtet", sagte der Mann ruhig. „Lassen Sie Ihre Hände auf dem Lenkrad und drehen den Rückspiegel so, dass wir uns nicht sehen." Finch tat, wie ihm gesagt wurde. Ein Moment der Stille folgte.

„Also, was kann ich für Sie tun?"

„Wie gesagt, ein Auftrag. Allerdings befindet sich die Zielperson im Ausland. Vermutlich Mexiko." Der Analyst bemühte sich, seine Nervosität zu überspielen. Er war nicht aus dem abgebrühten Holz geschnitzt wie seine Kollegen im operativen Dienst. „Name und aktuelle Fotos sind hier in diesem Umschlag." Er reichte das braune Couvert nach hinten ohne sich dabei umzudrehen. Der Mann nahm es, steckte es in seinem Mantel ohne hineinzuschauen.

„Ich werde erst aktiv, wenn dreißig Prozent der Gesamtsumme als Anzahlung auf ein Off-Shore-Konto eingegangen sind, dass ich Ihnen noch nennen werde. Sie werden im Anschluss auf ihrem Rücksitz eine Visitenkarte finden. Merken Sie sich die *Société Lavié Bank*. Reihen Sie die Hausnummer und die Telefonverbindung hintereinander. Das ist die Kontonummer. Anschließend vernichten Sie die Karte. Haben Sie alles verstanden?"

„Ja", sagte Finch.

„Einen Wunschtermin?"

„So schnell wie möglich."

„Ich werde es Sie wissen lassen." Dann hörte er nur noch, wie der Mann ausstieg und die Tür zufiel. Rasch war der Mann um das Auto herum und überquerte im toten Winkel zur Fahrerposition die Straße. Finch atmete einmal tief durch. Er war verschwitzt, aber erleichtert. Jetzt würde ihr Problem ein für alle Mal verschwinden.

Am Abend trafen sich die drei Analysten im Diners.

„Wie lief es?" Edwards Anspannung spiegelte sich in seinem leicht verkniffenen Gesichtsausdruck. „Alles lief glatt, Jungs!" Finch wollte mit seiner Euphorie auch seine

Mitstreiter überzeugen. Nur Jenkins sagte nichts.

„Der Mann ist der absolute Profi. So, wie wir ihn brauchen. Ich habe die Anzahlung bereits überwiesen", sagte Finch. Er trank einen Schluck von seiner Coke. Sein Strahlen verringerte sich zu einem zufriedenen Ausdruck. „Jetzt hat diese Scheiße ein Ende."

„Hoffen wir es", entgegnete Jenkins.

* * *

Als der Falke den Umschlag aufmachte, staunte er nicht schlecht. Er sah sich und den neuen Michael Delano auf heimlich geschossenen Fotos. Ihr Treffen in diesem Strandcafé in Cancún. Delanos Kopf war mit einem roten Filzstift eingekreist. Verdammt, dachte er. Wer hatte diese Fotos gemacht? Er fluchte laut vor sich hin. Es lag jetzt nahe, dass der Mann im Fahrzeug von der CIA war. Und, dass sie Delano trotz seines neuen Gesichts, schon längst aufgespürt und nun das Problem auf ihre Art zu lösen gedachten. Er hatte dreimal in der Vergangenheit für die CIA gearbeitet. Sie kannten ihn. Angesichts der Fotos mussten sie doch von einer aktuellen Verbindung zwischen ihm und Delano ausgehen. Aber das schien sie nicht näher zu interessieren, sonst hätten sie nicht ihm den Auftrag gegeben. Was also, um alles in der Welt, ging hier vor? Was hatte die CIA vor und warum beauftragten sie nun gerade ihn? Der Falke steckte die Fotos wieder zurück und startete seinen Wagen. Das Ganze war recht undurchsichtig, dachte er. Gefährlich undurchsichtig.

23. Die Hütte

Das Blockhaus lag inmitten der weitläufigen Wälder im Norden des US-Bundesstaates Vermont. In dieser bergigen Grenzregion zu Kanada hatte sich der *Enquiere DC-* Herausgeber John C. Allmond ein Ferienhaus erbaut, dass er stets als seine kleine Jagdhütte bezeichnete. Vom Flughafen Burlington aus hatte sich Louise Fisher einen Mietwagen genommen. Man hatte der rothaarigen Journalistin empfohlen, einen geländegängigen Wagen hierauf zu nehmen. Der Norden der neuenglischen Staaten, wie diese Region auch bezeichnet wurde, war bekannt für seine gebirgige, natürliche Waldlandschaft. Trotz des eingebauten Navigationssystems hatte sich Louise bereits zweimal verfahren, bis sie den schmalen Zufahrtsweg mitten in der Wildnis fand. Aus einer dichten Bewaldung kommend, fuhr sie urplötzlich auf eine geräumige Lichtung. Eine riesige Kieselsteinfläche überdeckte den Lehm des Waldbodens. Sie stoppte den Jeep. Und staunte nicht schlecht. Die Unterkunft als Jagdhütte zu bezeichnen, war sehr untertrieben, dachte Louise. Dafür war sie mit einhundert Quadratmetern Grundfläche zu groß. Dicke, behauene und geschälte Stämme, aufeinandergeschichtet und mit hellen Lehmfugen versehen, zeigten die robuste Bauweise eines klassischen Blockhauses. Nur einige Sprossenfenster durchbrachen die massive Fläche. Das flache Satteldach war mit Holzschindeln gedeckt, die von Wind und Regen im Laufe der Jahre mit einer grauen Patina überzogen wurden.

Louise hob eine vollgepackte Vorratskiste aus dem hinteren Wagen, ging zur Eingangstür und stemmte die Kiste etwas unbeholfen zwischen sich und der massiven Außenwand. „Shit!", murmelte sie, während sie umständlich mit einer freien Hand ihre Jackentasche nach den Schlüsseln durchsuchte. Der erste Eindruck im geräumigen Inneren war rustikal mit hölzernem Mobiliar und modernen Einzelelementen. Bunte, vereinzelte Teppiche unterbrachen den Boden, der mit schweren, durchlaufenden Holzdielen belegt war. Links neben der Eingangstür befand sich eine Küchenzeile und ein parallel angeordneter Esstisch für sechs Personen. Louise stellte die Kiste auf den Tisch. Sie schaute sich um. Neben dem Küchenbereich war mit einem kompakten, aber modernen Bad das einzige, wenn auch winzige Zimmer, abgetrennt. Ansonsten betrat man einen großen Raum, dessen vorherrschendes Baumaterial Holz war. Ein steinerner Kamin war der Blickfang an der Wandseite gegenüber und vor dem eine cognacfarbene Lederchouch mit gleichem Sessel stand. Seitlich zog sich ein drei Meter langes vollgepacktes Bücherregal an der rechten Wand entlang. Daneben war ein ebenfalls hölzerner Schreibtisch mit einer hohen Petroleumlampe vor einem Fenster mit nebenliegender Fenstertür gestellt. Hier konnte man auf eine Terrasse hinaustreten, die mit groben Steinplatten belegt war. In der abschließenden Ecke wand sich eine, durch einen Absatz unterbrochene, Holztreppe im Winkel nach oben. Hin zu einem Atrium, dass sich im Giebel über die Hälfte des gesamten Raumes zog. Hier boten zwei Kammern, jeweils mit Doppelbetten, kleinen Nachttischen und Lampen ausgestattet, moderne Schlafgelegenheit. Das Holzgeländer führte fortlaufend von der Treppe aus über den Rand der oberen Fläche bis zur anderen Wandseite über der Küchenzeile. Insgesamt vereinte das Domizil eine naturbelassene, ursprüngliche Bauweise mit modernem Komfort. Gleich im ersten Moment als Louise das Blockhaus betrat, fühlte sie sich wohl. Sie war beseelt von dem Gedanken sich hier, mitten in der Natur und abgeschottet von allen äußeren Reizen der modernen Zivilisation, endlich ungestört dem Schreiben widmen zu können. Es gab keinen Fernseher hier. Ein kleines, altes Radio stand auf dem Regal neben der Küchenzeile inmitten von Gewürzen. Sie hatte ihren Laptop dabei, der über einen Stick den Internetzugang ermöglichte, den sie nur für ihre Recherchen benötigen würde. Es war die einzige moderne Verbindung zur Außenwelt. Das Smartphone würde ausgeschaltet bleiben. Ansonsten freute sie sich, hier herrliche sechs Wochen zu verbringen, einsam aber voller Tatendrang, inmitten der Wildnis.

* * *

„Ein Mr. Wer?" Andrew Hoskins, der neununddreißigjährige, etwas beleibte Chefredakteur in der Washingtoner Zentrale des Enquirer DC, fragte ungehalten nach. „Was will er?"

„Keine Ahnung", erwiderte die Rezeptionistin im Eingangsbereich. „Er sagt, es ginge um Miss Fisher."

„Okay, geben Sie ihn mir."

Hoskins hatte eigentlich keine Zeit. Gleich war Redaktionsschluss. Ein Meeting, dass er mit achtzehn, meist jungen Redakteuren im Ressort Politik führen würde. Einige

Berichte würden wahrscheinlich nicht rechtzeitig fertig sein oder erst wieder Minuten vor Drucklegung. Und er musste unter Zeitdruck klare Entscheidungen treffen, welcher Artikel rein oder rausflog. All das war Routine im Print-Ressort. Oft schon hatte er seine Kollegin in der Online-Redaktion der Tochtergesellschaft beneidet, wo man direkt ins Off schrieb, es keine Druckmaschinen gab, die im Stand-by liefen und es seiner Einschätzung nach etwas weniger hektisch zuging.

„Andrew Hoskins, mit wem spreche ich?"

„Mein Name ist Boyd. Wo kann ich Louise Fisher finden? Es ist dringend."

„In welcher Angelegenheit?"

„Das ist persönlich."

„Tut mir leid, unser Haus gibt keinerlei Auskünfte über unsere Mitarbeiter an Fremde. Ich denke, dass verstehen Sie. Sind Sie ein Angehöriger ihrer Familie?"

„Sie kennt mich und vertraut mir."

„Dann werden Sie sicherlich ihren Kontakt und ihre Mobilnummer haben. Entschuldigen Sie, ich bin gerade sehr eingespannt."

Hoskins legte unverhofft auf. Enttäuscht gab Aaron der Rezeptionistin langsam den Hörer zurück.

Verdammt! Blöder Sturkopf ...

„Kann ich sonst noch etwas für Sie tun, Sir?", fragte die junge Frau auffordernd. Mit einer verneinenden Geste wandte sich Aaron ab. Er setzte sich auf eines der Sitzelemente, die hier im großräumigen Foyer an den Seiten standen. Er kam nicht weiter. Nirgendwo schien er einen Kontakt zu bekommen. Es gab viel über die junge, preisgekrönte Journalistin im Internet, aber nirgendwo eine Kontaktinformation. Er hatte im Telefonverzeichnis der renommierten Zeitung zwar ihre Durchwahl gefunden, doch er wurde automatisch zu einer Kollegin in der Redaktion umgeleitet. Er erfuhr, dass Louise sich für ein paar Wochen eine Auszeit vom normalen Reporteralltag nahm. Die Kollegin hatte ihm zumindest angeboten, Louise anzurufen, um ihr seine Nummer durchzugeben. Doch das war jetzt einen Tag her. Vermutlich hatte sie Louise nicht erreicht, denn er kannte die aufgeweckte, neugierige Reporterin aus Porto Puntas. Sie hätte bei seinem Namen keinen Moment gezögert, ihn anzurufen. Vom Chefredakteur hatte er sich jetzt etwas mehr versprochen. Und nun rang er mit sich. Nie hatte er gewollt, dass sein Name oder auch der von Iris in irgendeiner Form rund um den Prozess in die Öffentlichkeit gelangen sollte. Er hatte in seinem Deal seinerzeit mit der CIA und dem Bundesgericht ihre Aussagen unter Ausschluss der Öffentlichkeit durchgesetzt. Und er dachte an seine Schwester Jenny. Sollte jemals seine Vergangenheit bekannt werden. Das konnte er ihr und ihrer Familie nicht zumuten. Doch es blieb ihm keine andere Wahl.

Er ging zum Desk zurück und bat die junge Rezeptionistin erneut, ihn mit dem Chefredakteur zu verbinden. Es sei sehr wichtig, betonte er eindringlich. Nach anfänglichem Zögern wählte sie erneut seine Nummer. Diesmal nahm er ihr ungeduldig den Hörer aus der Hand.

„Ja, was gibt's denn noch!" Hoskins Stimme klang ärgerlich. „Stellen Sie bitte keine Anrufe von außerhalb in der nächsten halben Stunde mehr durch."

„Ich bin es nochmal, Boyd", setzte Aaron rasch nach.

„Was um alles in der Welt wollen Sie denn noch?!" Obwohl Andrew inmitten der Redaktionskonferenz saß, legte er nicht abrupt auf.

„Es geht um die Insiderinformationen, mit der Louise Fisher seinerzeit die Machenschaften der Sektion an die Öffentlichkeit gebracht hatte."

„Und was ist damit?"

„Ich bin der Insider."

Das elektrisierte den Zeitungsmann! Mit einem wilden Fingerschnipsen forderte der Chefredakteur von den Anwesenden sofortige Ruhe.

„Okay, Mr. Boyd. Kommen Sie hoch. Fahrstuhl, dritter Stock."

* * *

Im lässigen Sweater und bequemer, grauer Jogginghose hockte Louise auf dem ledernen Schreibtischstuhl und schaute gedankenversunken auf das Display ihres Laptops. Das linke Bein hatte sie lässig angewinkelt. Ihre dicken, rothaarigen Locken waren zu einem Zopf zusammengebunden. Mit neunundzwanzig Jahren war sie bereits eine bekannte Journalistin, hatte für die Veröffentlichung der ihr seinerzeit zugespielten, geheimen Unterlagen über die Machenschaften der Sektion ein wahres politisches Beben in Washington DC. ausgelöst. Es reichte zwar nicht ganz für den Pulitzer-Preis für investigativen Journalismus, aber sie wurde dafür anderweitig mehrfach ausgezeichnet. Danach konnte sich die Autorin mit den kecken Sommersprossen die Angebote der Medienverlage

aussuchen. Sie hatte für die berühmte *Washington Post* geschrieben. Doch dann bot man ihr eine gutbezahlte Fest-
anstellung beim Enquirer DC an.

Und jetzt schrieb sie ihr erstes autobiographisches Buch.
Über das schwere Erdbeben in San Arquino, das sie selbst
miterlebt hatte. Auf eigene Kosten war sie damals in das
südamerikanische kleine Land an der südamerikanischen
Pazifikküste gereist, um eine Reportage über den aufstre-
benden, jungen Politiker Ruben Estéban für *Newsweek* zu
schreiben, der sich seinerzeit im Wahlkampf befand. Es
fiel ihr schwer, sich die Geschehnisse an diesen einen Tag
in der Hafenstadt Porto Puntas in Erinnerung zu bringen.
Sie las zum wiederholten Mal ihre geschriebenen Seiten
durch. Es waren ihre persönlichen Erfahrungen. Zunächst
war es nicht viel. Doch je mehr sie sich in dieses grauen-
volle Erlebnis zurückversetzte, umso mehr Eindrücke fielen ihr nach und nach wieder ein. Die Nacht hindurch
hatte sie hier am Schreibtisch gesessen. Und nun durch-
drang das fahle Licht des Morgens bereits das Dickicht, als
sie aus dem Fenster schaute. Nur die hohe, dickbäuchige
gläserne Petroleumlampe neben ihr auf dem Schreibtisch
hatte die ganze Nacht ein wohliges warmes Licht gespen-
det. Sie hatte sich Material über das Erdbeben in Porto
Puntas im Internet angeschaut. Fotos und Videos von
Menschen verglichen, die wie sie selbst an diesem einen
Tag dort waren. Sie sah die erschütternden Szenen, wie
Personen durch die Staubwolke liefen. Verletzte aus den
Schuttbergen herausgetragen wurden, die noch Minuten
vorher in Cafés, Restaurants, Boutiquen oder Bürohäuser
gewesen waren. Immer noch konnte sie dieses stark vib-
rierende Gefühl unter ihren Beinen spüren, wenn sie an

das Dröhnen und Wackeln der Erde dachte. Und noch immer sah sie in die erschrockenen Gesichter der Menschen, mit denen sie sich in diesem Moment im Foyer des Grand Hotels aufhielt. Die Panik, die einsetzte, als das Mobiliar zitterte, Gegenstände zu Boden fielen und sich die ersten Mörtelstücke aus den wackelnden, alten Wänden lösten. Sie versuchte sich zu erinnern, wie sie selbst es ins Freie geschafft hatte. Doch da fehlten ihr wesentliche Momente. Sie konnte sich nur noch an die Panik erinnern, die auch sie überfiel. Das wüste Gezerre an ihrer Schulter inmitten dieser weißen, dichten Staubwolke. Menschen, die rücksichtslos an ihr vorbei wollten. In Todesangst und dabei übermenschliche Kräfte entwickelten. Und sie erinnerte sich an dieses mächtige Grollen, das sich anhörte, als käme es direkt aus dem Höllenschlund einer prophezeiten Apokalypse. Der gewaltige Krach als die über einhundert Jahre alte Decke des Grands hinter ihr herunterkam. Und die entsetzlichen Schreie. Gellende Schreie. Mehr konnten ihre Erinnerungen nicht preisgeben. Sie scrollte durch das lange Verzeichnis auf *YouTube*. Es gab hier eine Menge an Videos über dieses Ereignis. Im Augenblick der größten Gefahr schienen die Menschen keine bessere Reaktion zu zeigen, als ihre Smartphones zu zücken und Videos aufzunehmen. Sie selbst hatte es auch getan. Doch ihre Motive lagen in ihrem journalistischen Dokumentationsempfinden und nicht im selbstbefriedigenden Voyeurismus. Das zumindest hatte sie damals gedacht. Sie sah sich ihre eigenen Videos an, die sie in diesen Stunden aufgenommen hatte. Einen Film spielte sie mehrfach ab. Es zeigte Ruben Estéban und diesen Amerikaner, diesen Mr. Boyd, wie sie sich gerade noch rechtzeitig aus einem einstürzenden Parkhaus retteten, das gleichzeitig direkt hinter ihnen zusammenbrach. Sie hatte versucht, anschließend ein Interview mit diesem Boyd zu bekommen, doch der winkte ab. Sie fuhr die Szene mit dem staubbedeckten Mann immer wieder vor und zurück. Ein undurchsichtiger, seltsamer Typ war auch heute noch ihre Meinung. Sie hatte ihn in den Tagen darauf immer wieder mit Estéban zusammen gesehen, hatte sie streiten sehen. Was für eine Rolle spielte Boyd damals tatsächlich? Wer war dieser Mann?

Aber dieser Tag veränderte das Bewusstsein der damals siebenundzwanzigjährigen, ehrgeizigen Reporterin. Sie begann Dinge aus einem anderen Blickwinkel zu sehen. Während sie früher eine Thematik mit einer vorrecherchierten Meinung anging, betrachtete sie vor allem die Menschen heute vorbehaltsloser. Ihr Bestreben lag nunmehr darin, die Geschichte aus deren Sicht zu erzählen, subjektive Erfahrung mit dem objektiven Tatsachen zu vergleichen.

Sie blickte aus dem Fenster. Es war ein grauer Morgen. Noch lagen Nebelschwaden im Wald. Die Vögel hatten schon längst angefangen zu singen. Ein Kaffee wäre jetzt gut. Sie klappte ihr Notebook zu. Sie würde noch eine Runde durch den Wald joggen. Durchatmen in frischer Morgenluft bevor sie etwas Schlaf nachholen würde.

* * *

Eine Assistentin passte Aaron direkt am Fahrstuhl ab und bat ihn, ihr zu folgen. Er spürte, wie ihn duzende Augenpaare musterten, als er durch das Großraumbüro geführt wurde. Wenn es zutraf, was in Windeseile gemauschelt wurde, dann war das der Insider schlechthin. Als er das Büro von Andrew Hoskins betrat, waren gleich vier weitere Journalisten anwesend.

„Mr. Boyd, entschuldigen Sie meine Angespanntheit vorhin", bat Andrew um Nachsicht. „Bitte, nehmen Sie Platz." Doch Aaron blieb stehen.

„Ich wollte Sie unter vier Augen sprechen."

„Natürlich." Die Anwesenden wurden hinaus gebeten. „Sehen Sie es uns nach. Journalistische Neugier. Alte Angewohnheit. Viele Ohren hören mehr."

Nun setzte sich Aaron.

„Sie sind also der Whistleblower. Der Mann, der den Skandal in der CIA aufgedeckt und das Material Miss Fischer gegeben hat?"

„Das verzerrt ein wenig die Tatsachen." Weiter ging Aaron nicht auf die oberflächliche, pauschale Einleitung des Chefredakteurs ein. Vielleicht war es auch ein routinierter Versuch, Aarons Widerspruch zu provozieren. Er wusste, dass eine Nachrichtenredaktion ein vermintes Terrain sein konnte.

„Was kann ich also für Sie tun, Mr. Boyd."

„Ich muss dringend Louise Fisher erreichen. Es ist sehr wichtig. Zu ihrem eigenen Schutz."

Der Redakteur wurde hellhörig.

„Glauben Sie, dass Louise in Gefahr ist?"

„Ja, davon gehe ich aus."

Andrew machte eine Pause. Wenn dieser Mann tatsächlich der Insider war, der er vorgab zu sein, dann gab es hier vielleicht eine weitere Story.

„Sie hat sich zurückgezogen. Irgendwo in einer einsamen Hütte in den Wäldern von Vermont. Sie schreibt dort an ihrem Buch. Ihre persönlichen Erlebnisse während des Erdbebens in Südamerika vor zwei Jahren. Und natürlich über die geheimen Unterlagen und den Fall dieser Sektion. Unser Haus hat sie freigestellt. Gegen das Recht des Vorabdrucks natürlich, Sie verstehen."

„Wo genau liegt diese Hütte?", wollte Aaron nun schnell erfahren. Doch der Chefredakteur zögerte.

„Wissen Sie, Mr. Boyd. Woher soll ich wissen, dass Sie tatsächlich der anonyme Insider waren? Und nicht, dass *Sie* eine Gefahr für Louise sind?"

Aaron wurde klar, dass er hier nicht ohne einen Preis weiterkam.

„Hören Sie, ich würde hier ganz sicherlich nicht sitzen, wenn es nicht äußerst dringend wäre."

„Die Unterlagen, die Louise angeblich von Ihnen erhalten haben soll, haben für sich gesprochen. Alles hochwertiges Beweismaterial, juristisch verwertbar. Was daraus folgte, ist bekannt. Allerdings hat Louise immer wieder betont, dass sie den Namen des Insiders nicht kennt. Wenn Sie wirklich der Insider sind, Mr. Boyd, dann wissen Sie zumindest, wie ihr die Unterlagen seinerzeit zugespielt wurden. Und an welche Adresse." Andrew musste sicher sein, dass sein Gegenüber echt war.

„Ich habe ihr einen Stick geschickt. An ihre Adresse von damals. Shipley Hill, Baltimore."

Ein leichtes Lächeln huschte über Andrews Gesicht. Das war eine Information, die nur der echte Insider wissen konnte.

„Okay, Mr. Boyd. Ich glaube Ihnen. Und jetzt verraten

Sie mir bitte, in welcher Gefahr sich Louise angeblich befindet."

„Das kann ich nicht. Es gibt nur klare Hinweise, dass ihr Leben in Gefahr ist."

Andrew stand auf und lehnte sich an ein Sideboard. Er verschränkte seine Arme.

„Hören Sie, wie wäre es mit einem Deal? Ich gebe ihnen die Adresse und ihre Nummer. Und Sie geben mir exklusiv die Story, die dahintersteckt."

„Das kann ich nicht alleine entscheiden. Nur so viel, jemand ist hinter ihr her und die Zeit drängt."

„Sie müssen mir schon etwas mehr geben, Mr. Boyd", hakte Andrew beharrlich nach. Dann erinnerte er sich an ein Telefonat vor zwei Tagen.

„Hat es mit dem Todesfall in ihrer Familie zu tun?"

„Was für ein Todesfall?", jetzt war es Aaron, der hellhörig wurde.

„Vor zwei Tagen rief mich ihr Bruder Jason an und wollte ebenfalls den Aufenthaltsort von Louise wissen. Ein Onkel, dem Louise sehr nahestand, sei plötzlich verstorben."

„Sind Sie sicher, dass es ihr Bruder war?"

„Na ja, er konnte sich schlecht durchs Telefon ausweisen. Ich hatte ihn gebeten, in diesem familiären Fall persönlich zu erscheinen und sich auszuweisen."

„War er da?"

„Nein, bis jetzt habe ich nichts weiter von ihm gehört."

Aaron dachte nach. Ein Bruder? Was wäre, wenn es Delanos Killer ebenfalls über ihren Arbeitgeber versucht hatte? Und was, wenn er über einen anderen Kanal hier in der Redaktion an Louise herangekommen war?

„Verdammt, Hoskins! Sind Sie sicher, dass niemand aus Ihrer Redaktion die Adresse und Nummer weitergegeben hat?"

„Wieso?" Jetzt wurde auch Andrew nervös. „Wir haben hier strickte Anweisungen. Die gelten für alle Mitarbeiter."

„Können Sie das garantieren? Sie könnte bereits in akuter Lebensgefahr stecken!"

„Warten Sie." Andrew drehte das Telefon-Terminal auf seinem Schreibtisch zu sich und betätigte die Rundruftaste. „Leute, alle mal herhören. Das ist jetzt sehr wichtig. Es wird auch keine Konsequenzen haben. Hat irgendjemand in den letzten Tagen einem Unbekannten den Aufenthaltsort oder die Telefonnummer von Louise gegeben?" Beide blickten durch das breite Fenster aus Hoskins Büro heraus auf das weitläufige Großraumbüro und warteten auf eine Reaktion. Die Redakteure mit direktem Blickkontakt zu den beiden, verneinten mit einem Kopfschütteln. Dann plötzlich stand eine junge, etwas mollige Redakteurin hinter ihrem Schreibtisch auf und kam verlegen näher.

„Ja, Ann? Sie wollen uns was sagen?"

„Es tut mir leid, Andrew. Der Mann hat nicht lockergelassen. Er war so verzweifelt."

„Welcher Mann?"

„Na, ihr Bruder."

„Was haben Sie ihm gesagt?", hakte Hoskins nach.

„Ich hatte ja nur ihre Mobilfunknummer."

„Wann war das?!", fuhr Aaron dazwischen.

„Heute Morgen erst. So gegen acht. Ich kam gerade ins Büro. Er hat mir alles von Louises Kindheit erzählt. Das hat mich einfach berührt."

„Verdammt, er wird versuchen, ihr Smartphone zu orten!", unterbrach Aaron.

„Sie wollte es ausschalten, um ungestört zu sein", versuchte Andrew Hoskins diese Möglichkeit auszuschließen.

„Solange die Sim-Karte und der Akku im Gerät stecken, kann man mit geeigneten Mitteln jedes Smartphone orten, auch wenn es ausgeschaltet ist. Glauben Sie mir!", erklärte Aaron hastig. „Wo, Hoskins! Wie ist die verdammte Adresse?!", bedrängte Aaron den nun nachdenklich gewordenen Chefredakteur. Er begriff, dass es tatsächlich ernst um Louises Sicherheit stehen könnte. Schlagartig sah er sich in der Verantwortung. Er musste handeln. „Es ist die Jagdhütte des Verlegers. Ich schreibe Ihnen die Adresse und ihre Nummer auf!"

Dennoch kam einmal mehr der Nachrichtenprofi in ihm durch, als er Aaron den Zettel gab. „Vergessen Sie nicht, von wem sie diese Information haben", sagte er eindringlich, als Aaron sein Büro hastig verließ. „Sie schulden mir was! Eine Story!", rief er ihm hinterher.

* * *

Der Mietwagen raste mit hoher Geschwindigkeit über die Interstate in Richtung Langley. Aaron war sich sicher, dass es derselbe Killer war, der Luca umgebracht hatte und der nun hinter Louise her war. Sie war die Nummer zwei auf der Liste. Er überlegte, wie viel Vorsprung Delanos Bluthund hatte. Er rief Gavin Wilson an.

„Gavin? Ich hatte recht mit meiner Vermutung. Louise

Fisher ist die nächste auf Delanos Liste!"

„Sind Sie sicher? Woher haben Sie die Information?"

„Bitte, Gavin! Sie müssen mir vertrauen. Die Zeit läuft uns davon! Delanos Killer ist uns mindestens drei Stunden voraus."

„Können Sie Miss Fisher nicht erreichen?"

„Negativ. Ihr Smartphone ist ausgeschaltet. Ich habe aber ihre Adresse mitten in den Wäldern von Vermont. An der Grenze zu Kanada. Dort wird Delanos Killer als nächstes zuschlagen."

„Wir werden die örtliche Polizei dorthin ordern. Das ist der schnellste Weg."

„Direkte Polizeipräsenz vor Ort wird den Killer abschrecken. Wir haben jetzt die einmalige Chance, den Kerl zu erwischen. Er ist unsere einzige Verbindung zu Delano! Wenn wir nur die Möglichkeit hätten, vor ihm da zu sein."

„Wo stecken Sie?"

„In fünfzehn Minuten bin ich in Langley."

„Gut. Beeilen Sie sich. Es gibt eine Möglichkeit."

Eine halbe Stunde später startete ein Jay Hawk Helikopter mit Aaron und Gavin von Langley aus in nördliche Richtung. Die Koordinaten gaben an, das Ziel in etwas mehr als zwei Stunden zu erreichen.

„Wir haben alle Flüge von einem Washingtoner Airport aus nach Burlington durch die Computeranalyse gejagt. Das ist der nächstgelegene Flughafen in der Gegend dort oben. Laut unseren Berechnungen ist das kürzeste Szenario bis zum Zielort vier Stunden, maximal viereinhalb. Davon drei Stunden Autofahrt. Außer er nimmt sich einen Privatjet. Gott sei Dank liegt es sehr entlegen", sagte Gavin über das Interkom. Er schaute auf seine Uhr. „Es wird knapp werden, aber es besteht eine Chance, dass wir vor ihm da sind!"

„Hoffen wir's, Gavin! Einen Vorteil haben wir. Der Mann hat keine Eile! Er weiß nicht, dass wir ihm im Nacken sitzen."

24. Die Begegnung

Louise hatte den Morgen genossen. Eine Stunde lang war sie über die langen, schmalen Waldwege gejoggt, hatte die kühle, frische Luft in sich eingesogen und bog nun verschwitzt in den schmalen Zufahrtsweg zum Blockhaus ein. Erschrocken blieb sie stehen. Zuerst hatte sie den zweiten Jeep gesehen. Und jetzt den Mann am Haus! Er ging um die Hütte herum und schaute durch die Fenster hinein. Louise keuchte, als sie sich auf ihre Knie abstützte. Wer war dieser Kerl? Sie beobachtete den normal großen Ankömmling, der mit einer Jeans und einem grauen Blouson sportlich gekleidet war. Er trug ein grünes Basecap. „Hallo? Jemand zuhause?!", hörte sie ihn rufen. Da sie augenscheinlich von dem Mann nichts zu befürchten brauchte, kam sie näher.

„Hey!", rief sie laut.

Der Fremde drehte sich um und lächelte sie freundlich an. Beide kamen auf einander zu.

„Hallo! Frederick Bowman, von der hiesigen Forstaufsicht." Dabei reichte er Louise die Hand. „Ich schaue ab und an mal hier nach dem Rechten, ob alles in Ordnung ist."

Louise war erleichtert. Auch die letzte Vorsicht dem Unbekannten gegenüber war jetzt verflogen.

„Guten Morgen. Ich bin Louise Fisher. Mr. Allmond war so freundlich und hat mir seine Jagdhütte für ein paar Wochen überlassen."

„Ich weiß, deswegen dachte ich mir, schaue ich rein. Ob Sie mit dem Stromkompressor und der Wasserpumpe klargekommen sind."

Komisch, dachte Louise, sie hatte ausdrücklich darum gebeten, dass niemand erfährt, dass sie hier sein würde. Aber der Forstbeamte gehörte sicherlich nicht zu dem Personenkreis, vor dem sie sich zurückziehen wollte. Und außerdem könnte er noch nützlich sein, falls sie hier in der Einsamkeit ein Problem bekommen würde.

„Woll'n Sie einen Kaffee?", fragte Louise mit einem immer noch leicht keuchenden Atem. Beide gingen ins Haus. Während sie zur Küchenzeile ging, blieb der Forstangestellte in der offenen Tür stehen.

„Die Lampe würde ich an Ihrer Stelle das nächste Mal löschen, bevor Sie das Haus verlassen. Das hier ist alles trockenes Holz. Da geht es schnell."

„Ja, da haben Sie natürlich recht. Das war ziemlich blöd", entschuldigte sich die Autorin mit einem bedauernden Lächeln. Sie ging an Bowman vorbei zum Schreibtisch um die hohe Petroleumlampe, die die ganze Nacht hindurch gebrannt hatte, zu löschen. Sie fasste das Rädchen an der Seite, mit dem man den breiten Docht runter- und raufdrehen konnte. Und plötzlich sah sie es! Sie erschrak und blieb einen Augenblick starr vor Schreck. In den sich spiegelnden Fensterscheiben konnte sie eindeutig sehen,

wie der Mann hinter ihr jetzt eine Pistole aus seinem
Blouson zog. Das konnte doch nicht sein! Ein Vergewalti-
ger, ein Serienkiller waren die ersten Gedankenfetzen.
Scheinbar wartete er darauf, dass sie sich umdrehen
würde. Louise wusste nicht wie, aber in diesem Moment
behielt sie die Nerven. Sie drehte den Doch nach oben. Die
Flamme wurde sofort größer. Und im nächsten Moment
wirbelte sie herum und schleuderte dem verdutzten Killer
die Petroleumlampe entgegen. Reflexartig hielt sich der
Mann die Hand mit der Waffe vor sein Gesicht. Doch der
gläserne Bauch der Lampe zerbrach und augenblicklich
standen die Arme des Mannes und die gesamte Tisch-
gruppe in Flammen.

„Du Miststück!", schrie der Killer und versuchte, die
Flammen durch wildes Abklopfen zu löschen. Louise ergriff die Chance und wollte an dem Mann vorbeirennen,
um durch die noch immer offenstehende Tür zu fliehen.
Doch Kaskajew holte in seinen wilden Bewegungen aus
und schlug ihr mit voller Wucht ins Gesicht. Louise schrie
auf und fiel rücklings zu Boden, wobei sie mit dem Hinterkopf hart aufschlug. Bewusstlos blieb sie liegen.
„Scheiße! Verdammt!", schrie der Falke und hastete zum
Waschbecken. Sein Gesicht hatte kein brennendes Petro-
leum abbekommen, doch seine Hände und die Ärmel seiner Jacke hatten Feuer gefangen. Schnell hielt er beide
Arme unter den Wasserstrahl. Es spritzte als die Flammen
mit dem Wasser in Berührung kamen. Dann hielt er langsam seine rechte Hand hoch. Er verzog schmerzhaft sein
Gesicht. Große Teile seiner Hand waren verbrannt. Er bemerkte das sich schnell ausbreitende Feuer hinter sich. Die
Essgruppe, der Boden und der Rahmen der Tür standen

schon in Flammen. Er hielt sich seine Arme vors Gesicht und suchte Louise. Diese lag noch immer bewusstlos auf der anderen Seite der Feuerwand. Seine Waffe hatte er bei dem Aufprall der Lampe verloren. Nun lag sie unerreichbar unter dem brennenden Tisch. Er sah noch einmal durch die Flammen auf die dort liegende Frau. Das Feuer und die Hitze nahmen rasch zu. „Dann eben so", murmelte er und sprang mit einem Satz aus der brennenden Hütte.

„Dort!" sagte der Pilot durchs Interkom und zeigte auf eine Rauchsäule, die inmitten der riesigen Waldfläche senkrecht nach oben stieg.

„Verdammt!", rief Aaron. „Beeilen Sie sich!"

Wenige Sekunden später kreiste der Heli bereits über dem brennenden Blockhaus. Gleichzeitig machte der Pilot Meldung über das Feuer an die nächste Flugleitzentrale. Mittlerweile hatten sich die Flammen nach oben ausgebreitet und das hölzerne Dach brannte bereits. Vorsichtig versuchte der Pilot auf der großen Kiesfläche zu landen. Die Windwirbel entfachten dabei eine heiße Feuersglut. Obwohl der Hubschrauber noch zwei Meter über dem Boden weiter langsam sank, sprang Aaron bereits raus und rannte zum Haus. Er hatte Glück. Der Luftdruck der Rotoren drückte Flammen und Rauch von ihm weg, so dass er durch die Terrassentür hineinschauen konnte. Drinnen stand bereits mehr als die Hälfte des Raumes in Flammen. Nur der vordere Bereich schien davon noch ausgenommen. Aus allen Ritzen drängte der weiße Rauch nach draußen. Louise war wieder leicht zu Bewusstsein gekommen und hatte versucht, kriechend und keuchend die Terrassentür zu erreichen. Doch kurz davor schwanden erneut ihre Sinne. Jetzt sah er sie. Sie lag nur unweit zur Glastür regungslos am Boden. Die Flammen hatten diesen Bereich noch ausgespart und waren in die Höhe gestiegen. Aber sie fraßen sich auch auf Bodenhöhe rasch weiter. Aaron holte aus und trat die Sprossentür mit zwei heftigen Tritten auf. Sofort kam ihm ein heißer Schwall entgegen. Er hielt sich seinen Arm vor das Gesicht und sprang hinein. Schnell packte er die Frau unter ihren Achseln und zerrte sie aus dem Haus. Gavin war zu Hilfe geeilt und gemeinsam zogen sie Louise weiter ins Freie.

Aaron klopfte ihr auf die Wangen. „Louise!", rief er dabei. Er fühlte an ihrer Halsschlagader. „Scheiße! Kaum Puls!", fluchte er und begann mit einer kräftigen Herzmassage, die sich mit der Mund-zu-Mund Beatmung abwechselte. „Komm schon", flehte er unablässig. Dann setzte das erlösende Husten ein, dass sich zu einer heftige Hustenattacke wandelte. Dabei kam Louise langsam wieder zu sich. Sie starrte Aaron an.

„Mr. Boyd? Sie?", keuchte sie. „Was ist passiert? Scheiße, mein Laptop!"

„Später", sagte Aaron und gemeinsam mit Gavin zogen sie die benommene Frau auf die Beine. „Zunächst einmal sollten wir hier verschwinden." Sie hievten Louise in den Helikopter und stiegen hinterher.

„Wir brauchen das nächste Krankenhaus!", rief Aaron dem Piloten zu. Der nickte und schaltet die Rotoren auf Steigmodus.

* * *

Aaron saß an Louises Krankenbett. Ein durchsichtiger Infusionsschlauch schlängelte sich von ihrem Arm aus zu einem aufgehängten Beutel. Neben einer Gehirnerschütterung und einigen Blessuren im Gesicht, hatte die junge Journalistin eine Rauchvergiftung abbekommen. Die Ärzte wollten sie ein paar Tage zur Beobachtung dortbehalten.

„Ich kann mich an nichts erinnern, Mr. Boyd. Ich weiß nur noch, dass ich gejoggt bin." In einem gepunkteten Krankenhemd saß Louise aufrecht sitzend im Bett und versuchte sich zu erinnern.

„Wissen Sie noch, ob es einer oder mehrere Männer waren?", fragte Aaron vorsichtig.

„Ich glaube, es war einer. Aber mehr ..."

„Können Sie sich erinnern, wie der Mann ausgesehen hat?"

„Nichts", verneinte sie frustriert. „Es ist alles weg. Tut mir leid."

„An irgendetwas anderes?"

Louise überlegte angestrengt. „Der Jeep ... warten Sie, es stand da ein weiterer Jeep neben meinem am Haus."

„Was für eine Farbe?"

„Er war schwarz. Ja, schwarz. Jetzt bin ich mir wieder sicher." Dann wurde sie sehr nachdenklich. Sie schaute Aaron an.

„Danke, dass Sie mich gerettet haben", sagte sie. „Es scheint so, dass sich unsere Wege erneut kreuzen, Mr. Boyd. Und das schon wieder auf dramatische Weise. Da hört man über zwei Jahre nichts von Ihnen, dann plötzlich tauchen Sie aus dem Nichts auf und retten mir das Leben. Ist das nicht sonderbar?"

„Seien Sie froh", sagte Aaron und lächelte sie an.

„Woher wussten Sie, dass ich in Gefahr war? Und vor allen Dingen, was macht die CIA hier? Sie arbeiten für Sie, nicht wahr? Das haben Sie auch schon damals in Porto Puntas, stimmt's?"

Aaron beantwortete die Frage nicht, sondern sah Louise prüfend an. Natürlich hatte sie ein Recht zu erfahren, in was für Machenschaften sie hineingeraten war. Schließlich hatte er sie da hineingezogen, auch wenn er nicht ahnen konnte, welcher Gefahr er sie im Nachhinein damit aussetzen würde. Er hatte ihr seinerzeit den Stick zugespielt. Es war sein Kalkül, denn er wusste, dass die ehrgeizige Journalistin die Unterlagen veröffentlichen würde und somit der CIA keine Möglichkeit gegeben wurde, die Sache intern, auf ihre Art zu regeln. Also erzählte er ihr nun von der Flucht Delanos und der Liste. Louise erschrak innerlich bei dem Gedanken, dass auch sie darauf stand. Sie blickte mit einem ernsten Gesichtsausdruck vor sich hin. Erst jetzt schien sie allmählich zu begreifen, welcher Bedrohung sie ausgesetzt war und was für ein unglaubliches Glück sie gehabt hatte. Dann schaute sie Aaron wieder an.

„Ich würde gerne Ihre Geschichte schreiben, Mr. Boyd", sagte sie unverhofft. „Ich vermute, sie ist spannender als meine."

„Sie ist noch nicht zu Ende, Louise", antwortete Aaron. „Später vielleicht einmal."

„Wir müssen wieder", unterbrach Gavin, als er in das Krankenzimmer kam. „Geht es Ihnen besser, Miss Fisher?"

„Mir schon, aber ich schätze, Allmond wird mir nie wieder eines seiner Ferienhäuser zur Verfügung stellen", scherzte sie. Die beiden Männer bemerkten, dass sie noch immer unter Schock stand. Gavin redete behutsam auf sie ein.

„Ich habe die Formalitäten unten erledigt. Wir haben Sie unter dem Namen *Catherine Baker* eingetragen. Merken Sie sich das gut", sagte er.

„Ich verstehe nicht?" Louise sah die Männer fragend an.

„Unter den gegebenen Umständen ist es besser, sie bleiben eine Weile verstorben", erklärte er weiter. „Der Killer muss sichergehen, dass Sie umgekommen sind."

„Oh, mein Gott! Glauben Sie, er könnte es erneut versuchen?"

„Nicht solange er davon ausgeht, dass er es geschafft hat. Wir werden eine Meldung an die regionale Presse geben, dass bei dem Brand eine junge Frau umgekommen ist. Nur die hiesige Polizei ist eingeweiht. Wir müssen natürlich Ihren Arbeitgeber über Ihren Tod informieren. Es wird wichtig sein, dass der Enquirer Ihre ...", Gavin stockte kurz in seinen Worten. „Todesanzeige zusammen mit ein paar Worten über den tragischen Verlust in eigener Sache abdruckt."

„Nur keine falsche Pietät, Mr. Wilson. Gestorben zu sein, ist auch für mich eine neue Erfahrung."

Ein Moment der Stille trat ein.

„Und was wird jetzt?", fragte sie unsicher weiter.

„In zwei Tagen werden Sie sich erholt haben. Dann lasse ich Sie abholen", erläuterte Gavin. „Bis dahin wird ein Polizist Tag und Nacht vor ihrem Zimmer auf Sie aufpassen. Wir werden Sie für eine Zeit ins Zeugenschutzprogramm nehmen. Eine reine Vorsichtsmaßnahme, bis wir Delano und seinen Killer erwischt haben."

Die Männer verabschiedeten sich. Im Hinausgehen bat Louise Aaron kurz zurück.

„Ich möchte noch eins wissen, bevor Sie gehen, Mr. Boyd."

Aaron schaute sie erwartungsvoll an. „Ja?"

„Sie haben mir seinerzeit den Stick zukommen lassen, richtig?"

„Sie sollten sich ausruhen." Mit einem Lächeln drehte sich Aaron um und ging.

„Wusste ich's doch", murmelte Louise und legte sich wieder in die Liegeposition.

Vor dem District Hospital hatte Gavin gewartet. Schnellen Schrittes kam Aaron auf ihn zu.

„Und?", fragte Gavin.

„Sie kann sich nicht an den Mann erinnern. Aber wir haben noch eine Möglichkeit, Gavin. Kommen Sie, los!" Beide Männer liefen auf den Hubschrauberlandeplatz zu, auf dem ihr Heli wartete.

„Was ist?"

„Sie kann sich an einen schwarzen Jeep erinnern, der am Haus stand. Das kann nur der Mietwagen des Killers gewesen sein. Der Typ fährt wahrscheinlich gerade in Seelenruhe zum Flughafen Burlington zurück. Er wird den Wagen ganz normal der Autovermietung zurückbringen. Das ist unsere Chance!"

„Verstehe", antwortete Gavin, während beide am Hubschrauber ankamen. Er gab dem Piloten mit einer kreisenden Fingerbewegung das Zeichen zum Abflug und beide

Männer stiegen ein.

„Wieviel Vorsprung hat er?", fragte Gavin über das Interkom als sich der Helikopter in die Luft erhob.

„Schätze, maximal drei Stunden. Wir brauchen nur eine Halbe!"

* * *

Aaron und Gavin standen hinter Betonsäulen geschützt in der zweiten Etage des langen Parkhauses am Flughafens Burlington, das sich parallel zum Terminalgebäude hinzog. Sie warteten. Zu ihrem Glück gab es nur eine Mietwagengesellschaft, die Jeeps in ihrer Flotte führte. Auf dieser Etage waren einundzwanzig Parkplätze dieser Firma gekennzeichnet. Und hier würde der Fahrer den Wagen wieder abstellen. Nachdem Gavin seinen Ausweis gezückt hatte, gab der Filialleiter der Gesellschaft ihnen die Daten und Informationen. Es wurden nur zwei Jeeps in den letzten Tagen angemietet. Einer von Louise Fisher und der andere von einem gewissen John Hackerty aus Georgia. Sofort ließ Gavin über das Hauptquartier in Langley die Personendaten überprüfen. Es gab einen John Hackerty unter der angegebenen Adresse in Georgia. Doch der war zweiundneunzig Jahre alt. Die Mietwagengesellschaft ortete auf Gavins Anweisung hin den Standort des Jeeps per GPS. Er bewegte sich in diesem Augenblick keine zehn Meilen entfernt in Richtung Flughafen.

Kaskajew erreichte den Airport. Unterwegs hatte er sich in einer Apotheke Brandsalbe und starke Schmerzmittel gekauft. Die Apothekerin hatte ihm dringend zu einer

218

ärztlichen Versorgung geraten. Zumindest hatte sie ihm die Hand fachgerecht verbunden. Doch es schmerzte trotz der Einnahme der dreifachen Dosis an Schmerzmitteln. Er würde es schon so schaffen. In einem Laden neben der Apotheke hatte er sich einen neuen Blouson gekauft. Einhändig steuerte er den Jeep nun über die lange Zufahrtsstraße. Obwohl es anders gelaufen war, als er sich vorgenommen hatte, war er zufrieden. Die Zielperson war in der Hütte verbrannt. Schade, dachte er, eine hübsche, junge Frau. Irgendwie schon sein Typ, selbstbewusst und rothaarig.

Kaskajew fuhr im Schritttempo an dem langgestreckten Parkhaus vorbei und ließ die ersten Einfahrten ungenutzt. Irgendetwas machte ihn stutzig. Vor der letzten Zufahrtsmöglichkeit stoppte er den Jeep. Er konnte es nicht benennen, doch es war dieser Instinkt, dass etwas nicht stimmte. Eine Art Vorsehung, auf die er sich immer verlassen konnte. Prüfend beobachtete er die Einfahrt. Er stieg aus und hielt einen jungen Flughafenbediensteten an, der in einer gelben Weste zufällig vorbeiging.

„Entschuldige," sagte er salopp, „kannst du den Wagen für mich in die Garage fahren?" Dabei deutete er auf seine verbundene Hand. „Ist ein wenig eng zum Manövrieren da drin für mich." Dabei drückte Kaskajew dem überraschten Jungen einen fünfzig Dollarschein in die Hand. „Wäre schön, wenn du die Schlüssel bei der Mietwagengesellschaft abgeben würdest. Ist alles geklärt."

„Klar, Sir. Kein Problem", antwortete der junge Mann freudig, setzte sich in den Jeep und steuerte den Wagen langsam zum Eingang des Parkhauses.

Der Falke nahm seinen Rucksack und ging schnell zu

einem Papierkorb. Nach einem kurzen Blick hinein, fischte er eine leere Getränkedose heraus. Er schaute sich kurz um. Dann drückte er das Aluminium zusammen, legte es unter seinen Schuh und zerriss die Dose.

Es war ruhig auf der Etage. Nur gelegentlich quietschten die Reifen ein- und ausfahrender Autos auf dem Betonuntergrund. Gavin hatte sich hinter einer vorderen Säule neben den zugewiesenen Parkplätzen postiert, während Aaron hinter der Säule am hinteren Ende der Fläche wartete. Wenn der Jeep nicht noch in einen Stau geraten war, müsste er jeden Augenblick hier auftauchen. In der Zeit des Wartens musste Aaron wieder an Iris denken. Sollte die Spur des Killers hier und jetzt zu Delano führen, würde er diesen Alptraum vorzeitig beenden. Und er nahm sich vor, alles zu ändern. Er würde den Job als Ausbilder an den Nagel hängen. Er hatte sogar zunehmend Lust auf eine kreative Tätigkeit. Und vielleicht würde sich wieder dieses wunderbare Gefühl einstellen, das er mit der Zeit davor verband. Und die er jetzt schmerzhaft vermisste. Aber das waren Gefühle, die er in diesem Augenblick nicht gebrauchen konnte. Er musste sich konzentrieren. Während er noch in seinen Gedanken hing, bemerkte er, wie Gavin ihm wild gestikulierend Zeichen gab. Ein schwarzer Jeep fuhr gerade langsam durch die unteren Etagen. In wenigen Sekunden würde er hier auftauchen. Tatsächlich bog der Jeep jetzt auf ihre Etage und rollte langsam an Gavin vorbei. Aaron hatte seine Waffe gezogen und beobachtete den Wagen, der nun einparkte. Doch im selben Augenblick spürte er einen scharfen Gegenstand an seinem Hals. „Beweg dich nicht, sonst zieht sich diese Klinge durch deine Schlagader", flüsterte ein Mann hinter ihm. Er kam ganz nah an Aarons Ohr. „Deine Waffe. Gib sie mir. Ganz langsam."

Aaron regte sich nicht. Aber er erkannte diese Stimme. Leise, sanft und ruhig.

„Kaskajew."

„Du hast mich erwartet? Schlau, sehr schlau. Nur leider zu spät. Deine Waffe", forderte der Falke erneut.

Aaron blieb weiter regungslos und sah auf den Jeep in einiger Entfernung. Gavin stürzte gerade hervor und schrie den jungen Mann an, als dieser ausstieg. Der musste sich knien und die Hände hinter den Kopf verschränken. Doch Aaron hatte weiter den Tod direkt an seinem Hals. Warum stieß der Killer nicht zu?

Aaron senkte den Arm mit der Pistole und reichte sie nach hinten. Blitzschnell nahm der Mann die Waffe und hielt sie an Aarons Kopf. Gleichzeitig ließ er das rasiermesserscharfe Aluminiumstück fallen, das er geschickt aus der alten Dose herausgebogen hatte.

Jetzt wurde Wilson auf die Situation aufmerksam. „Du bleibst am Boden und rührst dich nicht", befahl er dem Jungen. Der war weiterhin zu geschockt und eingeschüchtert, dass er sich ohnehin nicht traute, auch nur die kleinste Bewegung zu machen. Mit vorgehaltener Waffe ging Gavin nun langsam auf Aaron zu. Er hatte erkannt, dass noch jemand hinter ihm stand und eine Waffe an seinen Kopf hielt.

„Sag dem Mann, dass er nicht näherkommen soll", drohte der Falke und spannte den Hahn der Pistole. Aaron deutete Gavin an, stehenzubleiben. Dieser tat es, hielt aber die ganze Zeit seine Waffe auf die beiden gerichtet. Aaron hielt weiterhin seine Hände vorsichtig weiter halbhoch während sich Kaskajew ganz eng an ihn schmiegte und ihn als Schutzschild benutzte.

„Aaron Boyd", flüsterte der Falke in sein Ohr. „Unglaublich. Du hast tatsächlich meine Spur gefunden."

„*Du* bist also Delanos Bluthund."

„Wenn dein Freund uns folgt, bist du tot", sagte der Killer und zerrte Aaron langsam rückwärts. Wilson hörte die Worte und blieb weiter stehen.

„Schön, dass wir uns wiedersehen, Aaron." Der Falke drückte ihn nun rasch in Richtung des Treppenhauses. „Ich hörte, du hast die Seiten gewechselt. Schön für dich." Sie erreichten die Treppenhaustür. Er zog Aaron erneut grob an sich heran. „Das Problem ist nur, dass man die Seiten nicht einfach wechseln kann, mein Freund", zischte er. „Einmal ein Cleaner. Immer ein Cleaner."

„Du redest Bockmist, Bahir. Was soll der Scheiß mit der Liste? Es war nicht schwer, die anderen Opfer auf eurer Liste zu erraten. Nur die Reihenfolge war unklar."

„Du wirst niemanden davon retten können. Der Mafiosi, jetzt die kleine rothaarige Journalistin. Die liegt übrigens geröstet in einer abgebrannten Hütte oben in den Wäldern. Tut mir leid. Betrachte es von jetzt an, als unser kleines Spiel, Aaron." Kaskajew hielt Aaron immer noch fest und öffnete mit dem Fuß langsam die Tür zum Treppenhaus. „Spieglein, Spieglein an der Wand ... wer ist als nächstes dran", flüsterte er in sein Ohr. „Keine Sorge. Du bist der Letzte darauf. Delano möchte dir Zeit geben, anständig zu trauern, bevor du an der Reihe bist. Wir sehen uns."

Aaron bemerkte, wie der Falke ihn losließ und durch die

Tür verschwand. Gavin Wilson kam jetzt auf ihn zu gerannt. „Ihre Waffe, Gavin!", rief er ihm zu. Er fing sie auf und rannte dem Falken hinterher durch das Treppenhaus. Er schaute am Geländer herunter. In den unteren Etagen stiegen mehrere Parkhausnutzer hoch und runter.

Mist!

Aaron rannte die Treppe hinunter. Dabei hielt er Gavins Pistole unter seinem Jackett versteckt, als er an den Menschen vorbeihastete. Keine lauten Schreie von verunsicherten Personen sollten seine Position verraten. Dann stieß er die Tür im Erdgeschoss auf und rannte einer Vermutung nach in Richtung Ausfahrt. Er lief weiter, stoppte und horchte wiederholt. Nichts war zu hören und niemand zu sehen, der davonlief.

Scheiße! Wo steckst du Arschloch?!

Keuchend hielt er inne und stützte sich auf seine Knie ab. Langsam wanderte sein Blick durch die Etage, an all den parkenden Autos vorbei und nach draußen, wo die Sonne hell schien und sich einige Reisende bewegten. Der Falke war wie vom Erdboden verschluckt. Doch nun wusste Aaron, mit wem er es zu tun hatte.

Mehr als ein ebenbürtiger Gegner.

25. Die Fotos

Zwei Tage später saßen Delano und der Falke in Delanos Mietwagen wieder auf Yukatan. Sie sahen durch die

Windschutzscheibe auf das weite Meer. Es dämmerte bereits.

„Was ist mit ihrer Hand passiert? Die Schreibertussi?", fragte Delano ruhig.

„Der Job ist erledigt. Sie ist verbrannt."

„Gut."

„Boyd war da. Zusammen mit einem anderen. Ein Ermittler oder ein CIA Mann."

Sekunden des Schweigens vergingen.

„Hhm, dann hat er schneller die Spur aufgenommen, als ich dachte", sagte Delano. „Gut so."

Wieder entstand eine kurze Pause.

„Boyd wird als nächstes verständlicherweise versuchen, die Nummer drei auf der Liste ausfindig zu machen. Da gäbe es noch Personen, die er ableiten könnte. Der Richter zum Beispiel. Lassen wir daher unseren schlauen Fuchs noch etwas weiter in den Staaten schnüffeln." Delano hielt inne und schaute auf den Horizont. „Nur zu dumm, dass es keine Nummer drei gibt", fügte er plötzlich hinzu. „Wir werden uns daher in aller Ruhe direkt Miss Laura Bingham, wie seine Kleine jetzt heißt, widmen können. Während Mr. Boyd noch in den Staaten rumirrt." Delano lächelte diabolisch bei seinen Worten.

Du ausgekochter Hund, dachte Kaskajew. Einmal mehr registrierte der Falke den perfiden Einfallsreichtum seines Auftraggebers.

„Und wie geht's jetzt konkret weiter?"

„Wir werden ein paar Tage intensiver zusammenarbeiten. Kennen Sie sich eigentlich mit Kunst aus, Kaskajew? Lust auf Paris?", fragte Delano ruhig.

„Wann?"

„Ich werde noch heute Abend fliegen. Ich treffe Sie in drei Tagen im Grand Opera Hotel, Paris. Ich muss vorher noch ein Paket abholen. In Montpellier, Südfrankreich."

„Es gibt ein Problem", unterbrach ihn der Falke leise. „Ich hab' noch einen Job angenommen."

Einen Moment lang sagten die Männer nichts.

„Okay", lenkte Delano ein. „Wir haben schließlich keinen Exklusivvertrag. Dennoch ist es extrem wichtig, dass Sie zum angegebenen Zeitpunkt in Paris sind." Er wurde ärgerlich. „Ich hatte Ihnen gesagt, dass sich meine Kampagne hinziehen würde. Es ist nur wichtig, dass Sie für meine Belange da sind, wenn ich Sie brauche. Dafür bezahle ich Sie. Also, wie lange brauchen Sie für diesen anderen Job?"

„Ich könnte ihn sofort erledigen. Hier und jetzt", sagte der Falke ruhig.

Delano wendete seinen Kopf hin zu seinem Nebenmann, der weiter geradeaus schaute.

„Denke, die CIA hat Sie bereits enttarnt", sagte Kaskajew und gab Delano den Umschlag. Der zog die Fotos heraus und erschrak innerlich. Dennoch versuchte er ruhig zu bleiben. Verdammt, dachte er, war alles umsonst gewesen? Er sah sich eine lange Zeit die Bilder an. Sein Kopf war rot eingekreist. „Woher haben Sie diese Fotos?", sagte er schließlich. Der Falke schaute ihn an. „Von diesem Mann." Daraufhin er zog ein weiteres Foto hervor. „Kennen Sie ihn?"

Das Foto zeigte Harold Finch, wartend in seinem Auto an der National Mall in Washington. Diesmal dauerte es nur einen kurzen Moment bis Delano mit einem abfälligen Schmunzeln reagierte. Er war erleichtert und zugleich stieg eine Wut in ihm. „Ist das Ihr neuer Auftraggeber?"

„Ja. Ich erkenne einen CIA-Agenten auf einhundert Yards."

Delano reichte das Foto zurück. „Was hat er Ihnen geboten?"

„Mein übliches Honorar."

„Scheint so, als hätten Sie jetzt einen Interessenskonflikt, Mr. Falke." Delano war seinerseits jetzt wieder die Ruhe selbst. Das wiederum entging seinem Gesprächspartner nicht. „Das scheint Sie nicht weiter zu beunruhigen", merkte Kaskajew an. War sein Kunde so cool oder tat er nur so?

„Ach, kommen Sie, Falke", sagte Delano schnippig. „Sie haben sich doch längst entschieden, den Job nicht zu machen. Sonst hätten Sie mich bereits erledigt." Beide Männer sahen wieder nach vorn. „Ich bin der lukrativere Kunde. Und das wissen Sie."

„Über etwas anderes mache ich mir Gedanken", fuhr der Falke leise fort. „Die Firma kennt mich. Ich habe für sie gearbeitet. Normalerweise würden sie sich erst einmal brennend dafür interessieren, was wir da in diesem Café zu bereden hatten. Aber anscheinend interessiert es sie nicht. Warum also beauftragt die CIA gerade mich, in Ihrem Fall tätig zu werden? Ist doch seltsam, finden Sie nicht?"

Delano lehnte sich entspannt zurück. „Sie hatten recht in Ihrer Einschätzung, was Ihren neuen Kunden angeht. Er ist Angestellter der CIA. Aber nicht im operativen Dienst. Er kennt Sie überhaupt nicht!"

„Wie kommen Sie darauf?"

„Er arbeitet für mich. Steht auf meiner Payroll", erklärte

Delano. Kaskajew verstand nicht. Dann wurde Delano plötzlich ungehalten. „Dieser Typ heißt Harold Finch! Er und zwei weitere Halunken scheinen den Deal, den ich mit den dreien habe, jetzt eigenmächtig beenden zu wollen! Diese kleinen, miesen Dreckschweine. Durch mich sind sie reich geworden!"

„Die Kerle arbeiten auf eigene Rechnung?", vergewisserte sich der Falke.

„Ja."

„Und jetzt?"

Delano sah mit einem finsteren Gesicht nach draußen. Dann schaute er erneut auf das Foto mit Harold Finch. „Na gut, ihr drei kleinen Schweinchen. Ihr wolltet allen Ernstes den bösen Wolf ficken ...", flüsterte er vor sich hin.

26. Harold Finch

Aaron beschloss, Delanos Spur über diese drei CIA-Mitarbeiter weiter aufzunehmen. Wenn sie selbst bei der CIA angestellt waren, die neue Identität Delanos kannten und die Möglichkeiten der CIA und vielleicht der NSA nutzen konnten, hatten sie klare Vorteile. Sie waren Maulwürfe, von denen der Apparat nichts wusste. Tatsächlich ehemalige Sektionsleute. Delano drohte mit ihrer Entlarvung. Aaron überlegte. Gavin wäre hocherfreut über diese Information. Doch dann würde Finch sofort verhaftet und für Aaron nicht mehr zugänglich sein. Nein, erst brauchte er die Informationen von diesem Kerl. Es war eine erste, heiße Spur.

In der Mittagspause beschloss Harold Finch sein Sandwich am Schreibtisch zu essen. Er hatte zum ersten Mal in seinem Leben einen Profikiller angeheuert. Er war nervös. Würde alles reibungslos klappen? Als sein Mobilphone läutete, sah Harold Finch im Display eine ihm unbekannte Nummer. War das bereits die ersehnte Vollzugsmeldung? Er drückte die Verbindung.

„Hallo?"

„Harold Finch?"

„Ja. Wer spricht da?"

„Mein Name ist Aaron Boyd. Sie wissen, wo sich Michael Delano aufhält?"

Finch zuckte zusammen. Scheiße! Das war doch einer der beiden Kronzeugen, dessen Aufenthaltsort er für Delano ausfindig gemacht hatte! Woher wusste der von ihm? Verdammt, dachte er. „Hören Sie, ich kenne keinen Michael ..., wie war der Name? Delano?"

„Wir haben keine Zeit für Spielchen, Finch. Oder klingt Charles Vanderbilt besser?"

Finch versuchte seine Gedanken rasch zu ordnen. Leugnen half hier scheinbar nicht. Verflucht! Eine Falle?

„Wer, sagten Sie, sind Sie doch gleich?", fragte er zögerlich.

„Jemand, der ebenfalls hinter Delano her ist. Wir sollten reden."

Der Analyst sackte erleichtert innerlich zusammen. Es war anscheinend keine Falle der *Internen*. Die wären hereingestürzt und hätten ihm unsanft Handschellen angelegt. Doch wer war jetzt dieser Kerl? Woher wusste er von ihren Absichten? Schweißperlen bildeten sich auf seiner Stirn.

„Was wollen Sie?"

„Das sollten wir besser persönlich besprechen. Anscheinend haben wir ein und das selbe Problem. Sagen Sie mir wann und wo."

Finch überlegte angestrengt. Sekunden vergingen. Sollte er darauf eingehen? Er musste es tun. Wer weiß, was sonst noch passieren könnte. Alles war gerade sehr undurchsichtig. Er wusste, dass sich Delano viele Feinde machte. Offensichtlich schien dieser wohl ebenfalls handeln zu wollen. Es könnte es ein weiterer Verbündeter werden.

„Finch?"

„Also gut, Mr. Boyd. Gegen acht führe ich immer unseren Hund um den Block." Finch gab Aaron seine Adresse durch.

„Eine gute Entscheidung, Mr. Finch. Ich werde da sein." Beide legten auf.

Harold Finch lehnte sich zurück. Hatte er richtig gehandelt?

* * *

Finchs Adresse führte nach Arlington, unterhalb von Washington gelegen und nicht weit entfernt von Langley. Es war kurz vor acht Uhr abends, als Aaron in die angegebene Straße einbog. Schon von weitem erkannte er plötzlich ein Blaulichtgewitter vor ihm. Langsam fuhr er weiter vor. Ein Rettungswagen sowie zwei Streifenwagen standen direkt vor Finchs Haus. Was war hier los? Aaron parkte etwas abseits, stieg aus und mischte sich unter die Gruppe von Schaulustigen, die mit einem blauweißen Flatterband mit der Aufschrift ‚*Crime Scene. Do not enter'* weiträumig von dem Haus ferngehalten wurden.

„Was ist passiert?", fragte er einen Passanten.

„Der Besitzer des Hauses wurde erschossen."

„Wann?"

„Sie sagen, vor einer halben Stunde erst. Schrecklich."

„Ja", antwortete Aaron und entfernte sich unauffällig aus der Gruppe. Er ging zu seinem Fahrzeug zurück.

Verdammt, zu spät! Er muss die Nummer drei gewesen sein!

Und wer die Nummer vier auf der Liste war, das wusste Aaron! Er hatte keine Zeit zu verlieren.

27. Die Installation

Iris schritt die knapp einhundert Meter vom Château hinüber zum Pavillon. Es war ein lauschiger Sommerabend. Die Sonne war bereits untergegangen und die Dämmerung tauchte alles in ein kühleres Licht. Es blieben nur noch zwei Tage bis zur großen Eröffnung. Aaron hatte sich nicht wieder gemeldet. Hatte sie in Ruhe gelassen. Das tat ihr gut. Sie brauchte Abstand. Die Überstunden, die sie wie alle anderen Teammitglieder, so kurz vor der Eröffnung arbeitete, schufen gleichzeitig Ablenkung und Beruhigung. Sie hatte mit Bertrand gesprochen und ihm die Umstände erklärt, warum sie zum jetzigen Zeitpunkt nicht mit ihm Ausgehen könne. Wenn, dann müsste er warten.

Je näher die Eröffnung rückte, umso mehr schienen sich auch die Probleme zu häufen. Obwohl die Konzeption und Gesamtverantwortung ausschließlich bei dem Team lag, waren seitdem die Hängung vor vier Wochen begann, laufend Künstler, Erben, Nachlassverwalter oder Vertreter der Museen eingeflogen, um die richtige Positionierung oder Beleuchtung zu begutachten, zu kritisieren und auf Korrekturen zu drängen. Das kostete Zeit und nagte an den Nerven des Teams. Doch sie alle wurden angehalten, im Sinne des zu erschaffenden Gemeinsamen mit viel Geduld und Fingerspitzengefühl den Gebern entgegenzutreten. So bat die Vertreterin des Museum of Modern Arts Iris um Prüfung, ob im Bereich ihrer beigesteuerten Werke die Hintergrundmusik, die leise und unterschwellig etwas vom vorherrschenden Zeitgeist einer Epoche auch akustisch wiederspiegeln sollte, nicht gänzlich ausgeschaltet werden könne.

Aber es gab auch Lichtblicke. Doe Jam Nom, der Star der Künstlichen-Intelligenz-Szene, war seit dem frühen Morgen mit seinen Technikern damit beschäftigt, seine Hologramm-Installation „We are no longer Humans" aufzubauen. Iris war besonders auf die modernen, technischen Ausdrucksformen gespannt, die virtuelle Realitäten für die Kunst erschloss. Dieser Bereich wurde immer spannender, denn seit einigen Jahren hatte die erhöhte Verfügbarkeit preiswerter Rechnerleistung dazu geführt, dass sich das Spektrum der für Künstler verfügbaren digitalen Techniken deutlich erweitert. Bis hin zur Künstlichen Intelligenz.

Iris ging im Halbdunkeln an dem Meer von unzähligen, hüfthohen Absperrbügeln vorbei, die später den Besucherstrom kanalisieren würden. Von weitem schon sah sie einige berühmte, große Skulpturen, die im Außenbereich aufgestellt waren. Unübersehbar war eine neun Meter hohe und gespenstisch angeleuchtete Spinne als Bronzegeripppe, die sich monströs im hinteren Teil der Freifläche erhob. Allerdings sah ihre Erschafferin Louise Bourgeois die Spinne als Freund, beschützend und hilfreich. Geradezu liebevoll wirkten dagegen Jeff Koons orangene und pinkfarbene Ballon Dogs. Die beiden über drei Meter hohen, aus poliertem Edelstahl gefertigten Skulpturen, standen auf hohen Podesten und wurden von unten angestrahlt. Die mächtigen Stahlfiguren sahen aus, als wären sie mit einer Leichtigkeit jeweils aus einem langen Ballon geknotet worden. Wie riesige Wachhunde säumten sie den Eingangsbereich.

Schließlich erreichte sie den länglichen Vorbau des Pavillons. Hier befanden sich die Einlasskontrollen und Schließfächer für Handgepäck. Alles befand sich auf einem Hochsicherheitslevel.

Vorbei an den Wachleuten betrat Iris nun das Gebäude und war gleich in einer anderen Welt gefangen. Die riesigen Innenräume sahen prächtig aus! Die langen, schweren Metallträger der Konstruktion verliefen senkrecht durch alle drei Stockwerke. Das Parterre war gut sechs Meter hoch, die beiden darüber liegenden Etagen um die vier. Mehrere Gittertreppen führten von der Mitte der Grundfläche ausgehend, jeweils in die oberen zwei Etagen. Nur ein länglicher, gemauerter Sanitärbereich sowie ein gläserner Aufzug neben den Treppen unterbrach den luftigen Eindruck. Die Böden der oberen Stockwerke folgten in ihrer Grundform einer großzügigen, organisch runden Linie, so dass man dazwischen bis in die zweite Etage schauen konnte. Auf jeder Ebene waren Leute damit beschäftigt, die Lichtkegel von kleinen Strahlern zu korrigierten, irgendetwas zu werkeln, zu diskutieren oder sonstigen Tätigkeiten nachzugehen. Überall, wo Iris hinschaute, sah sie berühmte, US-amerikanische Kunstwerke. Und es waren Originale! Jedes Exponat war nach einem bestimmten Konzept sowie Epochen gehangen und speziell ausgeleuchtet. Die unterschiedlich großen Bilder hingen an dünnen Stahlseilen und es wirkte, als ob sie schweben würden. Hinzu kam das Licht der kleinen, verdeckten Strahler, die die Laufwege diffus beleuchteten. Aus den hinteren Bereichen des Pavillons war Musik zu hören und das Knarzen von Lautsprechern, ähnlich einem Soundcheck. Das Geräusch von Akkuschraubern mischte sich gelegentlich dazu. Schon an den zurückliegenden Tagen hatte Iris jede freie Minute genutzt, um sich all die wunderbaren Meisterwerke anzuschauen. Sie hatte vor Whistlers berühmtem *Portrait seiner Mutter* gestanden oder sich minutenlang Edward Hoppers *Nighthawks*, Figuren in einer nächtlichen Bar, angeschaut, um gleich daneben sein Bild der *Tankstelle mit den drei roten Zapfsäulen zu entdecken*. Sie fragte sich, warum Grant Wood sein puritanisches Bauernpaar mit Heugabel *American Gothic* genannt hatte und die großen, knallbunten Figuren eines Keith Harings auf sich wirken lassen. Es war alles so wunderbar. Und jetzt, wo der Abend den Tageslichteinfluss von außen reduzierte, zeigte das Lichtkonzept seine ganze Wirkung. Alles sah einfach noch phantastischer aus. Iris war überwältigt. Noch nie hatte sie so viele Originale von US-amerikanischen Künstlern zusammen an einem Ort gesehen. Und allmählich fühlte sie Stolz, ein Teil dessen zu sein, was diesen Anblick, diese riesige Show, ermöglicht hatte.

Die untere Etage gehörte den Performance- und Installationskünstlern. Künstlern, die ihre Werke weg von Leinwand oder Skulptur, in den dreidimensionalen Raum schufen. Oder sich in Projektionen ausdrückten. So säumten sechs große Videoflächen den Weg hin zu den zentralen Aufgängen. Auf ihnen liefen unterschiedliche Projektionen. So sah man zum einen eine ruhige, starre Einstellungen einer sattgrünen Landschaft, die im Laufe von einer Stunde langsam verdorrte oder verfremdet anmutende Western-Szenen aus den Pioniertagen Amerikas. Nahaufnahmen des markanten Mienenspiels der Schauspieler aus Alfred Hitchcocks Film *Psycho* wurden in Multi-Zeitlupe zu einer rätselhaften Collage gedehnt, die dem Besucher eine völlig neue Betrachtungsweise des bekannten Inhalts ermöglichen sollte. Neben den Projektionen wurden auf der untersten Ebene des Pavillons auch berühmte Installationskünstler präsentiert. Und so hatte das Team von Doe Jam Nom gleich am Eingang ein riesiges, bunt bemaltes Tor aufgestellt. Es maß über drei Meter in der Höhe und der Weg hindurch führte anschließend in ein mannshohes, zylinderisches Gebilde, an dessen Ende sich ein Drehkreuz aus Edelstahl befand. Iris erkannte eine Gruppe von mehreren schwarzgekleideten Männern im Hintergrund, die zusammenstanden und redeten. Ein kleiner Asiate mit einem roten Basecap stand im Mittelpunkt der Unterredung. Er diskutierte mit weitausladenden Gesten und als er Iris sah, strahlte er über sein rundes, breites Gesicht. Iris erkannte Doe Jam Nom sofort, obwohl sie ihm noch nie persönlich begegnet war. Er winkte ihr zu, näher zu kommen. Iris scheute sich, durch das Tor zu gehen. Doch der Künstler forderte sie mit wilden Handzeichen auf, es doch zu tun.

„Bitte, schöne Frau! Gehen Sie durch das Gate von Jam Nom", bat er mit einem breiten Lächeln. In gespannter Erwartung auf das, was passieren würde, schritt Iris in das Tor. Sie vernahm irgendwelche Zischgeräusche, als sie sich langsam hindurchbewegte. Kurze Lichtblitze schossen gleichzeitig auf sie ein. Und ein Sprecher murmelte monotone Formeln in einer unbekannten Sprache aus versteckten Lautsprechern. Irgendetwas passierte hier gerade, dachte sie. Es machte neugierig, wusste sie doch, dass Jam Nom revolutionäre Installationen mit stets neuester Technik erfand, die den Menschen in sein Gesamtwerk einbezogen. Ein Schild leuchtete auf, sie möge nun auf einem markierten Bereich regungslos stehenbleiben. Davor befand sich die geschlossene Passierschranke. Sie sah Jam Nom, der nun breit lächelnd vor dem Tor stand. Jetzt leuchteten Strahler aus verschiedenen Positionen auf und tauchten sie in gleißendes Licht. Surrende Geräusche wie aus einem Scanner wanderten um sie herum. Iris blieb still stehen und ließ alles geschehen. „Sagen Sie etwas", forderte sie der kleine Künstler grinsend auf. Iris musste automatisch zurücklächeln. Na dann, dachte sie. „Ich bin Laura", antwortete sie, „Ihre persönliche Ansprechpartnerin. Schön, dass Sie da sind." Dann war plötzlich alles vorbei. Die Lichter gingen aus und alle Geräusche verstummten. Die Schranke öffnete sich und gab den Weg ins Foyer frei. Freudig strahlend kam Jam Nom nun auf sie zu.

„Kommen Sie heraus, schöne Frau. Mein Name ist Jam Nom. Und Jam begrüßt Sie als *Nomore Human*", sagte er mit einem asiatischen Singsang in seiner Stimme. Iris kam sich vor, als würde sie diesen kleinen Mann schon eine Ewigkeit kennen. Sein aufgeschlossenes Wesen und diese Herzlichkeit waren eine Wohltat, hatte sie in den letzten Tagen doch zu viel Borniertheit, Arroganz und Unfreundlichkeit seitens der Vertreter der Kunst erlebt. Sie gaben sich die Hand. Das übrige Aufbauteam war ihm gefolgt und Iris sah sich umringt von lächelnden Männern. Dann zog sie ihre Hand zurück, die Jam Nom unbeirrt weitergeschüttelt hatte.

„Es ist eine wundervolle Exhibition hier. So viele Künstler, so viele berühmte Werke", sagte Jam, wobei er unermüdlich weiter lächelte.

„Das ist also Ihre neue Installation ‚*We are no longer Humans*‘ " Damit deutete sie auf die bunte Anlage, die sie gerade durchschritten hatte. „Ich habe viel darüber gelesen. Sie zeigen sie hier zum ersten Mal. Alle sind bereits gespannt, was sie beinhaltet."

Der kleine Asiate schaute sie etwas spitzbübisch an. Er lächelte fortan. „Ich auch, Laura. Ich auch."

„Entschuldigen Sie, ich muss leider ...", weiter kam sie nicht. Sie erschrak! Was war das?! Sie war baff. Zu ihrem Erstaunen sah sie in einer Entfernung von sechs oder sieben Metern sich selbst auf sich zugehen. Dabei schien es keine Projektion zu sein. Die Plastizität und Tiefenschärfe der Figur, die da auf sie zukam, waren so echt, dass Iris in einer Erstarrung innehielt. Auch strahlte diese Figur nicht wie ein typisches Hologramm. Im Gegenteil. Die Helligkeit dieses Körpers und auch die Schatten passten sich automatisch den Lichtverhältnissen an, während sie lang-

236

sam nach vorn schritt. Es war gruselig und gleichzeitig unglaublich! Jetzt blieb die Figur ungefähr zwei Meter vor ihr stehen. „Ich bin Laura, Ihre persönliche Ansprechpartnerin. Schön, dass Sie da sind ", sagte ihr Avatar. Auch der Ton schien nicht über irgendwelche Lautsprecher zu kommen, sondern direkt aus dem Mund der virtuellen Person.

„Wie ... wie ist das möglich?", fragte Iris laut. Erst jetzt vernahm sie das kindliche Gekicher neben ihr, während die andere Iris still verharrte.

„Darf ich vorstellen: Das ist ein No-longer-Human von Ihnen."

„Aber das ist unglaublich." Zögerlich ging Iris nun auf ihre Doppelgängerin zu. Alles war so real! Sie sah jede Pore ihrer Haut sich wiederspiegeln. Keine künstlich anmutende Texturen.

„Bitte, nur zu, berühren sie sich", forderte Jam Nom auf. Vorsichtig streckte Iris ihren Arm aus und berührte die Figur an der Schulter. Tatsächlich spürte sie einen Widerstand. Dennoch konnte sie durch die virtuelle Darstellung hindurchgreifen. Iris schaute sich um. Nirgendwo waren Projektoren zu sehen. Jam Nom stellte sich neben Iris.

„Wissen Sie, ich kann sie alles machen lassen, was Jam Nom möchte", flüsterte er fast andächtig.

„Das ist beängstigend", flüsterte Iris zurück, ohne ihren Blick von der anderen Iris abzuwenden. „Sie blinzelt ja sogar."

„Richtig. Das ist beängstigend. Aber ist sie auch real? Was ist Realität, Laura? In unserer heutigen Welt?"

„Sie ist nicht real. Das ist virtuelle Realität", flüsterte Iris immer noch fasziniert.

„Virtuelle Realität ist nur eine computergenerierte

Wirklichkeit", erklärte der kleine Künstler. „Dazu braucht man noch 3 D- Brillen und Kopfhörer. Dabei blendet man die reale Welt für den Betrachter aus. Aber hier, Laura, bleibt die Realität erhalten. Sie wird nur um ein virtuelles Element ergänzt. Dadurch nehmen es die Umstehenden als einen realen Menschen wahr. Und sehr bald schon, wird man auf den ersten Blick nicht mehr unterscheiden können, ob es Sie sind oder *sie.* " Dabei deutete er auf die Figur, die nun regungslos dastand.

„Wie funktioniert das?"

Wieder kicherte Jam Nom vor sich hin. Er strahlte den ganzen Stolz eines Machers aus, dem es gelungen war, aus einer technisch als unmöglich geltenden Vision, etwas Unglaubliches geschaffen zu haben.

„Oh, das ist sehr viel Technik und noch mehr Jam Noms Verstand", sagte er. „Wollen Sie das wirklich wissen?"

„Ja, bitte", antwortete Iris. Sie war weiterhin vollkommen angetan von ihrer Doppelgängerin und konnte ihre Augen nicht abwenden. „Das würde mich sehr interessieren", bat sie, wobei sie andächtig ihre Hand langsam durch ihr virtuelles *Ich* führte. Iris hatte schon früh ihre Leidenschaft für Technik entdeckt. Schon als Kind interessierte sie sich mehr für die Arbeit ihres Vaters, einem Ingenieur für Alarmsysteme, als für Puppen. Dieses Talent verfeinerte sie und half der *,Katze von New York'* seinerzeit, ihre Einbrüche phantomgleich durchzuführen. Ihr technisches Interesse schien auch Jam Nom anzuspornen, mehr Details preiszugeben.

„Viele Systementwickler haben in den letzten Jahren an der Darstellung von größeren Hologrammen und interak-

238

tiven Avataren geforscht. Oder gar Hologramme zum An-
fassen. Jam Nom gibt zu, dass es Jam als ersten gelungen
ist, ein erstes, echtes, holographisches 3D-Display entwickelt zu haben."

„Aber wo sind die Projektoren?", fragte Iris, die sich su-
chend umschaute.

„Keine Projektoren. Das Prinzip liegt darin, dass ein
Mensch erfasst und mit hunderten von Millionen Licht-
punkten modelliert wird."

Jam Nom zeigte auf unscheinbare, schwarze Kästen, die
in Deckenhöhe an den Stahlträgern montiert waren. Erst
bei genauem Hinschauen konnte man erkennen, wie aus
diesen Kästen unzählige hauchdünne, zittrige Laser-
punkte flackerten. „Alle Lichtpunkte werden mit Ultra-
schallwellen an ihre Position gebracht. Nicht durch eine
herkömmliche Projektion. Auch der Ton. Aber das Besondere an Jam Noms neuen Hologramm ist, dass man es
nicht nur sehen, sondern auch spüren kann."

„Und wie ist *das* möglich?" Iris war mehr und mehr fasziniert von der Ausführung. Das beeindruckte Jam Nom.

„Ein Infrarotsensor. Er registriert, wenn sich zum Beispiel Ihr Finger nähert. Der Schalldruck der Ultraschall-
lautsprecher wird Richtung Fingerspitze gelenkt. Ein
Kribbeln entsteht, das Ihrem Gehirn sagt, dass Sie das Hologramm berühren." Jam Nom schien von seinem Vortrag
selbst begeistert zu sein. Dabei führte er seine Hand ebenfalls langsam durch den Avatar.

„Und welchen Gedanken verfolgen Sie mit Ihrer Installation? Sicherlich nicht nur zu zeigen, was Technologie
kann."

Wieder kicherte Jam Nom laut.

„Wir Menschen glauben, die Technologie zu beherr-schen. Dadurch, dass wir sie entwickeln und zu etwas nut-zen. Jam Nom glaubt jedoch, dass die Technik in naher Zukunft ihren eigenen Anspruch definieren wird." Jam Nom drückte eine Fernbedienung und die Figur ver-schwand.

„Noch spielt sie mit unseren Sinnen. Zwischen dem, was das Auge sieht, und dem, was dem Verstand bewusst ist, entsteht eine Diskrepanz. Obwohl Ihr Auge Ihre Dop-pelgängerin als real wahrnimmt, weiß Ihr Gehirn, dass das Gesehene nicht real sein kann. Die Technik ist in der Lage, unsere Sinnesorgane gegenseitig auszuspielen. Zu täuschen. Und sie wird es in Zukunft noch besser machen, als Jams kleine Performance hier."

Jam Nom drehte Iris jetzt unerwartet zu sich. Wieder blickte Iris in das breite Grinsen des Künstlers. „Und jetzt stellen Sie sich vor, was Jam Nom in wenigen Jahren zu dieser Exhibition mitbringen wird. Kann Ihr *No-longer-Human* dann sogar alleine denken?"

„Na ja," schmunzelte Iris. „Das wird wohl auch Ihnen nicht gelingen."

„Das sagen die Menschen vorher immer. Dass wir in der Lage sind, einen Menschen fast zu hundert Prozent echt darzustellen, ist nicht das allein Entscheidende, Laura. Ihre virtuelle Kopie wird von vorgegebenen Algorithmen gesteuert. Sie machen dies und das dort im Scanner, es wird als Muster gespeichert und Ihr *Ich* wiederholt es. Aber schon sehr bald wird es selbstständig entscheiden. Zwischen Trilliarden von Algorithmen sich diejenige Re-aktion auswählen, die es für eine bestimmte Situation für zielführend oder angemessen hält. Und dann werden Sie nicht mehr einmalig und frei sein." Und dann verschwand das erste Mal das Grinsen aus Jams Gesicht. „Jam selbst hat diese Schwelle gespürt. In dem, was Jam erschaffen hat. Jam ahnt, wohin dies führen wird. Jam will aber auch in seinen Gedanken nur Jam bleiben. Denn das hier wird sehr bald nicht nur Kunst sein. Jam will die Menschheit wachrütteln, zu begreifen, mit was für Kräften sie spielt."

„Aber Künstliche Intelligenz kann doch auch vieles Gute hervorbringen. Denken Sie an die Medizin. Oder auf anderen Gebieten."

„Da haben Sie recht, Laura. Aber vergessen sie nicht, die Kernspaltung wurde mit dem Ziel erforscht und entwickelt, um eine weltweite, billige Energieversorgung zu gewährleisten. Aber sie hat den Menschen auch gezeigt, dass man eine Atombombe damit bauen kann. Jam Nom traut den Menschen nicht. Das ist Jams Botschaft!"

Plötzlich wurde Ihre Unterhaltung unterbrochen. Bertrand stand unerwartet hinter ihnen.

„Faszinierend, nicht wahr?", bemerkte auch er.

„Eine unglaubliche Installation", bestätigte Iris.

„Sie denken noch an die Abgesandte des MoMa?"

„Ja, natürlich", sagte Iris entschuldigend. In der Faszination um das gerade Erlebte, hatte sie Zeit und Raum vergessen. Sie lächelte Jam Nom kurz zu und verließ mit schnellen Schritten die Runde.

28. Nemesis

Mit zwei vollen Tüten unter ihren Armen geklemmt, schloss Iris die Tür zu ihrem Appartement auf. Es war bereits abends. Sie fühlte sich schlecht. Der Stress um die morgige Eröffnung und besonders die schwellende Ungewissheit der persönlichen Bedrohung, waren ihr auf den Magen geschlagen. Während abschließende Arbeiten im Château und Pavillon wahrscheinlich noch bis in die Morgenstunden ausgeführt würden, war ihr Part beendet. Zwar hingen und standen alle Werke, Skulturen und Installationen an ihren Plätzen und sämtliche Technik funktionierte, doch es gab noch unzählige Dinge zu erledigen. Daher wäre sie nur zu gerne gerade in diesen letzten Stunden vor der Eröffnung ihren Teamkollegen zur Hand gegangen. Doch Bertrand selbst hatte sie fürsorglich nach Hause geschickt, um hoffentlich für morgen wieder fit zu sein. Denn morgen würde für alle Kuratoriumsmitglieder der große Tag sein. Der Tag, auf den einige von ihnen seit Jahren hingearbeitet hatten. Und er würde außergewöhnlich sein. Es würde ein Spektakel werden! Auch sie, Iris Bogdanowicz alias Laura Bingham, die einstige Kunstdiebin aus New York, würde die Hände von gleich zwei Präsidenten schütteln.

Doch der heutige Tag hatte auch wieder das Beängstigende in ihren Focus gerückt. Schnell schloss sie die Wohnungstür wieder hinter sich zu und ging den kleinen Flur hindurch zum Küchenbereich. Aaron war wieder in Paris. Er hatte sie heute angerufen. Über Video. Keine Textnachricht. Erneut hatte er davon gesprochen, dass sie auf dieser angeblichen Todesliste standen und er sich jetzt sicher sei, dass nun sie selbst an der Reihe wäre. Auch wäre es nicht mehr ausgeschlossen, dass sie trotz ihrer Tarnung bereits von Delano aufgespürt sein könnte. Sie solle auf keinen Fall in die Öffentlichkeit treten, sich soundso verhalten und es wäre jetzt zwingend erforderlich, sich ihm wieder anzuvertrauen. Es war zuviel. Sie hatte ihn einfach nur weggedrückt. So, wie sie sich wünschte, alle Übel in ihrem Leben wegdrücken zu können. Aber es reichte, um wieder in den übervorsichtigen Verhaltensmodus zu schalten. Sich häufiger umdrehen, unregelmäßige Ankunftszeiten, auf veränderte Dinge achten und Vorsicht im Treppenhaus. Und genau das war es, was sie hasste! Inständig hoffte sie seit der Nachricht von Delanos Flucht, dass sich Gavin melden würde und ihnen die erfolgte Festnahme Delanos bestätigte. Doch nichts geschah.

Die Dämmerung hatte draußen eingesetzt und nur die Anzeige auf der Spülmaschine, die sie heute Morgen angemacht hatte, leuchtete im Halbdunkeln. Die Waffe, die Aaron ihr gegeben hatte, bewahrte sie in der obersten Schublade auf. Sie drückte den Lichtschalter. Auch hier war alles wie gewohnt. Die Küchenzeile wurde sanft angestrahlt und die indirekte Beleuchtung tauchte den angrenzenden kleinen Wohnraum in eine warme und angenehme Atmosphäre. Sie stellte die Einkaufstüten ab. Sie hasste diese Beklemmung. Diese beschissene, unterschwellige Angst! In den zurückliegenden drei Wochen hatte sich Aaron regelmäßig über ihren gemeinsamen Messengerdienst bei ihr erkundigt, ob alles in Ordnung sei, wie es ihr ginge. Sie hatte bei ihrem letzten Aufeinandertreffen im Château eine Entscheidung getroffen. Er hatte nichts geantwortet. War einfach gegangen. Aber sie wusste, dass sie ihm nicht egal war. Im Gegenteil. Und so versuchte sie, alle diese beängstigenden Dinge zu verdrängen. Es half ihr kurz, sich einzureden, dass Gavin Wilson ihre Spuren unauffindbar verwischt hatte, dass ihre Identität als Laura Bingham nicht so ohne weiteres herauszufinden sei. Doch nun schien auch dies vage zu sein. Und sie spürte auch, dass sie nun auf sich allein gestellt war. Aaron war zurück aus den Staaten, wo er mit Gavins Hilfe Delano ausfindig machen wollte. Scheinbar erfolglos hatte er sich selbst wieder in Gefahr gebracht. Doch dieses Monster lief noch immer frei herum und bedrohte sie beide. Aaron wusste eigentlich immer, was zu tun war. Er war Profi. Hatte sich sein ganzes Leben auf diesem Terrain bewegt. Diese Logik half ihr, wann immer sie die Beruhigung brauchte. Dahingegen hatte sie sich immer von ihm beschützt gefühlt. Aber sie wollte nicht mehr beschützt werden müssen. Es war genug.

Du musst aufhören damit. Das ist ja schon paranoid.

Sie ging ins Bad und drehte den Wasserhahn der Badewanne auf. Nach einem anstrengenden Tag wollte sie nur noch ein Bad und anschließend Gemütlichkeit, Wärme, Abschalten. Die Sache mit Bertrand spielte sich einmal mehr in den Vordergrund ihrer Gedankenwelt. Es regte sie an, sich alle möglichen Folgen auszumalen. Hatte sie tatsächlich ebenfalls Gefühle für den gestandenen Ausstellungsmacher?

War da was?! Iris lauschte. Da war doch ein Geräusch?

Schluss jetzt.

Sie schlenderte in die Küche zurück und holte den Weißwein aus dem Kühlschrank. Mit dem vollen Glas in der Hand drückte sie auf die Fernbedienung des Fernsehers. Sie brauchte jetzt Ablenkung. Etwas Leben um sie herum. Sie kontrollierte ihre Nachrichten auf ihrem Smartphone. Aaron hatte nicht versucht sie erneut anzurufen. Noch nicht mal eine Kurznachricht. Respektierte er ihre Gefühle auf einmal? Dennoch, sie brauchte jetzt Entlastung im Kopf. Andere Gedanken. Von einer möglichen Gefahr und damit von Aaron. Das einlaufende Wasser rauschte im Hintergrund. Die drei weiteren Nachrichten von Bertrand hingegen, regten sie ungemein an. Das war nicht nur Neugier. Er schrieb mit Witz und Charme. Teilweise Unbedeutendes, aber Iris las die Zeilen neugierig. Noch waren die Inhalte unverbindlich, doch zwischen den Zeilen las eine Frau das Wesentliche. Er begehrte sie. Sie warf das Smartphone auf die Couch ohne zu antworten. Erst einmal ein entspannendes Bad. Sie musste einmal mehr nachdenken, das konnte sie am besten in einer behaglichen Wanne. Iris zog sich aus und legte sich ihre schlabberige graue Jogginghose und ein T-Shirt zurecht. Einfach anschließend in was Bequemes reinschlüpfen, ein Aspirin nehmen und früh zu Bett gehen. Es dauerte einen Moment, bis sie langsam in das sanft warme Wasser einstieg. Sie hatte Lavendel ins Wasser gegeben und dessen beruhigender Duft erfüllte das kleine Bad. Auch hatte sie mehrere Kerzen und Teelichte angezündet und leise Musik ertönte aus unauffälligen Lautsprechern.

Da war doch was?! Iris lauschte. War der Fernseher aus?

Wiederum ärgerte sie sich über ihre Unsicherheit. Sie glitt nach vorn, schloss die Augen und tauchte mit dem

Kopf unter. Ein warmes, angenehmes Gefühlt durch-
strömte ihren ganzen Körper. Nach einer Zeit tauchte sie
langsam wieder auf und wischte sich mit der Hand den
Schaum aus dem Gesicht. Es durchfuhr sie wie ein elektri-
scher Schlag! Sie schrie gellend auf und fuhr zusammen,
so dass das Wasser heftig spritzte. Ein dunkel gekleideter
Mann saß plötzlich auf dem Deckel der angrenzenden
Toilette! Der Unbekannte hielt in einer Hand eine Pistole
mit Schalldämpfer auf seinem Schoß. Die andere Hand
war verbunden. Er legte seinen Zeigefinger auf seine Lippen.

Der Schock ließ sie erzittern. Sie war starr vor Angst.

„Keinen Mucks", hauchte der Mann mit den blonden
Haaren. Grünblaue Augen schauten sie milde an. Sein Gesicht war gut geschnitten und trug weiche Gesichtszüge.
Er ließ seine gesunde Hand ins Wasser gleiten, gerade so,
als prüfe er die Temperatur. Seine Blicke wanderten langsam an den vor ihm liegenden, schönen Körper hoch.

„Boyd hat wirklich Geschmack", kommentierte er das,
was er sah. Ängstlich zog sie ihre Beine eng an sich heran.
Ihre Nacktheit machte ihre Hilflosigkeit zusätzlich beschä-
mend. Iris konnte nichts sagen. Zu heftig war der Schock.

Mein Gott, den Kerl hat Delano geschickt!

„Wer sind Sie? Was wollen Sie?", fragte sie zögerlich.
Die Angst ließ sie fast stottern.

Der Mann legte seine Waffe auf den Rand des Waschbe-
ckens und zeigte seine offene Hand. „Keine Sorge, wenn
ich Sie töten wollte, wäre es bereits geschehen." Dann fal-
tete er ein großes Badetuch auf und reichte es Iris. „Ziehen
Sie sich was an. Jemand will mit Ihnen reden." Daraufhin

stand er auf, nahm seine Waffe und trat in den Türrahmen. „Ich gehe mal davon aus, dass Sie hier keine Pistole versteckt haben", sagte er, bevor er sich umdrehte. Hastig zog sich Iris etwas über und folgte dem Eindringling. Der blieb an der Wohnungstür stehen und mit einem Fingerzeig in Richtung des kleinen Wohnbereichs, ließ er sie vorbeigehen. Iris kämpfte mit ihrer Angst. Zumindest will er dich nicht töten, versuchte sie sich einzureden. Oder? Als sie das Wohnzimmer betrat, sah sie einen weiteren Mann, der mit dem Rücken zu ihr stehend, aus dem Fenster schaute. Er war groß und trug ebenfalls einen dunklen Mantel. Neben ihm erkannte sie ein größeres, flaches Paket, das in Packpapier eingewickelt an der Küchenzeile lehnte. Der erste Mann deutete auf die Couch, stellte sich etwas abseits und nahm eine lässige Haltung ein. Sie setzte sich. Was ging hier vor?

Die indirekte Beleuchtung des Raumes gab der ganzen Szenerie eine zusätzlich gespenstische Atmosphäre. Der zweite Mann drehte sich jetzt um. Er war älter und sein Gesicht wies härtere Züge auf. Kurzer, grauer Bart, breite Wangen, kurzgeschnittenes, angegrautes Haar. Sein Blick erinnerte sie an jemanden. Doch es waren nicht die gleichen Augen. Der Mann ging auf sie zu und sah sie einen langen, bedrohlichen Moment ernst an. Iris saß da, nur in Jogginghose und T-Shirt bekleidet und versuchte seinem Blick standzuhalten.

„So sieht man sich wieder, Iris", sagte er.

Wer sind die Kerle? Was wollen die hier?

„Du weißt nicht, wer ich bin?", fragte er, als er Iris verwirrten Gesichtsausdruck sah.

Diese Stimme ...?

Iris sah ihn weiter stumm an. Doch je länger sie das Gesicht betrachtete, umso schrecklicher kam eine böse Ahnung in ihr hoch.

Das kann nicht sein!!

„Im Gerichtsaal warst du dir sicherer", fuhr der Mann fort.

„Delano ...?" Bei dem Namen stockte ihre Stimme. Es klang wie ein leises, furchtvolles Klagen, nicht wie eine klare Frage.

Er wird dich hier und jetzt töten.

„Und du hast tatsächlich unter Sals Schreibtisch gehockt?", sagte er ruhig und schüttelte ungläubig dabei seinen Kopf. Es war keine Frage, sondern vielmehr eine anerkennende Bemerkung. „Die Ärzte scheinen tatsächlich gute Arbeit geleistet zu haben, wenn du mich nicht mehr erkennst." Doch Iris hörte nicht richtig zu. Das konnte doch nicht sein! Wie um alles in der Welt taucht er hier auf?

Scheiße, Aaron! Du warst unvorsichtig ... Die müssen ihn die ganze Zeit beschattet haben. Und er hat sie hierher geführt!

„Okay. Kommen wir zur Sache." Dabei kam Delano nun bedrohlich nah. Sie wich zurück. Doch er stützte seine Arme beiderseits ihres Kopfes an der Rücklehne der Couch ab und hielt sein Gesicht ganz nah vor das ihre. Jetzt erkannte sie diesen Blick trotz veränderter Augenform. Es jagte ihr mehr denn je einen zusätzlichen Schrecken ein.

„Ihr habt mich verraten. Boyd. Und du hast ihm dabei geholfen", sagte er eindringlich, fast beschwörend. „Ich hätte allen Grund dich hier und jetzt umzubringen. Ich schätze, das siehst du genauso." Damit stieß er sich von ihr ab und stand wieder im Raum. „Ehrlich gesagt, habe ich es mir im Gefängnis – Tag für Tag, Nacht für Nacht – ausgemalt, euch beide zu finden und langsam zu töten." Delano ging ein paar Schritte auf und ab. Iris hatte sich auf dem Sofa ganz klein gemacht und hörte beklommen diese schrecklichen Sätze. „Doch dann kam mir ein weitaus sinnvollerer Gedanke als schnöde Rache. Rache ist zu simpel und zudem ein hässliches Wort. Im Gegenteil. Ich werde dir Gelegenheit geben, eure Schuld wieder auszugleichen. Und damit etwas zu mildern." Iris wurde hellhörig.

Was redet der da?

„Wovon sprechen Sie?", hakte sie nach.

„Ganz einfach. Ich habe mein Herz für die Kunst entdeckt. *Freedom of Arts* – mein Gott, was für ein grandioses Bekenntnis einer Nation zu ihrer kulturellen Identität. Und wie alle Kunstliebhaber, fiebere auch ich der pompösen Eröffnung morgen früh entgegen." Delano drehte sich um und deutete auf ein paar Flaschen, die auf einem kleinen Siteboard aufgestellt waren. „Du erlaubst?" Damit zog er eine Cognacflasche heraus und goss sich ein Glas ein. „Entschuldigung", bemerkte er lakonisch. „Für dich auch?" Iris schüttelte stumm ihren Kopf. Dieser Überfall wurde immer grotesker.

„Du arbeitest als Assistentin für die Organisation." Jetzt sah er Iris prüfend an. „Da hat die *Katze* wohl die Seiten gewechselt", schmunzelte er. „Das ist gut. Für Euch. Und für mich." Nun dämmerte es Iris allmählich, worauf Delano abzielte. Nein, der Mann wollte sie nicht töten. Nicht jetzt und nicht hier. Er brauchte sie. In dieser Hinsicht war es eine beruhigende Erkenntnis. Aber was wollte er von ihr? Sie fasste wieder Mut.

„Falls Sie vorhaben, Exponate zu stehlen, vergessen Sie es." Klar, dachte sie, er wollte sie benutzen. Es lag auf der Hand. Sie hatte Zugang. Die Katze sollte noch einmal für ihn räubern. „Es ist ein Hochsicherheitstrakt", versuchte sie Pläne an ein derartiges Vorhaben schon früh zu torpedieren. „Da sind vollkommen neuartige Alarmsysteme installiert worden. Definitiv unbezwingbare. Falls das Ihr Ziel ist."

Doch Delano lächelte weiter. „Wo denkst du hin, Kleine", sagte er. „Es handelt sich schließlich um unser nationales Kulturgut. Nein, im Gegenteil." Er nahm das eingeschnürte, schmale Paket und riss die Verpackung auf. Iris sah ein Ölgemälde, das ungefähr einmeterunddreißig zu einem Meter maß, eingefasst in einem schlichten Metallrahmen.

„Du wirst es bestimmt kennen", war sich Delano sicher und hielt es Iris vor.

„Ein Whitman", antwortete Iris verwundert. „Eine der Nemesis-Abfolge."

Die Bilderserie ‚Nemesis‘ war das berühmteste Werk des früh verstorbenen, amerikanischen Malers Kenneth Whitman. In einer Abfolge von zwölf Gemälden hatte er dabei immer wieder die *Nemesis*, die Rachegöttin aus der griechischen Mythologie, verarbeitet. Es war stets dasselbe Motiv, jedoch aus unterschiedlichen Perspektiven dargestellt. Jedes einzelne Bild wurde dazu nummerisch nach ihrem Entstehen benannt. Auch dieses zeigte die Göttin des gerechten Zorns, die drohte, mit einem Dolch in ein Herz zu stechen, während sie den Betrachter dabei eindringlich anschaute.

„Das ist eine Fälschung, wie du sicherlich schon vermutest. Ich finde es faszinierend, wie viele Künstler in diesem Land so gute Kopien für kleines Geld pinseln. Es ist daher weder künstlerisch noch sonst wie wertvoll. Aber ich fand den Namen allein schon passend für unser Vorhaben", ergänzte Delano süffisant.

Iris schaute Delano weiter fragend an. „Was für ein Vorhaben?", fragte sie zögernd.

„Du!", rief er plötzlich aus. „Du wirst ausnahmsweise mal kein Kunstwerk stehlen, sondern etwas hinzufügen. Nämlich dieses wunderbare Exemplar."

„Es hängt bereits eine Nemesis in der Ausstellung. Eine weitere ist nicht vorgesehen."

„Ich weiß. Die Nummer zwölf, das letzte aus der Abfolge. Man hat die Liste der Exponate freundlicherweise im Netz bekanntgegeben. Und nun kommt dein Part. Du rufst noch heute Abend deinen Boss an, diesen Mercher, und wirst ihm erklären, dass dir in der ganzen Hektik ein Fehler unterlaufen sei. Der Stress. Du erklärst ihm, dass sich Whitmans Erben bereits vor Wochen entschieden haben, anstelle der *Zwölf* diese *Neun* zu hängen, da diese Version der Nemesis besser geeignet sei", dabei hielt er fast triumphal die Kopie hoch. „Man weiß ja, wie unentschlossen und kompliziert Künstler und Kunstbesitzer ticken. Doch leider hattest du es bei all dem Stress versäumt, den Chefkurator darüber rechtzeitig zu informieren. Und nun sei die gewünschte ‚Nemesis' doch tatsächlich heute Abend noch angekommen. Sogar mit allen Begleitpapieren. Das heißt, du wirst dafür sorgen, dass die Bilder ausgetauscht werden. Mein Freund hier wird dich dabei als Nachlassverwalter begleiten. Das ist alles."

„Hören Sie, Mr. Delano. Was soll das alles? Warum wollen Sie die Werke austauschen? Wozu?"

„Für meinen persönlichen Beitrag zu dieser grandiosen Ausstellung!" Damit drehte Delano das Bild um. Innerhalb des Edelstahlrahmens war die Rückseite des Bildes mit einem schwarzen Stoff überspannt. Delano zog sein Smartphone hervor und drückte das Display. Hinter der Bespannung ertönte ein Piepton und eine rote Diode leuchtete durch den Stoff auf. „Die Wirkung dieses Bildes liegt nicht in seinem Motiv. Sie beruht vielmehr auf zwei Pfund C4 Sprengstoff. Dicht verpackt im Rahmen dieses Bildes. Man sollte ab jetzt sehr behutsam mit dem Werk umgehen. Am besten, man berührt es nicht mehr. Außer, ich schalte es wieder aus." Delano betätigte erneut eine Funktion auf dem Display und das rote kleine Licht erlosch.

Eine Bombe?! Scheiße!

„Was haben Sie vor? Alles in die Luft jagen?!", fragte sie unsicher. Delano nahm einen Schluck aus seinem Glas und stellte es auf das Sideboard zurück. Iris konnte sich immer noch keinen Reim auf alles machen. Ihre Angst wich jedoch weiter der Neugierde.

„Ich hoffe nicht, dass der Präsident der Vereinigten Staaten das zulassen wird", antwortete Delano ruhig. „Nein, er wird eher die Staatskasse anweisen, mir dreihundert Millionen Dollar auf ein Off-Shore Konto zu überweisen. Gemessen an dem tatsächlichen Wert – materiell und immateriell – möchte ich bescheiden bleiben. Allerdings, wenn nicht, dann ..." Jetzt lächelte er wieder mit diesem zynischen Gesichtsausdruck.

Doch Iris dachte weiter. „Ich weiß nicht, wie viel Sprengstoff man benötigt um den ganzen Pavillon in die Luft zu jagen. Aber ich tippe mal, dass zwei Pfund vermutlich nicht ausreichen werden", sagte sie höhnisch.

Delano überlegte einen Moment. „Ja, du hast recht", sagte er. „Und da man dich wohl der Mittäterschaft bezichtigen wird, solltest du ein Recht darauf haben, zu wissen, was du anrichten wirst, sollte der Präsident verantwortungslos handeln." Delano setzte sich wieder.

„Zugegeben, es reicht nicht aus. Allerdings haben wir dem Sprenstoff einige Substanzen beigemischt. Zum einen ein hochradioaktives Isotop mit Namen *Cäsium 137*. Man kennt es als atomaren Fall-out, seinerzeit Tschernobyl und Fukushima, du kennst ja den ganzen Mist". Dabei machte er eine scheuchende Handbewegung. „Es sind zwar nur zweihundert Gramm von diesem sehr feinen Zeugs, aber dafür hochkonzentriert. Zum anderen ist zusätzlich noch eine chemische Verbindung enthalten, die gewährleistet, dass es innerhalb eines Gebäudes, nehmen wir unseren Pavillon, sich feinst möglichst bis in den letzten Winkel verteilt. Und auf alles niedergeht, was sich darin befindet. Unser kleiner Sprengsatz wurde also dafür konstruiert, die strahlende Substanz maximal zu zerstäuben und weiträumig zu verteilen und nicht daraufhin, durch seine Druckwelle eine maximale Zerstörung zu erzielen. Deswegen ist der Rahmen aus sehr dünnem Stahl gefertigt und zusätzlich mit Sollbruchstellen versehen, damit es eher eine große Verpuffung ist. Zwei Pfund sind daher mehr als ausreichend. Zerstört werden dürfte nur diese wunderbare Kopie und ein paar Werke in der Nähe." Iris war entsetzt.

Fuck! Der Kerl hat 'ne schmutzige Bombe!

„Sie sind nichts weiter als ein verdammter Terrorist!", entfuhr es ihr angesichts dieses Szenarios. Doch das beeindruckte Delano nicht im Geringsten.

„Ich bitte dich. Niemand wird umkommen. Es ist nur so, dass man die Kunstwerke nicht dekontaminieren kann, also reinigen. Sie würden dabei auch physikalisch zerstört werden. Und so bleiben Bilder und Skulpturen die nächsten einhundert Jahre so stark verstrahlt, dass man sie nicht mehr wird ausstellen können. Der amerikanische, nationale Kulturstolz ist ab da nur noch in Büchern und Filmen zu bewundern und vielleicht noch hinter dickem Panzerglas. Sie werden daher auch keinen materiellen Wert mehr haben. Stell' dir diese immense Wertevernichtung vor. Viele haben in der Kunst ihr Vermögen angelegt. Milliardenwerte! – Whums!" Delano schien selbst entzückt von seinem Plan und der Vorstellung der Auswirkung zu sein.

Plötzlich entdeckte Iris ihr Smartphone, das von der Couch heruntergefallen war. Fast versteckt in den langen, dicken Fasern des Teppichs lag es da. Jetzt kam ihr die Idee! Behutsam und unauffällig tastete ihr nackter Fuß über das Display. Gut, dass sie die Tastaturtöne ihres Mobilphones stets ausgeschaltet ließ, dachte sie und so blieb es stumm, als sie mit dem Zeh auf das Wiederhol-Symbol drückte. Vielleicht klappte es. Sie war sich sicher, zuletzt mit Aaron telefoniert zu haben. Mit einem kurzen, unbeobachteten Blick zum Boden sah sie, wie die Verbindung aufgebaut wurde.

Eine Videoverbindung!

Das helle Display drohte sie zu verraten. Vorsichtig schirmte sie mit ihrem Fuß den kleinen Bildschirm ab. Dann tat sie wieder so, als höre sie Delano weiter aufmerksam zu.

Dessen Gesichtsausdruck schlug plötzlich in einen ernsten und bedrohlichen um. „Mein Begleiter hier hört auf den Namen ‚der Falke‘. Ihr werdet noch heute Abend zur Ausstellung fahren und du wirst das Bild austauschen! Mein Freund wird dabei jeden deiner Schritte überwachen. Und glaube mir, er ist nicht zimperlich, solltest du etwas Unüberlegtes tun."

„Das wird nicht klappen", warf Iris ein. „Selbst, wenn man die aufgetischte Story mit einem zu späten Austausch glauben würde." Iris vergaß jetzt ihre ganze Angst. „Ihr ganzer Plan ist idiotisch! Die Präsidenten kommen morgen. Die Sicherheitsleute beider Länder checken seit gestern alle Angestellten und jeden Klodeckel. Es gibt Metall-Detektoren und Sprengstoff-Spürhunde. Die kontrollieren alles, was rein und rausgeht!"

„Was die Spürhunde und Detektoren angeht, kann dich beruhigen", sagte Delano gelassen und tippte dabei mit den Fingern auf den Rahmen. „Das hier ist *reines* C4, was aus den bekannten Zutaten extrahiert wurde. Hexogen,

Poly... soundso und wie der ganze Krempel heißt. Allerdings ohne den eingearbeiteten Metallstaub für Detektoren oder Geruchsstoffe für die Hunde, wie man es handelsüblich nur bekommt."

Scheiße ... Lass dir was einfallen, Iris!

„Das wird trotzdem auffliegen. Ich kann nicht so ohne weiteres mit einem unangekündigten Exponat daherkommen, noch dazu samt Vertreter und das mal eben austauschen lassen. Das ist mit viel Aufwand verbunden. Alle Bilder sind einzeln an das Alarmsystem angeschlossen. Der Alarm ist auf das exakte Gewicht eines hängenden Bildes eingestellt. Der müsste erst umprogrammiert werden, selbst wenn das Scheißding da das gleiche Gewicht haben sollte."

Doch nun wurde Delano ungehalten. „Du solltest erst gar nicht versuchen, mich zu verarschen!", entfuhr es ihm barsch. „Du bist diejenige, die sich um die Transfers kümmert! Und du bist die Ansprechpartnerin für die Leihgeber! Du hast uneingeschränkten Zugang in alle drei Zonen. Dein Zugangscode ist zehneinundachtzig. Und, du wirst das heute Abend erledigen!", forderte er barsch.

Verdammt, woher weiß er das alles?!

„Und wenn ich vorher auffliege?"

„Du wirst nicht auffliegen. Dieser Mercher wird zwar stinksauer auf dich sein, aber dennoch alles mittragen, was zur vollen Zufriedenheit der Leihgeber beiträgt. So auch dieses kleine, späte Problem." Er drehte sich weg und begann plötzlich mit seinem Smartphone eine Verbindung herzustellen. „Und noch etwas. Du wirst weder heimlich die Kuratoren noch die Sicherheitskräfte verständigen." Die Verbindung stand.

„Zeigt mir die Leute", sagte er plötzlich zu irgendjemanden in sein Mobilphone. Dann hielt Delano das Display vor ihr Gesicht. Iris sah eine Videoverbindung. Zwei schnauzbärtige, blonde Männer hantierten vor der Kamera. Dann gaben sie den Blick auf zwei weitere Personen frei. Sie saßen gefesselt und geknebelt auf Stühlen. Erneut durchfuhr Iris der Schock wie ein Stromschlag! Sie sah tatsächlich Drew und Paula!

Oh, mein Gott! Das kann doch nicht sein! Das Arschloch hat sie in seine Gewalt gebracht!

„Vielleicht möchtest du die beiden grüßen? Das sind doch deine Freunde, nicht wahr?", betonte Delano zynisch.

Iris schaute gebannt auf die Videoverbindung. Woher, um alles in der Welt, wusste der Schweinehund von den beiden, fragte sie sich. Sie konnte es einfach nicht glauben! Doch dann sah sie, dass Drew, der massige Hüne, Verletzungen im Gesicht hatte. Es musste wohl ein Kampf stattgefunden haben. So leicht hätte sich der kräftige Bulle auch niemals überrumpeln lassen. Paula, seine zierliche Frau, saß neben ihm und schaute angsterfüllt ins Bild.

„Drew, Paula", stammelte Iris. „Seid ihr okay?"

Einer der Männer riss Drew das Klebeband vom Mund.

„Nichts ist okay, Iris!", antwortete der wütend. „Ich weiß nicht, was diese Kerle hier vorhaben, aber sollte ich jemals eine Hand frei bekommen ..."

„Das reicht!", unterbrach Delano die Verbindung und nahm das Gerät wieder an sich.

„Also, noch einmal für dich zum Mitschreiben. Keine Polizei, kein *Secret Service*, kein *Groupe de sécurité*, keine Anti-Terror-Einheit. Versuche nicht zu fliehen oder eine sonst wie unüberlegte Aktion. Keine Fehler. Falls es brenzlig werden sollte, befolgst du strikt die Anweisungen des Falken. Sonst sind die beiden tot." Dann schritt er wieder an Iris heran, bückte sich und sein Blick verzog sich erneut finster, als er mit seinem Gesicht ganz nah vor das ihre kam. „Ich hoffe, dass hast du jetzt verstanden. Sag einfach nur ja", flüsterte er bedrohlich.

„Ja." Iris hockte immer noch auf dem Sofa. Ihr war speiübel und am liebsten hätte sie laut losgeheult. Dann riss sie sich wieder zusammen.

„Woher weiß ich, dass Sie Paula und Drew danach freilassen?"

„Du wirst als Mittäterin verantwortlich gemacht werden. Es reicht mir, zu wissen, dass du mir zu meinem Geld verholfen hast und ein paar Jahre im Knast verbringen wirst. Ich werde kein Interesse mehr an deinen Freunden haben. Sobald das alles vorbei ist, werden sie freigelassen. Du wirst sie anrufen können. Insofern man dich danach noch einen Anruf tätigen lässt. Und jetzt zieh dir was an. Wir müssen los."

Nachdem sich Iris angezogen hatte, gingen die Männer mit ihr vor das Haus. Iris hoffte inständig, dass Aaron etwas aus dem heimlichen Telefonat mitbekommen hatte. Sie hielten an zwei gleichen, schwarzen SUV-Fahrzeugen mit getönten Scheiben. Der Falke drückte Iris auf den Fahrersitz des vorderen Wagens. „Du fährst", befahl er, während Delano das wieder verpackte Bild mit Bombe durch die Heckklappe einlud. Dann stieg er in den zweiten SUV.

Beide Fahrzeuge fuhren los.

29. Die Nachricht

Währenddessen saß Aaron wieder in der Bar in ihrem Viertel. Der Jetlag ließ ihn wach bleiben. Der Pub war in der Zeit ihrer Trennung zu einem vertrauten Ort der Ablenkung geworden. Der Barkeeper kannte schon den Vornamen des einsamen Amerikaners, der eigentlich ein Schotte war, wie er betonte. Nun hing er am Tresen, trank seinen Whiskey und schaute in regelmäßigen Abständen auf sein Smartphone. Es war ein Videoanruf gewesen. Er musste ihr Gesicht sehen. Doch sie hatte ihn nach einer Zeit einfach weggedrückt. Sie ließ ihn scheinbar nicht an sich heran. Dachte sie allen Ernstes, dass damit auch Delanos Killer abzuhalten wäre? Aaron schaute wieder einmal auf die Uhr. Sie arbeitete noch. Er wusste, dass sie alle in diesen Tagen durcharbeiteten. Morgen war die Eröffnung. In einer Stunde würde er dennoch zum Château fahren, davor warten, bis sie auf ihrem Motorrad herauskam. Er würde sie keinen Moment mehr aus den Augen lassen. Sich auf der Straße vor ihrer Wohnung postieren und die Nacht über wachen.

In dieser neuerlichen, akuten Bedrohungslage war auch die Einsicht wieder da. Das dringende Bedürfnis nach der ausstehenden Veränderung in seinem Leben. Weg von all dem. Weg von Gewalt und dem Umgang mit ihr. Er durfte sie nicht verlieren. Wieder einmal nahm er sich vor, jetzt endlich alles zu ändern. Doch war das nicht ein Trug-schluss? Belog er sich tatsächlich selbst?

Aaron kippte den Whiskey herunter und orderte einen neuen.

Womöglich hatte sie in allem recht. War er wirklich zu bequem sein neues Leben angegangen? Da er den Auslö-ser für seinen ruchlosen Werdegang in der Vergangenheit, in seinem unverarbeiteten Trauma aus jungen Jahren, selbst erkannt hatte, würde diese Einsicht schon zu einem neuen, besseren Leben führen. So hatte er gedacht. Doch es wurde nicht so.

Der Barkeeper schüttete den Whiskey nach.

Aaron versuchte seine aufkommenden Gedanken zu ordnen. Er war bei sich. Warum ging es nicht so, wie er es sich vorgestellt hatte? Scheinbar hatte er sich lang genug von der trügerischen Überzeugung leiten lassen, dass er seine Zukunft allein durch eine Lossagung seines bisheri-gen Lebens, selbst und positiv würde gestalten können. Und verfiel er nicht tatsächlich zu schnell wieder in alte Denkmuster? Oder in Verdrängung, wenn er nicht weiter-kam in seiner Gefühlswelt? Es waren ja keine physischen Schmerzen. Auch in dem hatte sie vielleicht recht.

Sein Smartphone vibrierte vor ihm auf dem Tresen. Das Display zeigte Iris. Endlich! Ein Videorückruf. Schnell kippte er den letzten Schuck Whiskey, legte einen passen-den Euroschein auf den Tresen und verließ rasch die lär-mende Bar. Draußen drückte er die Annahmetaste. Doch was war das? Er blieb stehen. War das Glas und eine Zim-merdecke? Das war in ihrem neuen Appartement, ging es Aaron durch den Kopf. Etwas bewegt sich vor der Linse. Waren das Zehen eines Fußes, die da groß im Bild waren?

Aus der Perspektive heraus gesehen, lag das Mobilphone wohl auf einem Teppich. Hatte ihr Smartphone aus Versehen diese Verbindung hergestellt? Hatte sie gar Sex? Mit diesem Mercher?! Er versuchte zu erkennen, was dort auf dem Bildschirm passierte. Das Bild blieb starr auf eine Tischkante gerichtet. Darüber platzierten sich weiter die Zehen. Dann blieb das Bild still. Irgendwas wurde da im Hintergrund geredet. Er stellte den Lautsprecher auf die höchste Lautstärke. Ganz deutlich unterhielt sich dort ein Mann mit Iris. War es dieser Franzose? War er gerade Zeuge einer Nummer zwischen den beiden? Doch dann hörte er es. Nein, das war kein Liebesgesäusel. Der Mann drohte Iris. Je mehr er der Unterhaltung zuhörte, umso mehr kam ihm die erschreckende Erkenntnis!

Delano?! Nein!

Schlagartig war Aaron wieder nüchtern. Er konzentrierte sich auf das, was Delano im Hintergrund sagte. Dann hatte er genug gehört. Er rannte los. Es war nur ein kurzer Weg, bis er das Haus erreicht hatte. Hastig schloss er die Tür auf, kramte in der Schublade und zog die Waffe und ein Ersatzmagazin hervor. Wenige Sekunden später saß er in dem geparkten Mietwagen und fuhr im hohen Tempo los.

30. Der Austausch

Nachdem die ersten Exponate eingetroffen waren, wurden die Sicherheitsstufen für alle drei Zonen im Château-de-Vertbouillon auf den höchsten Level gestellt. Den äußeren Ring fasste das gesamte Gelände des Châteaus mit einem hohen Stahlzaum ein. Bewaffnete Sicherheitsleute mit Hunden patrouillierten auch nachts hinter dieser beleuchteten Absperrung. Es gab nur einen zentralen Eingang in das Ausstellungsgelände, der gleichzeitig auch Ausgang war. Die zweite Sicherheitszone zog sich in einem Umkreis von dreihundert Metern um das Château sowie den Pavillon, die ebenfalls mit einem Stahlzaun abgetrennt war. Alle Zäune waren mit Planen verhängt, die mit Motiven der Ausstellung versehen waren. Dieser Außenbereich der Ausstellung würde jedoch für Besucher tagsüber zugänglich sein, um die hier aufgestellten Skulpturen zu besichtigen. Die innere, rote Zone bezog sich auf den Pavillon selbst. Neben den verstärkten Einlasskontrollen, Sicherheitsschleusen und Wachschutz, waren alle Exponate im Innenraum durch neuste Alarmtechnik mehrfach gesichert.

Langsam fuhr der schwarze SUV vor die beleuchtete Eingangsschranke des Ausstellungsgeländes. Iris ließ das Fahrerfenster herunter. Ein rundlicher, untersetzter Wachmann in der Uniform des Wachschutzunternehmens sah in den Wagen. „Ah, Madame Bingham. So spät nochmal zurück?", fragte der Posten.

Zum Glück kannte Iris die Wachmänner des hiesigen Wachschutzes, die schon seit Monaten dabei waren. „Ja,

Antoine", antwortete sie zögernd. „Sie wissen ja, morgen geht's los. Dieses Exponat ist leider verspätet eingetroffen", dabei deutete sie auf das eingepackte Bild im Fond des Wagens.

Dann lugte der Posten hinüber zu Kaskajew. „Sie sind in Begleitung. Dann brauche ich kurz den Ausweis und die Zugangsberechtigung." Iris erschrak. Doch der Falke blieb ruhig und zog einen gefälschten Pass heraus.

„Ah, ebenfalls Amerikaner", stellte der Wachmann fest. „Ich kann Sie aber ohne Zugangsberechtigung nicht durchlassen, Monsieur."

Iris sprang ein. „Das können Sie ruhig, Antoine. Monsieur Mercher wartet bereits auf uns. Der Monsieur hier vertritt die Erben des Künstlers und muss aus versicherungstechnischen Bestimmungen leider den ganzen Weg des Bildes bis zur sicheren Ankunft überwachen", log Iris in der Hoffnung, dass diese angebliche Anweisung und die Begleitung ihrer Person Legitimation genug war. „Stellen Sie ihm bitte einen Besucherausweis aus. Die Akkreditierung bekommt er im Büro. Ging leider nicht anders." Dabei sah Iris den Wachmann mit einem charmant bittenden Gesichtsausdruck an. Antoine schaute etwas zweifelnd und wischte sich über sein Doppelkinn. Daraufhin verschwand er mit Kaskajews Pass kurz in seine Pförtnerloge und kam nach einer weiteren Minute mit einem keinen Schild samt Ansteckclip wieder heraus und reichte alles dem Falken.

„Ich muss trotzdem kurz in den Kofferraum schauen. Je suis désolé, Madame", entschuldigte er sich förmlich. „Sie wissen ja, les règlements."

Nachdem Antoine kurz durch die Scheibe das Paket angeleuchtet hatte, deutete er Iris an durchzufahren.

„Merci, Antoine." Iris fuhr los.

„Respekt. Sie haben's drauf. Das war gut", lobte der Falke.

„Seien Sie sich nicht so sicher. Das Härteste kommt noch. Sie riskieren persönlich viel für Ihren Boss. Es wimmelt da gerade nur so von Sicherheitsleuten."

„Da, wo ich herkomme, gibt es auch dieses alte Sprichwort eines Kämpfers, Iris. Viel Feind, viel Ehr."

„Sie sind ein Idiot. Was ist, wenn es schiefgeht? Gehen Sie dann für Jahre in den Knast, während sich Delano da draußen verkrümelt?"

„Warum sollte es schiefgehen? Sie haben es in der Hand."

Das gesamte Areal war beleuchtet, als sie am Eingang des Châteaus vorfuhren. Iris bemerkte die höhere Anzahl an vielen, teils bewaffneten und in schwarz gekleideten Sicherheitskräften, die dezent im Hintergrund standen, aber präsent waren. Das schien ihren Begleiter nicht wesentlich zu beunruhigen. „Hören Sie, das Beste wird sein, ich mache das alleine", schlug Iris vor. Sie musste versuchen, diesen Terroristen vom Team und den Sicherheitsleuten fernzuhalten. „Ich muss mit dem Kurator telefonieren. Dann noch die Jungs von der Alarmfirma informieren und den Programmierer finden. Das ist schon stressig genug. Außerdem haben Sie mich ja in der Hand."

„Negativ. Wie haben Sie es so schön erklärt? Ich muss leider aus versicherungstechnischen Gründen darauf bestehen, bei dem Bild zu bleiben. Also los. Sie machen das schon." Beide stiegen aus und der Falke nahm das Paket unter seine Arme. In den Büros herrschte immer noch eifrige Betriebsamkeit. Vieles musste noch auf dem letzten Drücker erledigt werden. So fiel die vertraute Assistentin mit dem Fremden, der zudem ein Bild trug, auf den ersten Blick nicht auf.

Jetzt kam es darauf an. Sie telefonierte mit Bertrand, der irgendwo auf der weitläufigen Ausstellungsfläche noch vielbeschäftig unterwegs war.

„Warte im Büro auf mich", sagte Bertrand nur kurz und legte auf.

„Er kommt", sagte sie zu Kaskajew.

„Gut. Dann kann ja alles über die Bühne gehen", sagte er fest.

Doch Iris wusste, dass hier heute Abend dieses Vorhaben nicht reibungslos verlaufen würde. Neben der unkalkulierbaren Reaktion des Chefkurators, war das größte Problem die kurzfristige Umhängung. Der Bildermelder. Ein elektronischer Zugkraftmesser in der Hängevorrichtung, der bei der geringsten Abweichung des Gewichts Alarm schlagen sollte. Und der war exakt auf das Gewicht der *Nemesis Zwölf* eingestellt und müsste nun umprogrammiert werden. Das würde dauern. Da alle Alarmsysteme die Testläufe des Sicherheitsprocederes erfolgreich beendet hatten, blieben sie heute Nacht noch abgeschaltet, um einen reibungslosen Ablauf der letzten Arbeiten zu ermöglichen, die sich sicherlich noch bis in die frühen Morgenstunden hinziehen würden. Diese müssten jedoch nun für die Dauer des Umprogrammierens und des Testlaufs unterbrochen werden. Das roch nach Stress und Ärger.

Quälende Minuten des Wartens vergingen. Dann betrat

Bertrand das große Büro und für Iris vollkommen überraschend, begrüßte er sie beide sehr freundlich. Er wirkte sehr gelassen. Iris war erstaunt. In knapp zwölf Stunden lief hier das Grand Opening ab, zwei Präsidenten hatten sich mit einem vielköpfigen Tross an Mitarbeitern, Prominenz und Sicherheitsleuten angesagt und die Weltpresse würde sie belagern – und Bertrand schien nicht ein bisschen nervös zu sein.

„Sie entschuldigen uns für einen Moment", sagte er freundlich zu Kaskajew und zog Iris beiseite. Iris erzählte ihm die zurechtgelegte Story. Dabei bemühte sie ihr ganzes schauspielerisches Können. Bertrand sagte nichts und hörte nur zu. Da sie annahm, dass Bertrand nun sehr verärgert reagieren würde, schickte sie gleich einige Entschuldigungen auf Französisch hinterher. Insgeheim hoffte sie, dass er den Austausch ablehnen würde. Doch Bertrand nahm in einer beruhigenden Geste seine Hände leicht in die Höhe. Er missdeutete ihre Nervosität. „Hören Sie, Laura. Es ist nur ein weiteres von einer Vielzahl noch ungelöster Probleme am heutigen Abend." Dabei lächelte er sie zudem auch noch in seinem ganzen Charme an. Iris war verblüfft. Hätte er nicht vor Kaskajew erklären können, dass es unmöglich war und dieser dann Delano wiederum, dass sie beim Scheitern seines verbrecherischen Vorhabens keine Schuld traf? Bertrand musste tatsächlich schwer in sie verliebt sein, deutete Iris sein äußerst nachsichtiges Verhalten.

Mist!

Bertrand wandte sich wieder an Kaskajew. „Bitte entschuldigen Sie auch im Namen des Kuratorenteams diese

Unannehmlichkeiten. Aber Sie verstehen sicherlich, wie stressig es in den letzten Tagen und gerade jetzt, am Vorabend einer derartigen Vernissage zugehen kann. Und bei dieser Größe." Bertrand machte eine ausladende Handbewegung. Dann trug der Falke seinen Teil der Charade glaubwürdig vor, zog sich dabei weiße Baumwollhandschuhe an und packte die falsche Nemesis aus. Bertrand schaute sich das Gemälde intensiv an.

„Haben Sie die Expertise?", fragte er Kaskajew ohne den Blick abzuwenden.

Ruhig zog der Falke verschiedene, gefaltete Schreiben aus seiner Jackettasche hervor. Bertrand studierte kurz die Gutachten.

„In Ordnung. Sie werden sicherlich verstehen, dass Ihr Anliegen etwas Zeit in Anspruch nehmen wird. Wir werden versuchen, die Hängung noch hinzubekommen."

„Danke, Mr. Mercher. Das wäre im Interesse aller", sagte der Falke. Iris war genervt von diesem freundlichen Getue. Wenn Bertrand doch nur wüsste, dachte sie.

„Ich verständige die Leute von der Sicherheitsfirma. Du müsstest dich noch um die Änderung der Titelkarte kümmern", sagte Bertrand mild zu Iris. „Am besten ist es, ihr geht mit dem Bild schon mal zur Position."

Wenige Minuten später schritten Iris und Kaskajew durch die Besucherschleusen des Pavillons, der in der Nacht von außen in den amerikanischen und französischen Nationalfarben weiß, rot und blau beleuchtet wurde. Dazu konnte man das Lichtspiel der vielen Objektstrahler im Inneren sehen. Ein wundervolles Gesamtbild. Laute Akustik drang nach außen. Weitere Performance-

Installationen im großen Foyer wurden abschließend getestet. Plötzlich drangen aus dem Inneren explosionsartige Knalleffekte. Kaskajew zuckte zusammen und griff reaktionsschnell in die Seite seines Jacketts.

„Kein Grund zur Panik", bemerkte Iris gereizt. „Das ist nur Kunst." Der Falke sah sie an.

„Es gibt hier nicht nur Gemälde zu sehen", ergänzte Iris genervt.

31. Pages

Drew, der eigentlich Jakub Drugzinski hieß, saß mit seiner Frau Paula nun bereits seit sechzehn Stunden gefesselt und geknebelt auf der Couch in ihrem Wohnzimmer. Die Kabelbinder drückten und schmerzten an den Handgelenken. Sie konnten nur jeweils durch die Nase atmen, denn das reißfeste, silberne Klebeband haftete stark auf ihren Wangen. Nur zum Trinken und essen hatten ihnen die Gangster die Bänder abgezogen. Die Pistolen in den Händen der Männer sorgten dafür, dass sich der riesenhafte Drew weiter ruhig verhielt.

Beide hatten noch am Frühstückstisch gesessen, als es an der Haustür klingelte. Dann war alles so schnell gegangen. Ohne Warnung bekam Drew eine satte Ladung Pfefferspray ins Gesicht und zwei blonde, bewaffnete Männer mit Schnauzbärten drückten ihn in die Wohnung. Doch der hochgewachsene und massige Drew schlug trotz des Schmerzes auf die Männer ein, erwischte einen so heftig, dass dieser zu Boden ging. Und erst als ihm der andere die entsicherte Pistole direkt in sein Gesicht hielt, stoppte der wütende Hüne.

Steven Wright und sein Bruder Pages hatten das schmale, rotbraun geklinkerte Reihenhaus im polnischem Viertel in Brooklyn seit den frühen Morgenstunden aus ihrem Wagen heraus beobachtet. Hatten auf den richtigen Moment gewartet. Und nun saßen sie in der Küche mit Blick auf die Couch im angrenzenden Wohnzimmer und warteten auf weitere Anweisungen. Vor gut vier Stunden hatte sich Michael Delano mit einer Videoverbindung gemeldet und sie hatten ihre Geiseln präsentiert.

Drew und Paula konnten sich bis dahin keinen Reim auf den Grund des Überfalls machen. Erst als sie Iris am anderen Ende der Videoverbindung sahen, wussten sie, dass es um *sie* ging. Sie schien schon wieder in erheblichen Schwierigkeiten zu stecken. Wie damals.

Die Drugzinskis waren seit frühen Tagen mit den Bogdanowicz befreundet. Kannten Iris' Vater Pavel sehr gut, seine berufliche Leidenschaft in der Entwicklung von Sicherheitssystemen und die ungewöhnlich hohe Affinität seiner Tochter Iris für High-Tech, die bereits in jungen Jahren lieber Relaisschaltungen zeichnete, als mit Puppen zu spielen. Sie schaute dem Tüftler Pavel bei dessen Entwicklungen genauestens über seine Schultern und lernte viel über die unterschiedlichen Wirkungsweisen von aktiven und passiven Alarmsystemen. Nach Pavels frühem Tod kümmerten sich die Drugzinskis weiter um die junge Iris, bis sie ihr Studium in High-Tech-Elektronik abgeschlossen hatte. Doch Drews langjährige Tätigkeit als Hausmeister einer Schule in der Nähe war nur eine gute Tarnung.

Daneben verdiente er sich als Hehler ein stattliches Auskommen dazu. Es war dann ein Zufall, dass Iris hinter
Drews zusätzliche Einnahmequelle stieß und schließlich
kam eins zum anderen. Durch seine Kontakte in die
Kunst-Schieber-Szene geriet Iris in die Welt des grauen
Kunstmarktes. Von da an verband die junge Frau ihr technisches Talent mit ihrer zweiten Leidenschaft, der Kunst.
Sie ,besorgte' nur auf Bestellung wertvolle Gemälde und
kassierte sehr gut dabei. Sie recherchierte, bespitzelte
gründlich New Yorker Villen und Penthouse-Wohnun-
gen. Sie brach nur nachts ein und, wenn sie sich sicher sein
konnte, dass die Bewohner außer Haus waren. Doch für
Iris war es mehr als ein gut geplanter Einbruch. Sie liebte
das Spiel mit dem Risiko erwischt zu werden, die Herausforderung, heimlich herein und sicher wieder herauszu-
kommen. Die unterschiedlichen Alarmsysteme dabei unbemerkt auszutricksen, war für sie mehr als nur eine knif-
felige Aufgabenstellung. Es glich einem innerlich geführ-
ten, persönlichen Duell zwischen menschlicher Fach-
kenntnis, Erfahrung und Raffinesse gegen funktionale,
aber brutal wirkungsvolle, unnachsichtige Technik. Ihre
erfolgreichen Raubzüge brachte ihr den zweifelhaften
Ruhm als Phantom ein. Und so wurde sie bald in der
Presse und Bevölkerung zur ,*Katze von New York City*' – in
Anspielung auf einen Juwelendieb in einem berühmten
Hitchcock-Klassikers.

Paula und Drew hatten die dramatischen Ereignisse in
jener Nacht mitbekommen, als sie fast aufgeflog und nur
in einer riskanten nächtlichen Jagd der Polizei entkommen
konnte. Sie hatten Iris Zuflucht gegeben, bis sie sicher mit

Hilfe eines alten Mafiosi aus New York herausgeschmuggelt werden konnte. Aber das lag nun schon mehr als zwei Jahre zurück. Damals verloren sich ihre Wege. Iris ging nun drüben in Europa einem normalen Job nach. So dachten sie zumindest. Und nun dieser Überfall. Was hatte das zu bedeuten? Scheinbar war Iris wieder in Gefahr. Hoffentlich hatte es nicht wieder etwas mit diesem Boyd zu tun.

Ein Telefon klingelte am Küchentisch.

Wright sprach leise und knapp mit Delano, während Pages gewohnt stumm zuhörte. Er hatte einen heftigen Schlag von Drew abbekommen, der ihn zu Boden gehen ließ. Und nun prangte ein tief violettes Veilchen um sein linkes Auge und seine Wange wies verkrustete Blutspuren auf. Seine blonden Strähnen fielen ihm ins Gesicht. Er sah müde aus.

„Okay, verstanden." Wright drückte das Gespräch weg. „Wir machen hier den Abflug", sagte er leise aber ernst.

Pages sah in fragend an.

„Wir sollen keine Zeugen hinterlassen. Das kapierst du, oder? Das Geld liegt wieder in einem Schließfach", flüsterte Steven weiter. Er nahm seine Pistole und zog vorsichtig und leise den Schlitten zurück und wieder nach vorn. „Komm, bringen wir es hinter uns." Beide Wrights gingen ins Wohnzimmer. Drew, der im Gegensatz zu der vor sich hindämmernden Paula, hellwach geblieben war, hatte das Hantieren mit der Waffe gehört. Er ahnte, was die Männer vorhatten, als sie langsam ins Wohnzimmer kamen. Er schnaufte wütend unter seinem Knebel. Mit vorgehaltener Pistole ging Wright auf Drew zu. Er zielte auf Drews Kopf und spannte den Hahn. Plötzlich zog Pages seinen Bruder am Ärmel zurück. Er schaute ihn an und verneinte mit einer Kopfbewegung.

„Komm jetzt bloß nicht wieder mit der Mom-Nummer, Pages", versuchte er seinen jüngeren Bruder zurechtzuweisen. Er war nervös.

Erneut wendete Pages seinen Kopf langsam hin und her.

„Was?! Was meinst du, verdammt?!" Der Zwang der Notwendigkeit, das Paar umbringen zu müssen und ein letzter Funken eines Gewissens rangen innerlich heftig miteinander und machten ihn ungehalten.

Paula war nun ebenfalls hellwach und auch sie begriff, worauf das hier hinauslief. Sie war starr vor Entsetzen, während Drew versuchte, wild an den Kabelbindern zu rütteln.

Und dann hielt Pages seinen Kopf ganz dicht an Steven Wrights Ohr. „Nein, Steven", flüsterte er plötzlich. „Das ist scheiße. Wir sind keine brutalen Killer. Scheiß was auf das Geld. Ich will nach Hause."

„Fuck! Pages!", erzürnte sich der ältere. Doch Pages redete leise weiter. „Außerdem – schau sie dir an."

„Was?"

„Sie erinnert mich an Mom", flüsterte Pages.

Steven wurde wütend und fuchtelte mit der Pistole in Richtung Drew und Paula, jedoch ohne auf sie zu zielen. „Sie wissen, wie wir aussehen! Wir müssen das hier tun! Die werden uns an die Bullen verraten! Außerdem, wir haben bereits zwei Männer erschossen," zischte Steven leise.

„Das war ein Unfall", antwortete Pages überzeugt.

Ein Moment der Stille trat ein, was nur von den wilden,

272

stumpfen Lauten unter dem Klebeband der Geiseln begleitet wurde.

„Lass uns gehen." Damit ging er an Steven vorbei in Richtung Küche. Steven folgte ihm hektisch. „Sag mal, spinnst du jetzt komplett!", zischte er seinen Bruder an. „Wir müssen das tun! Die kennen unsere Gesichter!"

Pages hielt an, drehte sich um und ging zu den Geiseln zurück. Er führte sein schmales Gesicht ganz dicht an das runde, verschwitzte Angesicht von Drew heran. Der hielt mit seinem Gezappel inne und blickte Pages zornig an. Beide sahen sich jetzt intensiv und prüfend in die Augen. „Wir sollen euch beide umbringen. Hier und jetzt", sagte Pages leise und beschwörend ruhig. „Aber wir wollen das nicht. Und ihr auch nicht. Wir wollen keine Polizei. Und ihr auch nicht." Sekunden sahen sich Pages und Drew noch direkt an. Pages Sätze klangen wie ein Angebot. Drew senkte langsam seinen Blick. Dann, nach langen Sekunden in denen niemand etwas sagte oder einen Laut von sich gab, richtete sich Pages wieder auf. Er schob sich an seinem aufgewühlten, verwirrten Bruder vorbei in Richtung Haustüre. „Werden sie nicht", sagte Pages leise im Vorbeigehen.

Steven Wright hatte noch nie eine derartige Reaktion von seinem Bruder erlebt, geschweige denn, derart viele Sätze am Stück von ihm gehört. Er stand konsterniert da und sah, wie sein kleiner Bruder sich in der Eingangstür noch einmal umdrehte. Der schien das Kontingent an gesprochenen Sätzen bereits verbraucht zu haben und nickte nur auffordernd mit dem Kopf, ihm zu folgen.

„Scheiße", flüsterte Wright matt. Er schaute Drew und Paula an. „Wir werden bei den Nachbarn anrufen, wenn wir weit genug entfernt sind." Dann folgte er seinem Bruder.

Aaron hatte in der Zwischenzeit aus dem, was er mithören konnte, seine Schlüsse gezogen und raste in Richtung Château durch die Nacht. Die Situation war recht undurchsichtig. Wer war der dritte Mann. Der, mit dem Iris nun ebenfalls zur Ausstellung fuhr. Kaskajew? Doch noch mehr beunruhigte ihn die Vorstellung einer Bombe. Nach zwanzig Minuten erreichte er die Eingangspforte. Zu seiner großen Erleichterung schaute er in das Gesicht von Antoine.

„Ah, Monsieur Boyd. Madame Bingham ist gerade vor fünf Minuten hierdurch gekommen."

Aaron schwankte, ob es taktisch klüger sei, Antoine die Wahrheit über sein Erscheinen zu erklären. Doch das wäre zu kompliziert und ließ die Befürchtung nahe, dass der Wachmann Alarm schlug und dabei die anwesenden Anti-Terror-Kräfte alarmieren würde. Angesichts der unklaren Lage, wäre dies eher ein Risiko.

„Ja, ich weiß. Mit Monsieur ...", Aaron tat, als versuche er sich an einen Namen zu erinnern.

„Monsieur Savage. Der Nachlassverwalter", ergänzte Antoine sofort.

„Ja, stimmt. Mist, ich kann mir die Namen dieser amerikanischen Kunstheinis nicht merken", sagte Aaron mit einem Augenzwinkern.

Antoine lächelte zurück.

„Das sage ich Ihnen. Alle halten sich für überwichtig", ergänzte der Wachmann flüsternd. Beide lachten kurz. „Wird Zeit, dass es endlich losgeht. Was kann ich für Sie tun?"

„Laura hat leider in der Hektik wichtige Unterlagen vergessen." Mit einem leichten Tippen auf die Brusttasche seines Jacketts deutete er an, irgendwelche, gefalteten Papiere mitzuführen.

„Na ja, heute ist nichts normal. Einen Augenblick, ich muss Ihnen einen Besucherschein ausfüllen."

Aaron schnaubte geduldig. Er wollte nicht eine Sekunde länger verstreichen lassen. Aber ohne Besucherausweis würde Antoine ihn nun mal nicht passieren lassen.

Savage ...? Nachlassverwalter? Kaskajew?

Aaron parkte den Mietwagen vor dem Château und lief hinein. Einiges hatte sich gegenüber seiner letzten Anwesenheit verändert. Wachleute waren nun überall zu sehen. Zudem registrierte er Spezialkräfte und mehrere Anzugträger, die nach Secret Service Leuten und ihrem französischen Pendant aussahen. Sie alle rüsteten sich für den morgigen Tag. Delano musste sich ziemlich sicher sein, dass er Iris als Trojanisches Pferd einsetzte. Er schritt die Stufen zum Schlossgebäude hoch. Obwohl er bereits mehrmals hier gewesen war, wurde er nun mit Blick auf seinen Besucherausweis überprüft. Innen empfing ihn ein eifriges Durcheinander. Mitarbeiter liefen durcheinander und hier und da hörte man lautes Rufen. Wo war Iris? Er fragte mehrere Mitarbeiter, bis er den Hinweis auf den Pavillon bekam.

32. Kollision

Bertrand, zwei weitere Assistenten und der Programmierer der Alarmfirma diskutierten an der Position des Austausches. Iris und der Falke standen dabei und warteten ab. An einem Zugang an der Deckenaufhängung des Bildermelders hatten die Techniker Kabel angeschlossen und knieten jetzt vor einem Laptop. Die originale Nemesis wurde vorsichtig abgehangen. Alle warteten darauf, dass der Nachlassvertreter nun das Bild sofort an sich nehmen würde, doch er reagierte nicht.

„Mr. Savage?", deutete Bertrand an.

„Oh, natürlich", bemerkte der Falke, nahm das Bild und lehnte es an das wenige Meter entfernte Treppengeländer. Nun erst zog sich Kaskajew die weißen Handschuhe an und packte die gefälschte Nemesis erneut aus. Bertrand und Iris sahen sich einen kurzen Moment fragend an. Er hielt es hoch und die Mitarbeiter befestigten sekundenschnell Aufhängungen am Rahmen. Dann hängten sie die Fälschung vorsichtig ein und schlossen Kabel mit Klemmen an die Drahtseile. Die Gewichtsdaten wurden exakt abgelesen. Der Falke konzentrierte sich auf das Procedere. Er musste sichergehen, dass niemand Verdacht schöpfte. Doch alles verlief in seinem Sinne. Die falsche Nemesis hing und die Leute packten Laptop und Werkzeuge wieder zusammen.

„Kommen Sie, wir müssen hier jetzt raus. Der Rest wird von der zentralen Steuerung im Schlossgebäude programmiert. Bei dem Alarmlauf sollte niemand im Gebäude sein", forderte Bertrand alle Beteiligte auf. „Wir müssen alle durch den Haupteingang. Das ist im Augenblick der einzige Ausgang." Iris ging kurz zurück und nahm vorsichtig das Originalbild mit. Der Programmierer und auch die Assistenten entfernten sich rasch, während die Gruppe die Etage eher schlendernd verließ. Dabei beobachtete Bertrand vorsichtig den Falken. Der blickte im Gehen stumm vor sich hin.

„Sagen Sie, Laura, kommt Ihnen dieser Mann nicht auch merkwürdig vor?", fragte er sie unerwartet auf Französisch, als sie die Gittertreppen hinunterstiegen. Er setzte darauf, dass dieser mysteriöse Mann, der dicht vor ihnen ging, kein Französisch verstand.

„Was meinen Sie?", fragte Iris ebenfalls auf Französisch.

„Wer ist das, Laura?", fragte der Chefkurator plötzlich. „Der Mann ist niemals ein Vertreter des Nachlasses. Erst zieht er bei einem Original seine Handschuhe nicht an und dann vergisst er glatt, das Werk mitzunehmen. Niemand, der eine derartige Verantwortung trägt, tut das."

Iris erschrak.

„Wenn ich an diesem wundervollen Ort wäre, ich würde alles bewundern", redete Bertrand ungehemmt weiter. „Doch er scheint sich überhaupt nicht zu interessieren. Als Vertreter der Kunst?"

Sie überlegte rasch, was sie darauf entgegnen wollte.

„Vielleicht ist er nur ein Anwalt oder so. Eben nur jemand, der die Interessen vertritt und sich ansonsten nicht für Kunst interessiert", versuchte Iris von Bertrands Verdacht abzulenken.

Verdammt, wenn du wüsstest ... mach jetzt keinen Fehler und tue jetzt bitte nichts Unüberlegtes, Bertrand!

Sie erreichten das untere Stockwerk. Zwei Filme liefen noch auf den Videowalls. Niemand schien sich mehr außer ihnen im Pavillon aufzuhalten als sie weiter in Richtung Eingang gingen. Jetzt begann Bertrand zu flüstern. „Gibt es ein Problem, Laura, von dem ich nichts weiß? Dann sagen Sie einfach, dass ich Sie noch mal sprechen will. Ich werde das auf jeden Fall überprüfen." Doch in diesem Augenblick drehte sich der Falke um. Er hatte ihre Unterredung mit angehört. Zu ihrer peinlichen Überraschung antwortete der Mann in einem fließenden Französisch. „Un moment. Quel problème devrait-il y avoir? Was soll es für ein Problem geben?" Dabei blickte er ihn bedrohlich an. Bertrand war überrascht. Was fiel diesem Kerl, der scheinbar kein Kunstvertreter war, eigentlich ein! Dann zog dieser plötzlich eine Waffe mit Schalldämpfer aus seinem Jacketthalfter und richtete sie auf Bertrand. „Vous ne vérifierez plus rien. Du wirst nichts mehr überprüfen!" Iris erschrak. Blitzschnell stellte sie sich vor den Kurator und hielt das Bild der abgehängten Nemesis schützend vor sich. „Nein", rief sie. Bertrand wurde kreidebleich. Er hob seine Hände. „Non, non!" Jetzt begriff er die Gefahr, in die sie sich begeben hatten. Ein Terroranschlag!

Der Falke überlegte. Er brauchte nur noch ein wenig Zeit. Zeit, bis der Alarm eingestellt war. Dann könnte er Delano anrufen, damit dieser das Baby mit der Funkverbindung scharf stellte. Er schaute sich um. Niemand war zu sehen. Auch von außen schien niemand die Situation bemerkt zu haben.

„Ha!", lachte plötzlich jemand laut auf. Im selben Au-

278

genblick fuhr der Falke herum. Er sah in das breite Grinsen eines kleinen Asiaten. Doe Jam Nom stand unvermittelt da, seine Laptoptasche über seine Schulter hängend und grinste die Gruppe an. Er war aus dem hinteren Bereich gekommen und hatte das Verlassen des Pavillons für alle Anwesenden nicht mitbekommen. Er sah die Pistole auf sich gerichtet. Doch er lächelte weiter. Kaskajew war überrascht.

„Ah, eine Reality-Performance! Sehr gut", sagte er in seinem asiatischen Dialekt. Iris war bestürzt. Woher, um alles in der Welt, tauchte der jetzt auf?! Doch dann streckte der Installationskünstler seine Hand aus und ging lächelnd und ohne Hemmungen auf den Falken zu. „Jam Nom ist auch ein teilnehmender Künstler und freut sich, ihre Bekanntschaft zu machen."

„Nicht Jam!", rief Iris.

Doch der Falke spannte den Hahn seiner Waffe und zielte auf Jam. „Noch ein Schritt und du bist ein toter Künstler!"

Der Falke deutete mit der Waffe an, dass er zu den beiden anderen herübergehen solle. Jetzt zeigte sich auch Jam Nom beeindruckt und stellte sich zu Iris und Bertrand vor die rote Ziegelwand der Santitärräume. So hatte der Falke sie unter Kontrolle. „Scheiße", sagte Kaskajew leise fluchend und drückte Delanos Nummer. Der meldete sich.

„Alles soweit erledigt?"

„Ja. Es hängt. Sie programmieren gerade den Alarm", antwortete der Falke.

„Wie lange wird das dauern?"

„Nach Aussage des Kurators noch einige Minuten."

„Warum rufen Sie mich dann jetzt schon an? Abgesprochen war, dass Sie sich erst melden, wenn das Bild konfiguriert ist."

Während der Falke telefonierte und sie dabei nicht aus den Augen ließ, wandte sich Bertrand an Iris. Ihm war übel und er hatte schreckliche Angst. Dies musste ein terroristischer Angriff sein und sie würden es nicht überleben. Bertrand wusste von der Gefahreneinschätzung der Fachleute her, dass islamistische Terroristen versuchen könnten, mit einem Schlag die hier ausgestellte, geballte bildende Kunst und damit einen wesentlichen Teil der in ihren Augen verhassten, westlichen Kultur zu vernichten. Seine erhobenen Arme zitterten. „Laura, was um alles in der Welt geht hier vor?", fragte Bertrand mit brüchiger Stimme. „Sind das Islamisten? Sind noch mehr da?"

„Ruhe da vorn! Das ist unhöflich", raunzte der Falke. „Ich telefoniere."

„Nein. Die wollen was von der amerikanischen Regierung", flüsterte Iris zurück. „Geld. Das ist nichts weiter als eine großangelegte, üble Erpressung. In dem Bild, was wir gerade ausgetauscht haben, ist eine Bombe versteckt. Eine schmutzige Bombe, wenn Sie wissen, was ich meine."

„Oh, mon Dieu! Merde!"

Währenddessen beriet sich der Falke weiter mit Delano.

„Kleine Planänderung, Delano", sagte der Falke. „Ich habe leider zwei weitere Zeugen an der Backe."

„Was für Zeugen?"

„Den Chefkurator und eine schlitzäugige Grinsekatze. Sie wissen vermutlich, worum es hier geht. Wie soll ich verfahren?", wollte Kaskajew wissen.

Bertrand wurde zunehmend nervöser. Angstschweiß

stand ihm auf der Stirn. „Was hat der mit uns vor?"

„Was glauben Sie wohl?", flüsterte Iris als Antwort. „Es wäre für uns gut ausgegangen, hätte der Typ das nicht mitbekommen, was Sie gesagt haben. Jetzt sind wir alle lästige Zeugen."

„Aber was haben *Sie* mit ihm zu tun?"

„Der Mann, mit dem er da gerade telefoniert, der Kerl im Hintergrund, hat mich in der Hand. Er droht meine Freunde umzubringen."

„Sind wir richtige Geiseln?", fragte nun Jam Nom unbeirrt der Gefahr und immer noch mit einem Lächeln im Gesicht. Im Gegensatz zu Iris und Bertrand empfand er die Situation eher spannend, denn als lebensbedrohlich. Doch Bertrand Mercher war tief erschüttert. Der Mann würde sie umbringen! Nein, er wollte nicht sterben!

Verdammt!, dachte Delano. Das veränderte die Situation. Er überlegte seine Möglichkeiten. Es war noch zu früh. Erst nach dem sicheren Endlauf aller Systeme, wenn sicher war, dass seine Nemesis nicht mehr berührt werden würde, hatte er vor, sein Baby scharf zu stellen. Und exakt beim Eintreffen der Präsidenten hatte er vorgehabt, die amerikanische Botschaft hier in Paris zu verständigen. Er brauchte den Druck einer akuten Bedrohung zu jenem Zeitpunkt der Eröffnungsfeierlichkeiten und die mediale Wirkung. Würde sein Plan jetzt schon auffliegen und er die Bombe vorher scharfstellen müssen, würde alles abgesagt werden. Die Präsidenten würden morgen früh erst gar nicht losfahren und die internationale Presse bekäme eine verschleierte Begründung, warum die Party nicht stattfand. Er hätte zwar die US Regierung weiterhin in der

Hand, aber so stünde ihre Entscheidung in der Öffentlichkeit. Und der Druck der gesamten Kulturwelt, der Besitzer, die in die ausgestellte Kunst investiert hatten, die Leihgeber und nicht zuletzt der gesamten Kunstszene, der Museen wäre zu stark für die Politik. Doch jetzt musste improvisiert werden, sollte sein erster, favorisierter Plan noch gelingen.

„Hat das noch jemand mitbekommen?"

„Nein."

„Sind Sie sicher?"

„Ja. Vollkommen."

„Ok, hören Sie, Falke. Sie müssen eine Möglichkeit finden, alle drei sofort verschwinden zu lassen! Irgendwo an einem sicheren Ort! Wir brauchen nur noch ein paar Stunden Zeit." Das Verschwinden eines der Chefkuratoren, einer Assistentin und eines Künstlers würde zu Aufregung und Verwirrung führen. Aber er rechnete damit, dass die Eröffnung im Beisein der Präsidenten dennoch stattfinden würde. Solange der Verbleib der Vermissten nicht geklärt war, könnte man ebenso persönliche Gründe in Betracht ziehen und eine kurzfristige Absage rein aus sicherheitsrelevanten Spekulationen heraus, wäre organisatorisch und auch politisch nicht vertretbar.

Der Falke sah sich um. In Anbetracht der Sicherheitskräfte draußen, schien es nur möglich, im Pavillon selbst eine Entsorgungsmöglichkeit zu suchen. Aber wo?

„Verstanden."

Das Geflüster, das Iris vom Falken hörte, ließ nichts Gutes erahnen. Sie kombinierte blitzschnell. Nein, Delano hatte nie vorgehabt, sie zu verschonen, um sie ins Gefängnis werfen zu lassen. Sollte die Bombe einmal scharf sein, würde er sie alle nicht mehr brauchen. Drew und Paula ebenfalls nicht mehr. Vielleicht waren diese bereits schon umgebracht worden.

Verdammtes, mieses Arschloch!

Kaskajew hatte aufgelegt und wandte sich wieder an seine drei Geiseln. Er hielt seine Waffe weiter auf die drei gerichtet, während er nun vorsichtig eine der Türen zu den Waschräumen öffnete und hineinlugte. Er sah einen Flur, von dem aus verschiedene Türen in die Toiletten und in den Wirtschaftsraum der Reinigungskräfte führte. Dieser schien groß genug zu sein.

„Wird morgen früh noch einmal geputzt?", fragte der Falke überraschend. Aus Angst antwortete Bertrand sofort in vorauseilendem Gehorsam und ohne sich über die Frage zu wundern. „Nein, hier kommt morgen früh niemand mehr herein."

Perfekt, dachte Kaskajew.

„Los, da hinein!", befahl der Falke und deutete mit vorgehaltener Waffe in Richtung der Türen der großzügigen Waschräume. Jetzt dämmerte es auch Bertrand, was der Mann in den Räumen vorhatte. Er geriet in Panik. Unwillkürlich brach es aus ihm heraus. „Hören Sie, Mister, wer immer Sie sind. Sie haben wahrscheinlich nicht vor, hier alles in die Luft zu jagen? Oder? Sie wollen doch Geld! Richtig? Ich kann Ihnen helfen."

„Bekommen Sie jetzt bloß nicht noch das Stockholm-Syndrom", zischte Iris zynisch.

Doch Bertrand ließ sich nicht beirren. „Was immer Sie vorhaben, ich weiß, wie das hier alles funktioniert und Sie sicher hier rauskommen können! Und was immer Sie mit

Madame Bingham zu schaffen haben, ist allein Ihre Sache. Ich habe damit nichts zu tun." Die pure Angst ließ ihn in einem fort reden. Iris traute ihren Ohren nicht.

„Bitte, lassen Sie mich gehen! Ich habe ein Bankkonto, ich ..."

Trotz ihrer eigenen Angst, die ihr die Kehle zuschnürte, empfand Iris in diesem Augenblick Abscheu.

Mein Gott! Du bist ein noch größerer Feigling als dieses Arschloch mit der Waffe!

„Lassen Sie uns bitte ein Geschäft machen!", redete Bertrand in einem fort. „Sie können noch heute Nacht einhunderttausend Euro in bar von mir bekommen. Davon brauchen Ihre Leute nichts mitbekommen. Nur für Sie allein. Lassen Sie mich einfach gehen. Ich werde schweigen!"

„Halt endlich dein beschissenes, französisches Maul!", unterbrach der Falke Bertrand barsch. „Die Kleine neben dir hat viel mehr Eier als du Arschloch!"

„Die Waffe runter!", rief plötzlich eine laute Stimme durch das Foyer. Der Falke fuhr herum. Aaron Boyd! Verflucht, dachte Kaskajew, wo kam der denn plötzlich her? Und er hatte seine Waffe auf ihn gerichtet.

„Waffe runter, Kaskajew! Sofort!", schrie er den Falken erneut an. Er war noch einige Meter entfernt und ging jetzt mit angelegter Pistole vorsichtig auf den Killer zu. Doch Kaskajew zog blitzschnell Iris vor sich, legte seinen Arm über ihre Schulter und schoss. Ein kurzes, gedämpftes Plop-Geräusch ertönte. Aaron rettete sich mit einem beherzten Sprung in Jam Noms Tor. Die Kugel schlug in die Seitenverkleidung der „No longer Humans"-Installation. „Oh, oh, das ist nicht gut. Das bitte sein lassen", sagte Jam

Nom leise, während der Falke Iris weiter nach hinten mitzog. Bertrand Mercher faste sich ein Herz und rannte los. Aaron sprang aus dem Tor und folgte Kaskajew mit vorgehaltener Waffe.

„Ich glaube es ja nicht, was machst du hier?! Du müsstest eigentlich noch in den Staaten sein. Den Köder nicht gefressen?", rief Kaskajew zynisch und hielt Iris dabei den Schalldämpfer seiner Waffe weiter an ihre Stirn.

Beide Männer belauerten sich. „Lass sie los!", forderte Aaron ihn auf. Eine leuchtende Videowall bot ihm jetzt Deckung.

„Negativ mein Freund!", erwiderte der Falke. „Du verkennst die Umstände. Es wäre besser, du würdest deine Waffe niederlegen, sonst hat die Kleine hier ein hässliches Loch in ihrem hübschen Schädel."

„Du weißt selbst, dass ich das nicht machen werde und du nicht abdrücken wirst. In der selben Sekunde wärst auch du tot." Kaskajew lächelte hämisch. „Ich sehe, in dir steckt noch der alte Profi." Von den beiden Männern vollkommen unbeachtet, stand Jam Nom weiter am Rand des Geschehens. Im Gegensatz zu Bertrand hatte er den Moment nicht zur Flucht genutzt und war gespannt, was nun als nächstes geschehen würde. Bertrand hatte sich unterdessen im hinteren Teil der Ausstellung versteckt. Aaron bewegte sich zwischen den großen Screens vorwärts. Jetzt war er nur noch ein paar Meter von Kaskajew und seiner Geisel entfernt. Er überlegte, ob er einen gezielten Kopfschuss riskieren konnte. Doch der Falke änderte stets seine Kopfhaltung hinter seinem menschlichen Schutzschild.

„Du scheinst tief gesunken zu sein, dass du für Delano arbeitest. Du nimmst wirklich jeden beschissenen Job an", rief er hinüber.

Doch der Falke reagierte nicht auf die Provokation. Kaskajew überlegte rasch, wie er schnell und ohne weiteres Aufsehen diese Situation lösen könnte.

„Und jetzt bist du wieder ein beschissener Terrorist geworden. Warst du das nicht früher auch schon? Sorrentino, Louise Fischer, Finch und nun eine Bombe", sagte Aaron laut, während er überlegte, näher an den Killer heranzukommen.

Jetzt begriff Kaskajew, warum Aaron bereits wieder in Paris war. Er hatte Harold Finch für eine Zielperson auf der Liste gehalten. „Finch? Hast du ernsthaft geglaubt, er wäre Nummer drei?"

„Scheißegal, ich bin hier, Kaskajew! Und wir beenden den ganzen Bullshit jetzt."

„Soll ich dir sagen, warum ich diesen ganzen Scheiß tatsächlich mitmache?", rief Kaskajew zurück. „Delanos Rachespektakel geht mir am Arsch vorbei. Allein wegen dir, Aaron! Den Meister ausgeschaltet zu haben, erhöht mein Scoring. Du weißt, wie das läuft!" Dabei blickte er durch die großen Außenfenster nach draußen. Die Sicherheitsleute und Anti-Terror-Kräfte schienen noch nichts mitbekommen zu haben. Nur der kleine Asiate stand dort scheinbar vollkommen unbeteiligt mitten im Raum und schaute gespannt zu.

„Gehört das laufende Grinsen zu dir?", rief der Falke herüber.

„Nein, unbekannt", erwiderte Aaron. „Du kommst hier nicht raus, Kaskajew."

„Abwarten."

Aaron überlegte einen Augenblick auf die Fensterscheiben zu schießen, um die Aufmerksamkeit der Sicherheitskräfte zu erregen. Doch sie würden versuchen, den Pavillon zu stürmen, unwissend, dass sich hier eine unkalkulierbare Bombe befand.

Der Falke zerrte nun an Iris herum, um sie besser halten zu können. Sie hingegen hatte die Augen geschlossen. Sie durchlebte gerade ein heftiges Dejá vue Erlebnis. Schon einmal hatte sie sich in einer derartigen Situation befunden. Damals. In dieser Nacht. In dem alten Justizgebäude in Porto Puntas. Auch damals war Aaron da und hatte ihr das Leben gerettet. Doch das hier könnte tatsächlich übel ausgehen. Sie verhielt sich starr und stumm.

In diesem Augenblick setzte eine ohrenbetäubende, laut kreischende Sirene ein! Der Probelauf des Alarm-Systems! Alle zuckten zusammen. Iris stieß geistesgegenwärtig den Falken von sich und rannte los. Doch der, nun ohne Schutzschild, warf sich nach vorn und feuerte in Richtung Aaron, den er weiter hinter einer der Projektionswände vermutete.

Inmitten der Szenerie stand weiter unbeirrt Jam Nom und hielt sich die Ohren zu. „Das ist aber sehr laut", rief er. Und als hätten seine Worte tatsächlich jemanden erreicht, setzte der Alarm zufällig wieder aus. „Danke", sagte Jam Nom leise. Jetzt hörte der kleine Künstler Iris leise rufen. Er entdeckte sie hinter einer weiteren, bunten Installation. Das alles schien ihm nun auf die Nerven zu gehen und so ging er kurzentschlossen und ruhigen Schrittes zu Iris herüber.

Aaron legte sich auf den Boden, kroch leise bis zur Kante der Videofläche und spähte vorsichtig heraus. Sollte es dem Falken gelungen sein, eine nahe, optimale Schussposition einzunehmen und nun erwarten, dass Aaron einen vorsichtigen Blick herauswagte, würde er sicherlich auf Kopfhöhe zielen. Aber nichts war zu sehen.

Verdammt, wo steckt der Kerl!

Aaron hoffte, dass Iris sich gut versteckt hatte. Er konnte sie nicht rufen, sonst hätte sie mit einer Antwort ihr Versteck preisgegeben. So schlich er sich vorsichtig zur nächsten Installation. Mit ausgestreckten Armen hielt er seine Waffe abwechselnd in alle Richtungen, während er sich vorwärtsbewegte. Vorbei an den Santärräumen ging er vorsichtig weiter und schaute dabei abwechselnd in alle Richtungen. Jetzt stand er mit vorgehaltener Waffe am Ende der Waschräume. Mit dem Rücken zur roten Mauer erblickte er Iris und den Asiaten, die direkt ihm gegenüber, still hinter einer Installation verharrten.

„Alles ok?", flüsterte er hinüber.

Plötzlich vernahm er neben sich das metallische Geräusch eines Abzugshahns, der gespannt wurde. „Keine hitzige Bewegung!", hörte er den Falken flüstern. Aaron fuhr herum. Kaskajew stand keine vier Meter entfernt neben ihm! Die Waffe auf ihn gerichtet. „Schon wieder erwischt, mein Freund. Du bist einfach zu alt für unseren Job geworden. Sorry. Wirf die Pistole herüber, Aaron! Langsam." Ein leichtes, triumphales Lächeln spannte sich um seinen Mundwinkel. Aaron erkannte seine ausweglose Lage. Er warf seine Waffe Kaskajew vor die Füße. Der schleuderte mit einem Fußtritt die Pistole nun weiter weg.

„Tja, alter Mann, nun wird der Thron wohl wieder frei. Bereit zu sterben?", fragte der Falke und zielte auf Aarons Brust.

„Nein!", schrie Iris aus ihrem Versteck heraus.

„Verschwindet von hier, Iris! Raus hier!", rief Aaron zurück.

Und dann geschah das Unglaubliche. Iris kam plötzlich langsam auf Kaskajew zu!

„Nein!", schrie Aaron verzweifelt in Richtung Iris. „Nicht! Verschwinde!" Er wusste, dass der professionelle Killer keine Gnade kannte. Der Falke schaute überrascht auf die sich nähernde Frau, hielt aber seine Waffe weiter auf Aaron gerichtet. „Alle Achtung, du hast echt Eier!", sagte er verdutzt. „Auch wenn es euch nichts nutzt. Na gut, Delano wollte, dass du leidest, mein Freund", sagte er zu Aaron. Der Falke riss seine Waffe herum und zielte auf Iris. „Dann du zuerst!" Im gleichen Augenblick warf sich Aaron dazwischen. „Nein!", schrie er laut. Die Kugel traf ihn in die Brust und schleuderte ihn zu Boden. Regungslos blieb er liegen. Erstaunlicherweise zeigte Iris keine Regung. Im Gegenteil! Sie lächelte doch tatsächlich Kaskajew weiter an! Jetzt blieb sie ungefähr vier Meter vor ihm stehen. Der Falke feuerte erneut zweimal auf Iris. Doch sie wurde nicht getroffen! Stattdessen schlugen die Kugeln im hinteren Bereich ein. Hatte er danebengeschossen? Das konnte doch nicht sein! Nicht aus dieser Entfernung. Er schaute kurz auf seine Waffe und richtete sie wieder auf die lächelnde Iris. „Lächle mich nicht so an!", rief er gereizt. „„Ich bin Laura, Ihre persönliche Ansprechpartnerin. Schön, dass Sie da sind.", sagte sie. Der Falke war nun vollkommen irritiert. Doch im selben Moment hallten zwei weitere, diesmal laute Schüsse durch den Pavillon. Mit weit aufgerissenen Augen zuckte der Killer zusammen und sah zu seinem Entsetzen, wie sich eine zweite Iris mit Aarons rauchender Waffe näherte. Dann brach er tödlich verletzt zusammen.

Jam Nom hatte die Situation begriffen, insgeheim sein Laptop gestartet und die Installation leise hochgefahren. Iris nutzte gleichzeitig die Verwirrung und angelte sich lautlos Aarons Waffe, die Kaskajew unbeabsichtigt nahe an ihr Versteck geschleudert hatte. Nun warf sich Iris zu Aaron hinunter. Sie sah seine blutgetränkte Brust und er atmete nicht mehr!

„Nein!", schrie sie. Sie presste ihre Handflächen auf seine Brust und versuchte in einen stätigen Wechsel von Herzdruckmasssage und Mund-zu-Mund Beatmung, Aaron wieder zu reanimieren. „Wehe! Versuche nicht, dich jetzt hier zu verabschieden", drohte sie zwischen ihren Bemühungen. Sie schrie Jam Nom an, schnelle Hilfe zu holen, als der noch über Kaskajews Leiche stand und leise flüsterte: „No longer Human ..."

Plötzlich sprang die Eingangstür auf und gepanzerte Einsatzkräfte stürmten herein. In Sekundenschnelle warfen sich mehrere von ihnen auf Iris und Nam Jom und drückten sie zu Boden. Dabei zielten sie mit ihren Sturmgewehren auf die beiden und schrien wilde Kommandos auf Französisch. „Nein!", schrie sie zurück. „Ich bin nicht bewaffnet!" Doch die Männer ließen nicht locker und versuchten sie wegzuschleifen. Sie wehrte sich jetzt mit Armen und Füßen und schrie panisch immer wieder die Leute an, sich um Aaron zu kümmern. „Er braucht Hilfe! Einen Arzt! Einen Arzt! Er darf nicht sterben!" In ihrer Wut und Angst liefen Tränen über ihre Wangen, während sie weiter wild strampelnd versuchte sich zu befreien, als die Männer sie heraustrugen.

33. Charaden

Iris stand in eine Decke gehüllt am Geländer der Terrasse gelehnt. Irgendjemand hatte ihr zur Stärkung ein Glas Cognac gegeben. Die anwesende Anti-Terror-Einheit hatte von den Ereignissen im Erdgeschoss des Pavillons zunächst nichts mitbekommen. Erst als Iris die lauten, ungedämpften Schüsse aus Aarons Waffe abgab, hatten die Sicherheitskräfte sofort reagiert. Die anschließende Hektik um sie herum nahm sie nur noch verschleiert wahr. Ein anwesender Rettungssanitäter hatte Aaron kurzfristig wiederbelebt. Aber sein Zustand war äußerst kritisch. Man hatte ihn in die nächstgelegene Klinik gefahren. Wie es um ihn stand, wusste sie nicht. Sie war verhaftet worden. Oder nicht? Jedenfalls durfte sie nicht mitfahren. Der Anti-Terror-Einsatzleiter brauchte alle Informationen von ihr. Bertrand, der aus seinem Versteck gekommen war, hatte bestätigt, dass sie keine Terroristin sei. Wenigstens etwas. Doch die Angst um Aaron quälte sie und machte alles andere unwichtig. Iris blickte auf den beleuchteten Pavillon, der immer noch so dastand, als wäre nichts geschehen. So sehr sie die Kunst auch liebte – im Augenblick war ihr alles egal, was mit den Werken geschehen könnte. Viele Männer waren hier versammelt. Wichtige Männer. In Zivil, in Uniform, in Kampfanzügen und bewaffnet. Ein Bombenspezialist war in den Pavillon gegangen und hatte eine Vorrichtung unter der Bespannung des Rahmens bestätigt, ohne dabei das Objekt zu berühren. Immer wieder wurde sie zu der Bombe befragt. Ein Pierre Bonnaire von der Anti-Terror-Einheit und sein stellvertretender Leiter

Claude Durand hatten sie mit Fragen gelöchert. Und sie hatte alles wie unter Trance erzählt. Wer dahintersteckte, dass es sich bei der Bombe um zwei Pfund C4 Sprengstoff handelte und diese mit hochdosiertem Cäsium 137 versetzt sei. Delano wolle die Bombe mit seinem Smartphone zünden, sollte die amerikanische Regierung nicht auf seine Forderungen eingehen. Sie erzählte von einem hochsensiblen Bewegungszünder und man das Bild nicht mehr berühren könne, sollte der Zünder erst einmal scharf gestellt sein. Und dass Delano irgendwo da draußen war und auf diesen einen Anruf von dem getöteten Terroristen wartete, um die Bombe zu aktivieren. Zwischendurch berieten sich die Männer immer wieder. Sie schienen auf der einen Seite erleichtert zu sein, dass hier kein blindwütiger, islamistischer Angriff bevorstand, sondern lediglich ein übler Erpresser sein böses Spiel trieb, mit dem man zunächst verhandeln könne. Iris sah Jam Nom, der sich einfach zu der Gruppe gesellt hatte und nun mit seinem gewohnten Lächeln sehr interessiert den Männern zuhörte. Sie musste schmunzeln. Vielleicht gerade wegen seiner Unbekümmertheit, seiner unvoreingenommenen Art auf Menschen zuzugehen, konnte man sich sehr in diesem Menschen täuschen. Er hatte diesen spontanen Einfall gehabt und hatte alle verblüfft. Er war ein sehr faszinierender, kleiner Mann.

„Madame Bingham?", sprach sie jetzt der Einsatzleiter erneut an. „Wir benötigen Zeit für geeignete Maßnahmen. Wir haben das Smartphone des getöteten Komplizen. Sie sollten diesen Delano anrufen. Sagen Sie ihm, dass es hier noch technische Probleme gibt und es noch etwas dauern wird, bevor er den Zünder scharfmachen kann. Er kennt sie."

„Nein", sagte Iris matt. „Er will mit diesem Kaskajew sprechen wollen. Was soll ich ihm sagen, warum er nicht ans Telefon geht?" Doch im gleichen Augenblick kam ihr eine andere Idee. „Geben Sie her", sagte sie leise und hielt die Hand auf.

* * *

Die Gegend rund um das Château in den auslaufenden, südlichen Vororten von Paris war weitläufiges Wohngebiet, wobei allmählich die Bebauung in eine ländliche Landschaft mit viel Grün wechselte. Auf einem bewaldeten Hügel, wartete Delano in seinem SUV. Es war stockdunkel. Näher kam er nicht an das ungefähr zwei Kilometer entfernte Schlossgelände heran. Das Sichtfeld war nicht optimal, da Bäume den freien Blick auf den Pavillon einschränkten. Doch von dieser erhöhten Position aus waren zumindest Ausschnitte der oberen Etagen des Gebäudes einsichtig. Und es reichte aus, um das zu sehen, was er sehen wollte. Die ‚Nemesis' im ersten Stock. Seit nunmehr über eine Stunde hatte er den hellerleuchteten Pavillon immer wieder mit einem Fernglas beobachtet. Erleichtert hatte er verfolgen können, wie das Bild ausgetauscht wurde. Soweit lief alles nach Plan. Die Sache mit den neuen Zeugen hatte alles verkompliziert. Doch wenn der Falke jetzt das Problem beseitigen konnte, wäre noch alles drin. Aber warum dauerte das alles so lange? Verflucht lange. Mindestens eine halbe Stunde war vergangen nach seinem letzten Telefonat. Die Zeit des Wartens machte ihn nervös. Er rechnete jeden Augenblick mit Kaskajews Anruf. Dann ging plötzlich eine Sprachnachricht von ihm ein.

,Zeugenproblem beseitigt. Weiter nach Plan. Kann gerade nicht sprechen. Gibt noch technische Probleme. Dauert noch, melde mich.'

Erst einmal war das eine beruhigende Nachricht. Aber was waren das verdammt nochmal für weitere Probleme? Irgendwie musste es der Falke zumindest geschafft haben, die Zeugen samt Katze unbemerkt zu beseitigen. Aber warum suchte er sich keinen abseits gelegenen Ort, um zu telefonieren? Er würde seine Gründe haben, versuchte Delano sich zu erklären. Er war wohl im Beisein anderer. Doch die Fragen, die diese Nachricht aufwarf, ließen den vorsichtigen Mann ins Grübeln kommen. Er nahm erneut das Fernglas. Tat sich etwas? War da Aufruhr? Eine plötzlich eintretende Hektik von Sicherheitskräften? Er ärgerte sich, dass er nicht mehr sehen konnte. Auch vom nebenliegende Château konnte er nur Teile der oberen Etagen sehen. So musste er sich auf eine Textnachricht verlassen, dass es lief. Er schaute auf die Uhr. Noch neun Stunden, dann fuhren die Präsidenten mit ihren schwarzen Limousinen vor. Und dann, dann würde er die US-amerikanische Botschaft anrufen ...

* * *

„Ich weiß nicht, ob er den Köder schluckt", sagte Iris. „Was haben Sie eigentlich vor?"

„Wir ziehen die Möglichkeiten in Betracht, entweder die Bombe herauszuholen oder die Kunstwerke zu evakuieren. Parallel versuchen wir das Mobilphone des Erpressers zu orten, was schwierig werden dürfte in der Zeit, die uns bleibt."

„Keine gute Idee", antwortete Iris „Er beobachtet die Dinge von irgendwo da draußen." Dabei deutete sie auf die weit hinten liegende, hügelige Landschaft im Dunkeln, die hinter dem Park begann. „Wenn er sieht, was sie vorhaben, stellt er das Ding sofort scharf."

Wieder scharten sich die Männer um Iris. Sie stand jetzt in einer Gruppe von sechs oder sieben französisch sprechenden Einsatzleuten. Alle schauten streng und angestrengt. Nur das Lächeln von Jam Nom war da eine Ausnahme.

„Wie viel Zeit bleibt, bis er misstrauisch wird? Was meinen Sie?", fragte Bonnaire sie eindringlich in der Annahme, Iris würde den Attentäter einschätzen können.

„Ich habe keine Ahnung, Monsieur. Vielleicht noch zehn oder maximal zwanzig Minuten."

Bonnaire wandte sich an einen seiner Leute. „Wie sieht es aus, können wir das Funksignal stören?"

Ein Spezialist für forensische IT meldete sich zu Wort. „Natürlich können wir die Sendemasten in der Umgebung relativ schnell abschalten lassen. Hat aber ein Risiko. Genau wie ein Störsender."

„Sie meinen eine eingebaute Signalüberprüfung?" mischte sich Iris unerwartet in die Diskussion."

„Genau", antwortete der IT Forensiker. Der Fachmann war überrascht über Iris technische Kenntnisse.

„Was meinen Sie?", fragte Bonnaire.

„Na ja," antwortete der IT Fachmann, „Wir wissen nicht, wie raffiniert die Zündvorrichtung aufgebaut ist. Wenn der Mann ein Mobiltelefon als Sender benutzt, also über die Mobilfunkfrequenz, dann könnte er auch eine permanente Signalüberprüfung eingebaut haben."

Bonnaire verstand allerdings nicht. „Aber er kann doch dann kein Signal mehr senden, wenn die Netze ausgestellt sind. Mehr wollen wir ja nicht!"

„Andersherum", sagte der Fachmann. „Das ist eine elektronische Funktion, die man in den Empfänger, also den Zünder einbaut. Und dieses Tool überprüft von sich aus permanent, ob weiter eine Funkverbindung zum Auslöser besteht, also zum Mobiltelefon des Attentäters. Sollte das plötzlich nicht mehr der Falls sein, löst es den Zünder automatisch aus. Ein Risiko."

Iris überlegte. „Allerdings will er nicht, dass die Bombe vorzeitig hochgeht. Er braucht die Drohung mit der Bombe, um das Geld zu erpressen. Wenn er damit rechnet, dass die Funkmasten für Mobiltelefone abgestellt werden, wird er demnach keinen derartigen Auslöser benutzen. Er braucht eine andere Frequenz. Eine Frequenz, von der er ausgehen kann, dass sie nicht gestört werden kann."

Der Forensiker nickte beeindruckt. „Sie meinen die Polizeifrequenz. Ja, das wäre eine Möglichkeit. Wenn derjenige, der diese Fernbedienung gebaut hat, wirklich so clever ist, dann könnte er sie auf die Polizeifrequenz eingestellt haben. Die können wir nicht stören."

„Leute, dass dauert mir hier alles zu lange! Das ist Rätselraten", unterbrach Bonnaire.

In diesem Augenblick erschien eine Abordnung weiterer Männer in Zivil und wandte sich direkt an den Einsatzleiter. Ein hochgewachsener Mann im grauen Anzug drängte sich vor und hielt seinen Ausweis hoch. „Dan Scapiro. Secret Service", sagte er knapp. „Wir sind über diesen Einsatz informiert worden. Bringen Sie mich auf den neusten Stand", forderte er in einem knappen Befehlston. Bonnaire schaute ihn genervt an. Dem Auftreten nach musste der Kerl einfach ein Amerikaner sein, dachte er. Bonnaire schaute den obersten Staatsanwalt an. Er selbst hatte den Pariser Anti-Terror-Staatsanwalt angefunkt, der zufällig noch mit dem Leiter des amerikanischen Secret Service im Château anwesend waren. Die Männer hatten eine letzte Inspektion der Lokalität durchgeführt.

„Das ist schon in Ordnung, Pierre", wiegelte der Staatsanwalt ab. Bonnaire erklärte in knapper Form den Stand der Dinge. Scapiro hörte aufmerksam zu und nahm dann die Haltung ein, als wolle er hier das Kommando übernehmen. „In Ordnung", sagte der Secret Service Mann. „In Anbetracht der Situation hat die Sicherung der Kunstwerke absolute Priorität."

„Monsieur, dies ist ein Einsatz der französischen Anti-Terror-Einheit. Auf französischem Boden. Ich glaube nicht, dass ich befugt oder gar willens bin, ausländische Sicherheitskräfte in unsere Maßnahmen einzubeziehen."

„Es ist offensichtlich, dass es sich hier um die Bedrohung von äußerst hohem amerikanischem Kulturgut handelt, von dem der Präsident der vereinigten Staaten erwartet, dass dessen Sicherheit gewährleistet ist", raunzte der Secret Service Mann Bonnaire an. „Wenn sich tatsächlich eine Bombe im Pavillon befindet, sollte sie schnellstmöglich entschärft oder herausgebracht werden!"

Arroganter Ami!, dachte Bonnaire.

„Merci, Monsieur Scapiro, für diese Tipps. Leider scheint im Augenblick weder das eine noch das andere möglich zu sein. Wir gehen davon aus, dass der Erpresser uns von außen beobachten kann. Wir erwägen den Zündmechanismus zu blockieren. Es handelt sich um eine schmutzige Bombe, die hochradioaktives Material im Pavillon freisetzt, sollte sie detonieren."

Arroganter Franzose!, dachte Scapiro.

„Verdammt!", unterbrach er. „Lassen Sie das Ding herausschaffen! Wissen Sie was passiert, wenn es in der Ausstellung hochgeht?!"

„Die Bombe aus dem Gebäude zu entfernen, ist nicht unsere Priorität", erläuterte Bonnaire unaufgeregt. „Nach unserem Stand handelt es sich um eine Bombe mit begrenzter Sprengkraft." Bonnaire deutete auf Baupläne des Pavillons, die ausgebreitet auf einem angeleuchteten Terrassentisch lagen. „Und wie ich diesen Plänen entnehme, sind die Fenster mit einer sprengwirkungshemmenden Sicherheitsfolie bezogen. Somit besteht die Wahrscheinlichkeit, dass sich der hochkonzentrierte, radioaktive Fall-Out innerhalb des Pavillons begrenzen lässt. Ich werde es auf gar keinen Fall in Betracht ziehen, das angrenzende Wohngebiet der Gefahr eines Fall-outs auszusetzen. Wer weiß, ob die Mengenangaben überhaupt stimmen", antwortete Bonnaire ruhig.

Die Streithähne sahen sich abschätzend an.

„Meine Herren, ich darf doch bitten!" Der Staatsanwalt sah sich genötigt, das verbale Gerangel zu unterbinden. „So wie Sie sagen, bleiben uns doch nur noch Minuten! Wir sollten unter diesen Gegebenheiten abwarten, bis der Erpresser seine Forderungen stellt. Dann können wir nach einem geeigneten Muster vorgehen. Was meinen Sie, Bonnaire?"

„Monsieur procureur général, wir sollten besser die Zeit nutzen, die uns bleibt, bevor der Erpresser die Bombe scharfstellt."

Während sich die Gruppe teilweise hitzig beriet, hatte sich Iris aus der Diskussion herausgezogen. Sie wollte nur noch eins. Zu Aaron. Sie musste einfach wissen, wie es um ihn stand. Sie hatte zwischendurch mehrmals erfolglos versucht, Drew über ihr Smartphone zu erreichen. Nun traf sie mehr und mehr die Erkenntnis hart, dass Paula und Drew aller Wahrscheinlichkeit nach bereits tot waren.

„Warum hat ihr Freund Sie *Iris* gerufen?", fragte plötzlich der kleine Künstler neben ihr.

„Mein zweiter Vorname", antwortete Iris spontan.

Dir entgeht aber auch nichts, kleiner Mann.

„Jam Nom hat lange an seiner Installation gearbeitet. Eine Bombe ist nicht gut."

„Alles ist gerade nicht gut", flüsterte Iris.

„Diese Männer reden alle sehr viel", sagte Jam Nom weiter.

„Ja, Jam, sie reden viel."

„Ist das dort der Fluss *Seine*?", fragte Jam unerwartet

und zeigte auf den schwarzen Strom, der sich in der Dunkelheit hinter dem Park entlang schlängelte. Einmal mehr belächelte sie seine unbeschwerte Art. In dieser angespannten Situation interessierte er sich scheinbar nun für Sightseeing.

„Das Licht ist sehr hell", sprach Jam ruhig weiter und deutete auf den hellerleuchteten Pavillon.

„Die Leute brauchen das Licht", antwortete Iris müde.

Dann drehte sich Jam Nom um und ging. Iris hing weiter in ihren Gedanken, während die Männer weiterhin nach der besten Vorgehensmaßnahme suchten. Wahrscheinlich würden sie schlussendlich mit Delano verhandeln. Sie überlegte, ob sie jetzt nicht einfach gehen sollte. Sie konnte hier sowieso nichts mehr beitragen. Wertvolle Minuten waren sowieso verstrichen. Noch immer hielt sie das Smartphone des Falken in ihrer Hand. Sie würde es jemanden der Umstehenden übergeben und schauen, ob sie ein Taxi zur Klinik auftreiben konnte.

Plötzlich ging das Licht aus! Der gesamte, hell erleuchtete Pavillon, der vorher auch die Umgebung beleuchtete, wandelte sich augenblicklich in ein riesiges schwarzes Gebilde. Die Männer auf der Terrasse verstummten sofort in ihren eifrigen Diskussionen.

„Was zum Teufel ist das jetzt!", rief Bonnaire. Alle schauten gebannt zum Pavillon.

„Dort! Da läuft ein Mann!", rief plötzlich jemand aus der Gruppe.

Unbemerkt von allen, war Jam Nom entschlossenen Schrittes zum Eingang des Pavillons gegangen. Unbehelligt ging er an den bewaffneten Einsatzkräften vorbei, die sowieso mit dem Rücken zum Pavillon standen und die umliegende Gegend überwachten. Im Pavillon ging Jam zielstrebig in einen seitlich verdeckten kleinen Wartungsraum. Er war nicht abgeschlossen. Zügig öffnete er einen riesigen Schaltkasten für die Stromversorgung. Hier hatte seine Leute heute bereits die „No Humans"-Installation angeschlossen. Hunderte von Sicherungen der vielen Schaltkreise blinkten grünlich. Jam schaute kurz und entschied sich für einen großen orangefarbenen Hauptschalter. Es knallte laut, als er den Schalter umlegte. Augenblicklich war alles dunkel. Nur das fahle Mondlicht drang über die großen Fenster herein. Jam brauchte einen Moment, um sich an die Dunkelheit zu gewöhnen.

* * *

„Verflucht", durchfuhr es Delano in seinem SUV. Er blickte durch sein Fernglas. Der gerade noch hell erleuchtete Pavillon war plötzlich dunkel. Was war das jetzt? Ein Kurzschluss? Nein, das konnte jetzt wirklich kein Zufall mehr sein! Lief hier gerade etwas gehörig schief? Oder wurden nur die Systeme für einen Selbsttest einmal heruntergefahren? Die Ungewissheit zerrte an seinen Nerven.

* * *

Jam war inzwischen in den ersten Stock gelaufen und stand vor der Nemesis. Vorsichtig nahm er das Gemälde ab. Dann lief er samt Bild im Dunkeln sicher zurück zum

Eingang und stürmte hinaus. Die Verantwortlichen standen weiter auf der Terrasse wie angewurzelt und schauten gebannt, was dort vor sich ging. Iris hatte sich nach vorn geschoben. Auch sie sah jetzt die rundliche Silhouette eines kleinen Mannes, der scheinbar ein Bild über seinen Kopf hielt und schnell an dem Pavillon vorbeilief. Dann hörten sie die Einsatzkräfte den Mann auf Französisch und Englisch anrufen, er solle stoppen. Gewehre zielten auf Jam.

Nicht!", schrie jetzt Iris so laut sie konnte. Sie ahnte plötzlich, was Jam vorhatte. „Lassen Sie den Mann!" Dann fuhr sie Bonnaire an, der nach wie vor verdutzt neben ihr stand. „Sagen Sie den Leuten, sie sollen nicht eingreifen! Vertrauen Sie mir!" Bonnaire hielt das Funkgerät hoch und gab dahingehende Befehle.

„Verdammt," sagte Iris leise, während sie Jam Nom weiter beobachtete. „Du schlauer, kleiner Mann. Das könnte klappen."

Der lief trotz seiner leicht untersetzten Figur flink und unaufhaltsam in Richtung Seine. Das Bild hielt er weiterhin über seinen Kopf. Alle verfolgten mit ihren Blicken gebannt den tollkühnen, kleinen Mann, der nun die Uferböschung erreicht hatte und ins Schilf lief. Sie konnten nur noch erkennen, wie Jam das Bild in einem hohen Bogen in den Fluss schleuderte. Iris reagierte sofort und tippte hastig eine Nachricht in das Smartphone des Falken.

* * *

Hektisch suchte Delano mit dem Fernglas die dunklen

Gebäude ab. Er fluchte laut und seine Nervosität steigerte sich. Egal, was auch immer dort vorging, er brauchte jetzt Klarheit! Er musste Kaskajew erreichen! Wahrscheinlich stand er weiter inmitten der Verantwortliche dort unten und konnte nicht telefonieren ohne aufzufallen. In diesem Augenblick ging eine weitere Nachricht ein. Endlich!

‚War letzter Test. Alles in Ordnung! Alle Systeme werden neu gestartet. Schalten Sie jetzt scharf!‘

Die Stromunterbrechung war tatsächlich ein Shutdown, um alle Programme neu hochzufahren, erklärte sich Delano erleichtert. Das Gefühl eines unmittelbar bevorstehenden, großen Sieges stellte sich ein. Entspannt lehnte er sich zurück. Er atmete kurz durch. Ein diabolisches Lächeln huschte über seine Mundwinkel. Dann glitten seine Finger über den Ziffernblock auf dem Display. „Na, dann machen wir dich mal fein für die Präsidentenärsche", murmelte er und drückte den Code.

* * *

Tief im finsteren Wasser schaukelte die Nemesis langsam trudelnd hinab. Luftblasen schwebten wabernd nach oben. Ein roter, schwacher Lichtpunkt erschien im Dunkeln. Dann stieß das Bild mit einer Kante des Rahmens auf den steinigen Grund der Seine. An Land sahen alle, wie Jam hastig wieder zurücklief, als plötzlich eine laute, dumpfe Detonation alle aufschreckte. Eine riesige Wasserfontaine schoss aus dem Fluss, um gleich wieder in sich zusammen zu fallen.

„Neiiinnn!!", schrie Delano auf dem Fahrersitz. Fassungslos starrte er auf das, was sich gerade in der Ferne ereignet hatte. Dann ging das Smartphone. Diesmal ein Anruf.

Kaskajew!

„Was zum Teufel ist passiert!", schrie Delano in das Telefon. „Jetzt ist alles ...", weiter kam er nicht.

„Delano?", unterbrach ihn eine weibliche, feste Stimme. Er wusste sofort, dass sie es war.

„Ich will sofort Kaskajew sprechen!", sagte er gefasst.

„Das geht nicht."

„Wo steckt er?!"

„Er ist tot", sagte Iris mit gefestigter Stimme. „Mit einem schönen Gruß von Aaron Boyd, du mieses Dreckschwein!" Sie legte auf.

34. Geständnisse

Aaron lag regungslos mit geschlossenen Augen da und war an zahlreichen Apparaten angeschlossen, die piepten und leise schaufelnde Geräusche von sich gaben. Die Herz- Lungenmaschine zeigte gleichverlaufende Herzschläge auf dem Display an. Die Notoperation war gut verlaufen. Die Kugel war sehr nah am Herzen eingedrungen, daher sei sein Zustand noch kritisch. Um den Genesungsprozess zu begünstigen, hatten ihn die Ärzte in ein künstliches Koma versetzt. Man müsse die nächsten Tage abwarten. Seit sechs Tagen lag er nun schon da. Sechs Tage, an denen Iris die meiste Zeit bei ihm war. Es blieb nur abzuwarten. Zu warten und hoffen.

Auch heute saß sie an seinem Bett in einem kalten, nüchternen Zimmer der Intensivstation. Der leitende Arzt hatte ihr in den Tagen zuvor immer wieder sagen müssen, dass Aaron über eine gute Physis verfüge und er zuversichtlich sei. In diesen Tagen, wo sie stundenlang an seinem Bett saß, dachte sie über alles nach. Sie hatte eine große Erleichterung verspürt, als sie Drew am Telefon sprechen konnte. Als sie wusste, dass es ihnen den Umständen entsprechend gut ging. Es hätte gedauert, bis auch sie befreit wurden.

Diesen Mann in der Situation zu erschießen, war ihr nicht schwergefallen. Im Gegenteil. Es war die blanke Wut. Das Adrenalin hatte sie gesteuert. Das erschreckte sie. Aber es gab ihr nur wenige Sekunden der Befriedigung. Zu sehr war sie geschockt, als sie Aaron so daliegen sah. In diesem Augenblick war dieses tiefe Empfinden für ihn wieder da. Trotz allem. Dieser Moment, als Aaron sich schützend vor ihren Avatar warf, hatte ihr den größten Liebesbeweis gezeigt. Unwissentlich ihrer künstlichen Doppelgängerin, hatte er sein Leben für sie opfern wollen. Alle Zweifel waren wie weggewischt, als er getroffen dalag, Unverständliches murmelte und in ihr die pure Angst aufstieg, ihn für immer zu verlieren.

Wie sanft und ruhig seine Gesichtszüge waren. Sie berührte seine warme Hand und streichelte sie zärtlich. Iris redete viel mit dem bewusstlosen Aaron. Anfangs ungeordnet, was ihr gerade einfiel. Sprach von gemeinsam Erlebten, ihrem monatelangen Törn mit der *Mermaid* in der

Karibik, unbeschwertem Paris. Es tat gut zu reden. Es waren nicht nur die erlebten Gefahren, die sie zusammen gemeistert hatten, sondern gerade die sehr schönen gemeinsamen Augenblicke, die sich in den Vordergrund schoben. Einmal im *Louvre* hatte Aaron ein Foto von ihr am Eingang zur *Mona Lisa* geklebt hatte, auf dem er mit Filzstift *„Lohnt sich nicht! Das schönste Lächeln der Welt hat jemand anderes."* geschrieben hatte. Sie erinnerte ihn daran, dass sie sich einst vorgenommen hatten, sich heimlich in den Pavillon zu schleichen, das Alarmsystem auszutricksen und eine Nacht dort zu verbringen. Mit einer Decke und zwei Flaschen Rotwein. Nur sie allein mit all den einzigartigen, berühmten Kunstwerken! Für diese eine Nacht würden sie alle allein ihnen gehören.

„Ich freu' mich drauf. Also sieh zu, dass du wieder hochkommst", murmelte Iris vor sich hin. So viele Dinge gemeinsamer Unbeschwertheit fielen ihr wieder ein. Ihre langen Spaziergänge an der Seine. Seine Unbeholfenheit mit französischen Speisenkarten. Seine Weigerung bei ihr auf dem Motorrad mitzufahren, wenn sie sich temporeich durch den dichten Pariser Feierabendverkehr schlängelte. Ihre gemeinsame Liebe zur Kunst, ihre unterschiedlichen Ansichten und anregenden Diskussionen. Seine Zärtlichkeit. Sie schaute Aaron warm an.

„Hast du eigentlich vor, hier länger rumzuliegen?", bemerkte sie flapsig. „Dann müsste ich noch mehr Wein und Cracker besorgen." Sie stand auf und ging um sein Bett herum. Doch bei all ihrer rosigen Betrachtung zwang sie sich auch die Realität zu sehen. Sie hoffte auf den wahren Aaron, der einen für sich gehbaren Weg finden würde, auch mit seiner schlimmen Vergangenheit zu leben. Und sie ertrage das Warten, weil, ja, weil sie ihn immer noch liebe.

„Weißt du eigentlich, wie angenehm es ist, dir einmal alles zu sagen, ohne von dir unterbrochen zu werden. Endlich mal. Ich werde diesen Zustand ausnutzen und dir alles über dich sturen Idioten erzählen, bis du es einsiehst und von selber aufwachst."

In diesem Augenblick trat der Arzt in das Zimmer.

„Hallo, Laura", begrüßte sie der sympathische, dunkelhaarige Enddreißiger in seinem weißen Ärzte-Outfit. „Und, hat er Ihnen schon schöne Dinge gesagt?" Dabei ging er nah an Aaron heran und prüfte die Werte an den Anzeigen. „Na wie geht's Ihnen heute?", redete er seine Patienten an. „Sein Zustand ist jetzt stabil und wir haben ihn gestern Abend langsam zurückgeholt."

Iris schaute den daliegenden Aaron verblüfft an. Der öffnete jetzt ein Auge und zwinkerte ihr mit einem breiten Grinsen zu.

„Das glaube ich jetzt einfach nicht! Mistkerl!" Trotz ihrer Empörung, spürte sie spontan eine Riesenfreude und große Erleichterung.

Der Arzt drehte an dem Tropf. „Sie können froh sein, Monsieur Boyd, solch eine tolle Frau an Ihrer Seite zu haben. Sie hat jeden Tag hier gesessen und schön aufgepasst, dass Sie sich weiter erholen", sagte der Doktor anerkennend. Dann verabschiedete er sich kurz und ging hinaus.

„Du warst die ganze Zeit hier? Wie lange war ich weg?", fragte Aaron schwach.

„Du lebst. Der Rest ist unwichtig", antwortete sie zärtlich.

„Was ist passiert? Kaskajew? Delano?", flüsterte Aaron.

„Kaskajew ist tot. Und Delano weiter auf der Flucht."

„Die Bombe?"

Iris kramte ein Magazin aus ihrer Tasche und zeigte Aaron das Titelblatt. Ein breit grinsender Jom Nam war dort zu sehen, wie er dem amerikanischen Präsidenten die Hand wahrscheinlich sehr lang schüttelte, garniert mit französischen Schlagzeilen, die irgendwas mit dem glücklichen Ausgang des Anschlags zu tun hatten.

„Ich erinnere mich. Wer ist das?"

„Dieser kleine Mann hat alles gerettet. Jam hat Delanos Bild samt Bombe in die Seine geworfen, wo sie unter Wasser explodierte. So wurde die Radioaktivität verwässert und in eine geringere Konzentration aufgelöst. Die ABC Einheit der französischen Armee hat die weitere Zersetzung bis in die Nordsee begleitet."

„Der Falke. Warum bist du aus deinem Versteck gekommen?", fragte Aaron schwach. Iris erzählte ihm nun von ihrem Avatar und den Geschehnissen danach. Aaron hielt seine Augen geschlossen und hörte zu.

„Dann habe ich versucht einer Iris, die es gar nicht gibt, das Leben zu retten?", fragte er leise.

„Du hast gedacht, dass ich es bin. Das zählt."

„Und diese Doppelgängerin von dir macht nur das, was man vorher eingibt? Kann ich mir die ausleihen?", versuchte er zu scherzen, wobei er heftig husten musste.

„Schön, das dumme Einfälle sofort bestraft werden", stellte sie ironisch fest. „Ich glaube, du solltest dich weiter ausruhen."

Aaron schaute Iris zärtlich an. Einen Moment lang sagten beide nichts.

„Ich war ein Idiot, Iris", flüsterte er schließlich.

„Ich weiß, Cowboy."

Nach drei weiteren Wochen wurde Aaron aus dem Krankenhaus entlassen. In der anschließenden Zeit machte er rasche Fortschritte in der Reha und bereits nach zwei Monaten fühlte er sich wieder vollkommen genesen. Im Rahmen einer kleinen Feier wurde Jam Nom vom französischen Präsidenten auch im Namen der amerikanischen Botschaft ausgezeichnet. Aaron und Iris wurden ebenfalls für eine Auszeichnung nominiert. Sie verzichteten jedoch darauf und auf die begleitende Bekanntheit in den Medien.

Die Eröffnung der Ausstellung fand wie geplant statt. Erst nach den Untersuchungen wurde die Presse informiert. Die *Freedom of Arts* wurde international als das kulturelle Ereignis des Jahres gefeiert. Von Anfang an brach sie alle Besucherrekorde. Das Kuratorenteam feierte diesen Erfolg mit einer großen Party, bevor es sich zum größten Teil als Gruppe auflöste und jeder neue Projekte ansteuerte. Bertrand war Iris aus dem Weg gegangen.

Nach Iris Personenbeschreibung war Michael Delano nun kein Phantom mehr.

35. Dr. Celso

Es regnete leicht an diesem frühen Nachmittag im Oktober. Doch trotz der späten Jahreszeit und des Regens waren die Temperaturen noch angenehm. Aaron hatte den Mantelkragen hochgeschlagen und schlenderte vorbei an originellen Läden und kleinen Restaurants über den grauen Gehweg. Die Praxis von Dr. Celso lag hier im malerischen, alten Quartier Latin, dem traditionellen Studentenviertel mit seinen Cafés, Bars und kleinen Buchläden im fünften Pariser Arrondissement. Seine schwere Verletzung war physisch verheilt. Doch noch fehlte etwas.

Er hatte es geschafft, auch seine letzten Zweifel an einer Therapie zu überwinden. Nun war er überzeugt. Er wollte alles hinter sich lassen. Er hatte schmerzhaft erlebt, Iris fast verloren zu haben, wie er überhaupt jetzt den unumstößlichen Drang verspürte, sich von der Hypothek der verborgenen, seelischen Lasten befreien zu wollen. Der absolute Neuanfang begann genau hier. Die Adresse hatte ihnen seinerzeit Gavin Wilson gegeben. Ein US-Amerikaner mit einer Praxis hier in Paris. Dieser Dr. Celso schien ein überaus angesehener Psychotherapeut zu sein, wenn schon das amerikanische Militär und die CIA ihm in Übersee vertrauten. Angeblich schickten die Verantwortlichen viele GIs von den Schauplätzen im Mittleren Osten zu ihm, die mehr brauchten, als ihnen Militärpsychologen und Militärseelsorge geben konnten.

Das Schild war klein und fast hätte er es übersehen. Es war neben der grün lackierten Eingangstür dieses großen, weißen Bürgerhauses montiert. *Dr. Alex Celso* stand dort in kleinen Buchstaben. Darunter las er *Psychothérapeute* und *Thérapie orientée patient*, patientenorientierte Therapie. Was immer das heißen mochte.

Na dann …

Nachdem er drei Stockwerke des engen, aber schönen

310

Treppenhauses hinaufgestiegen war, stand er vor der Tür der Praxis. Sie war einen Spalt geöffnet. Innen glichen die Behandlungsräume eher einer stilvoll und modern eingerichteten Wohnung.

„Hallo? Jemand da?", rief Aaron hinein. Er hörte Geräusche in einem der Räume.

„Hier! Kommen Sie", forderte ihn eine weibliche Stimme auf.

Er folgte der Stimme bis zu einem hinteren Zimmer. Er erwartete auch hierin die Fortführung des aufgeräumten Ambientes. Doch dieses glich eher einem vollgepackten Arbeitszimmer. Deckenhohe Regale waren überfüllt mit Büchern und Zeitschriften. Vor den langen Holzfenstern stand eine lederne Sitzgarnitur, auf der Decken und Kissen lagen. Ein ebenfalls vollgestellter Schreibtisch stand quer im Raum und auch auf dem Boden, auf dem zahlreiche Teppiche die alten Holzdielen bedeckten, lagen Stapel mit Zeitschriften. Eine Frau stand auf einer kleinen Bücherleiter und kramte irgendwelche Wälzer aus einem Regal, indem sie die Werke vor sich auf ihrer Brust stapelte.

„Entschuldigen Sie, ich suche Dr. Celso. Ich ..."

„Oh hi, gut, dass Sie gerade da sind", wurde Aaron von der angenehm, weiblichen Stimme unterbrochen. „Können Sie mal bitte mit anpacken?" Die Frau war um die vierzig Jahre alt und eine attraktive Erscheinung. Lange, glatte, blonde Haare fassten ein schmales, hübsches Gesicht ein. Sie trug eine Brille mit einem schwarzen Kunststoffgestell, die perfekt zu den graublauen Augen und dem sinnlichen Mund passte. Sie lächelte Aaron an und ihre vollen Lippen gaben dabei makellose weiße Zahnreihen frei. Sie war normal groß, trug eine Jeans sowie einen hellen Strickpulli und weiße Turnschuhe. Sie musste die Assistentin von Dr. Celso sein, dachte Aaron. Er lächelte zurück und nahm ihr den Stapel Bücher ab.

„Danke", sagte die Frau kurz und kramte weiter. „Irgendwo muss ich es doch haben ... ah, hier!" Damit zog sie ein dünnes, in blauem Leinen eingeschlagenes Bändchen heraus und stieg die kleine Leiter herunter. Sie blätterte es kurz aber interessiert durch und ging an Aaron vorbei. „Oh, sorry", sagte sie, „stellen Sie die Bücher einfach dort an der Wand ab." Während Aaron den Stapel los wurde, schien sie etwas in dem Büchlein entdeckt zu haben.

„Mist", murmelte sie laut vor sich hin. „Die haben wirklich recht. Und ich war mir absolut sicher, ich hätte es irgendwo gelesen." Zweifelnd sah sie Aaron an. „Kennen Sie das, sie sind sich hundertprozentig sicher, könnten darauf Ihr ganzes Vermögen verwetten und hinterher erweist es sich doch als falsch?"

Aaron zuckte mit den Schultern.

„Sind Ihnen die neuen Weltwunder bekannt? Also nicht die alten, kaputten Bauten, die größtenteils eh nicht mehr existieren", fragte sie unerwartet.

„Da muss ich passen. Ich hab' da meine Lücken ", erwähnte Aaron scherzhaft.

„Ich auch. Haben Sie gestern ,Werde unser nächster Millionär' gesehen?"

Aaron musste kurz lachen. Diese Assistentin war sehr unterhaltsam. „Nein, ich schaue wenig fern."

„Es ging um die Millionenfrage. Was würden Sie vermuten, gilt als achtes Weltwunder? Nur eine richtige Antwort. Die Akropolis in Athen? Stonehenge? Diese Monsterköppe auf den Osterinseln oder das Bernsteinzimmer?"

Sie lugte über den Brillenrand und schaute Aaron an. „Na, kommen Sie, aus dem Bauch heraus", forderte sie ihn auf.

Aaron machte eine zweifelnde Geste. „Die chinesische Mauer?"

„Genau das hab' ich auch gedacht! War aber falsch. Das verschollene Bernsteinzimmer. Das, was die Nazis geklaut hatten!"

Wieder musste Aaron schmunzeln. „Aber hätten Sie das nicht schneller googeln können?"

„Schneller ja. Aber manchmal lass ich lieber mein Gehirn arbeiten anstelle einer Suchmaschine." Sie grinste breit. „Braintraining."

Sie warf das Buch auf ihren Schreibtisch und sah Aaron an.

„Möchten Sie einen Kaffee oder Wasser?"

„Nein, vielen Dank. Sagen Sie, ich habe eigentlich jetzt einen Termin mit Dr. Celso. Ist er da?"

„Ja. Ist sie. Ich bin Dr. Celso. Und Sie sind Monsieur Aaron Boyd, richtig?"

Aaron zuckte zusammen.

Scheiße, eine Frau! Vertan!

„Sie sind ...? Ich dachte, weil da stand *Alex*. Entschuldigen Sie ..."

„Alex steht für Alexandra. Wie in den Staaten auch." Ihr Lächeln milderte die Situation um Aarons Verwirrung.

„Es ist nur, jetzt komme ich hierher und stelle fest, dass Sie ..."

„Eine Frau sind?", unterbrach ihn die Therapeutin scherzend. „Tja, ein neuntes Weltwunder. Sieh mal einer an." Sie lachte.

Aaron wurde unsicher. Es war doch eine Empfehlung von Gavin Wilson, die er von der amerikanischen Botschaft hatte. Er hätte sich selber auf ihrer Homepage schlau machen müssen. Iris hatte nichts gesagt. Stattdessen schien sie ihn hier reingelegt zu haben.

Mist, wie kommst du aus dieser Nummer wieder raus?!

„Hören Sie", lenkte Dr. Celso lächelnd ein, „viele Männer haben Schwierigkeiten, diesen Weg mit einer weiblichen Therapeutin zu gehen. Bereits die Entscheidung, Hilfe in Anspruch zu nehmen, erfordert von den meisten Ihrer Geschlechtsgenossen den ganzen Mut, den ein Mann hat. Da bleibt nicht mehr viel übrig, sich dann auch noch einer Frau zu öffnen." Aaron wusste nicht, ob sie ihn angrinste oder anlächelte. „Warten Sie ...", damit ging sie zu ihrem Schreibtisch, setzte sich und schrieb etwas auf. „Das ist der Richtige für Sie. Er spricht englisch genauso gut." Damit gab sie ihm einen Namen und Adresse.

„Sorry, ich wollte nicht unhöflich sein, ...", versuchte Aaron erneut, sich zu entschuldigen. „Nein, nein, ist schon okay", sagte die Therapeutin fast beiläufig. Dr. Celso hatte sich den Stapel Bücher wiedergeholt und stieg erneut auf die Bücherleiter. Doch es fiel ihr schwer, den Stapel zu halten und gleichzeitig ein Buch zurückzustellen. „Ne, so geht das nicht. Kommen sie nochmal her." Aaron kam zurück und wie selbstverständlich drückte sie ihm die Bücher in die Arme. Er beobachtete, wie Alex Celso die Bücher einzeln aus seinen Armen nahm nun sicher in einen freien Platz zurückquetschte.

„Dies ist ein freies Land, Mr. Boyd."

Mit einem bedauernden Gesichtsausdruck verließ

Aaron die Praxis.

Als er endlich wieder über den breiten Bürgersteig längs der Seine ging, fühlte er sich wieder wohler. Eine Frau als Therapeutin? Sicherlich für Frauen. Frauen hatten sowieso einen schnelleren Draht zu diesen Dingen. Das muss an der Genetik liegen. Sie waren anscheinend sensibler, mussten alles in ein Ordnungsprinzip packen, suchten hier und da die Hysterie und redeten sowieso unentwegt miteinander und übereinander. Nein, das war einfach nur ein Versehen. Aaron stellte sich vor, wie sie auf sein Thema reagieren würde.

Zu starker Tobak!

Ihm fiel die unkonventionelle Art ihres Zusammentreffens ein. Sicherlich, sie war eine interessante Persönlichkeit. Sie hatte Titel und Auszeichnungen an der Wand hängen. Und Wilson hatte sie empfohlen. Ausgerechnet CIA-Wilson! Nicht nur äußerlich ein Spießer. Dass gerade er eine Frau empfohlen hatte, konnte Aaron nicht verstehen. War sie wirklich so gut? Es gab leider keine Referenzliste, wem und wie vielen sie geholfen hatte. Eine Frau wäre vielleicht genauso kompetent wie ein Mann. Aber nicht in seinem Fall. Und was machte man eigentlich in der Therapie? Man redete über seine Probleme. Es muss schon schwer genug sein, überhaupt eine Form zu finden. Es musste so ähnlich sein, wie in einer Selbsthilfegruppe: ‚Hi, ich bin Aaron und war ein Auftragskiller'. Nur eben zu zweit. Nein, dachte Aaron, ein Mann würde ihn einfach besser verstehen. Männer hatten ihre Themen und Frauen die ihrigen. Und überhaupt, sie hatte sich die Gefühlswelten und Mechanismen von Männern doch nur theoretisch aneignen können.

Sie ist eben kein Mann.

Jetzt musste er sich jemand anderes suchen. Schade, sie war Amerikanerin, englische Muttersprachlerin. Egal, es ging eben nicht. Dann fiel ihm ein, dass sie noch nicht einmal um ihn geworben hatte. Noch nicht einmal versucht hatte, ihn zu überzeugen. Und warum gingen angeblich sogar hartgesottene GIs zu ihr? Das verwirrte ihn.

Aaron blieb stehen und schaute auf den Fluss. Sanfte Wellen zogen unbeirrt flussaufwärts. Machte er hier wieder einen Fehler? Suchte er wieder den Weg des geringsten Wiederstandes? Legte er es sich so zurecht, wie er es brauchte?

Er schnaufte tief durch und stützte sich mit beiden Armen an der Kaimauer ab. Er dachte nach. Wenn er schon ins kalte Wasser sprang – warum nicht ganz.

Shit!

Wenige Minuten später stand er erneut in Dr. Celsos Zimmer.

„Warum kommen US Soldaten zu ihnen?", fragte Aaron ohne Umschweife.

Sie schaute ihn an, schien aber nicht überrascht zu sein. „Ich war bei den Marines. Vielleicht deswegen."

„Sie waren bei den Marines?"

„Ja."

„Wie lange?"

„Lang genug um zu sehen, was der Krieg aus Menschen macht."

„Sind Sie gut in dem, was Sie tun?"

„Ja."

Aaron trat weiter ins Zimmer hinein. „Ich nehm' den Kaffee. Danke."

ENDE

Nachwort des Autors

Liebe Leserin, lieber Leser,

ich möchte mich dafür bedanken, dass Sie meinen Roman gelesen haben. Es ist der zweite Teil der Trilogie um Aaron Boyd und daher hoffe ich, dass Sie auch mit der Fortsetzung ein spannendes Leseerlebnis hatten.

Vorsorglich möchte ich darauf hinweisen, dass die handelnden Protagonisten in dieser Geschichte von mir frei erfunden wurden. Sollten sich dennoch Ähnlichkeiten mit lebenden Personen ergeben, so wäre dies erstaunlich, reiner Zufall und unbeabsichtigt.

Den weit überwiegenden Teil des Schreibens nahmen wieder die akribischen Recherchen für diesen Roman ein. Allerdings war es auch sehr spannend und lehrreich. So möchte ich mich unter anderem bei Gabriele Dudek von der Bundesanstalt für Materialforschung und –prüfung in

318

Berlin bedanken, die mir Formeln an die Hand gab, wie man bei der Berechnung der Wirkung eines Sprengstoffes u.a. das TNT-Äquivalent und die Stoßwellenausbreitung zu berücksichtigen hat. Des Weiteren beim LKA Düsseldorf, dass mir zu Einsatzabläufen naturgemäß keine Auskunft geben konnte, deren Mitarbeiter aber sehr nett waren. Ein besonderer Dank geht an Tobias Scheible, der mir das Wesen der Funksteuerung erklärte und mir weitgehende Einblicke in die IT Forensik gab, von der ich bis dato gar nicht wusste, dass es so ein spannendes Feld ist.

Wie die meisten zeitgemäßen Autoren empfand auch ich es als äußerst hilfreich und komfortabel, mich aus dem riesigen, weltweiten Fundus von fachlichen Meinungen, Analysen, Erfahrungen und Erklärungen zu den Themen in dieser Geschichte aus dem Netz informieren zu können. Dafür möchte ich mich bei der großen Anzahl an namentlich hier nicht aufgeführten, fachlichen Autoren einfach mal symbolisch bedanken.

Vor der Veröffentlichung gab ich das Manuskript zum „Probelesen" wieder an befreundete und mir bekannte Lesefans. Das ist mein persönliches Monitoring. Ich habe sehr gute, ehrliche und konstruktive Kritiken erhalten, die die Story weitergebracht haben. Dafür möchte ich mich im Speziellen bei euch bedanken: Sebastian Müller-Nordhoff, Sandra Frommeyer, Kerstin Lorenz. Danken möchte ich auch Dr. Achim Herbertz, der zusätzlich mit seinem juristischen Auge draufgeschaut hat.

Und Kiki, die sich als Erste durch das Manuskript wühlte und mich während des Schreibens unterstützt, animiert und aufgemuntert hat. Auch haben wieder Freund*innen mit kleineren Beiträgen geholfen, dass aus der Idee eine zusammenhängende, dichte Story wurde.

Ein Dank geht an die kanadische Malerin Uli Oster-mann, die mir freundlicherweise für das rückseitige Coverbild einige ihrer Werke zur Abbildung überlassen hat.

Zum Abschluss habe ich noch eine persönliche Bitte an Sie. Wenn Ihnen mein Buch gefallen hat, würde ich mich über eine kurze Rezession, Beurteilung auf Amazon.de freuen. Natürlich freue ich mich auch über Ihr Feedback über meine Email-Adresse jovismail@gmx.de

Vielen Dank

Die Geschichte um die Figur Aaron Boyd wird in einem kommenden abschließenden dritten Band weitergeführt werden.

Boyd Nemesis ist zusätzlich als EBook erhältlich.